거미입니다만, 문제라도? 14

저자 바바 오키나
일러스트 키류 츠카사

contents

王1 이름조차 없었던 왕

하루 전부를 침대 위에서.

침대에서 일어나 서지 못한다.

수많은 관에 연결되어서 그곳으로부터 공급되는 영양제로 오직 살아만 있는 존재.

삶의 의미를 발견하지 못한 채 단지 가만히 붙박여 있는 실험동물.

그게 나였다.

하지만—.

“처음 뵙겠습니다. 나는 사리엘이에요. 당신의 이름은 뭔가요?”

그 사람은 나에게 손을 뻗어주었다.

“아……리엘?”

“아리엘? 별일이네요. 나와 닮은 이름이에요.”

나는 그 사람의 이름을 되뇌었을 뿐이었지만 목소리가 갈라졌던 까닭에 잘못 전달되어버렸다.

그런 보잘것없는 이유로 나의 이름은 정해졌다.

그래도 괜찮았다.

다름 아닌 그 사람이 붙여준 이름이었으니까.

1 결전 전

저 멀리 보이는 것은 광대한 숲.

가람 대삼림.

대(大)라는 글자가 붙은 대로 엄청나게 넓은 숲이다.

제법 먼데도 육안으로 좌우 어디를 내다보든 숲이 펼쳐져 있다.

제국군으로 위장한 우리 마족군은 저기 가람 대삼림을 향해서 진군 중이랍니다~.

정확하게는 가람 대삼림 안쪽에 있는 엘프의 마을을 향해서다.

이래저래 얽히고설킨 상대, 포티머스와 결판을 내기 위해서…….

이미 가람 대삼림의 바깥쪽에는 나츠메가 지휘하는 제국군이 도착했고, 현재는 군대가 지나갈 수 있도록 숲의 나무를 베어 길을 내는 작업 중이다.

나츠메는 내 손에 걸려서 **뭔가 당한 것 같은데** 상태가 된 이후 이쪽의 지시대로 움직여준다.

그리고 나츠메의 7대 죄악 스킬 색욕에 걸린 제국의 상층부 또한 세뇌된 나츠메의 꼭두각시.

저게 나츠메가 제국군을 이끌고 여기까지 오게 된 사연인데, 저 녀석들에게 슬쩍 끼어서 우리 마족군도 제국군으로 위장한 뒤 같이 따라왔다는 작전이다.

마족도 겉모습은 인족과 다를 게 없으니까 말이야~.

제국군의 복장을 갖춰서 당당하게 진군하니까 의외로 안 들키더라고.

뭐, 가장 들키면 난감해지는 상대가 있는 곳. 요컨대 인족의 대표인 신언교는 사전에 협의해서 말을 맞췄으니까 문제없다.

신언교의 입장에서도 엘프는 어떻게든 없애버리고 싶은 불구대천의 적이잖아.

신언교도 마족과 엘프가 서로 싸워서 죽어준다는데 바라 마지않을 상황이지.

인족 수호의 핵심인 제국군을 써먹게 내어준 건 물론 달갑지 않겠지만 그런 손해를 보더라도 엘프를, 정확하게는 녀석들의 수장 포티머스를 박살 내는 의의가 거대하다고 판단했을 거야.

그러니까 이번 전쟁에서 신언교가 적으로 돌아설 일은 없다.

완전한 아군은 아니더라도 잠깐 휴전해서 같이 싸우는 관계.

적의 적은 아군이라는 상태네.

그런고로 뒤통수 걱정은 없이 우리는 포티머스를 상대하는 데 전력을 쏟을 수 있다.

오랜 세월간 쌓인 악연에 마침내 결판을 낼 때가 왔다.

……그렇긴 한데.

그런 중대사를 앞에 둔 우리의 분위기를 말하자면 미묘하게 이완되어 있었다.

"후오오오~."

"여기냐? 여기가 좋으냐?"

마차가 아닌 거미차의 안, 나의 교성이 울려 퍼지고 마왕이 가차없이 약점을 공격하며 즐거워하는 목소리가 뒤를 잇는다.

미리 말해 두겠는데 야한 짓 하는 게 아니야!

마사지거든!

마사지(의미심장) 같은 군말은 빼고 평범하게 제대로 된 건전한 마사지거든!

절대로 야한 행위가 아냐!

절대로 야한 행위가 아냐!

중요하니까 두 번!

여기까지 무대를 준비하는 동안 난 엄청나게 열심히 노동을 했단 말이에요.

그러니까 노고를 위로해주려는 목적으로 마왕님께서 손수 마사지를 해주고 계신 장면이거든요.

이게 말이죠, 엄청 기분이 좋답니다.

"아하아~."

아주 정확하게 이쪽이 기분 좋아지는 급소를 자극해주는 마왕의 솜씨에 저절로 목소리가 막 새어 나온다니까요.

마왕이 이래 보여도 이것저것 재주가 많거든.

요리도 잘하고.

오래 살아온 만큼 할머니의 지혜 주머니 비슷하게 이것저것 많이 배웠을 거야.

"에잇!"

"끄응?!"

"누가 쓸데없이 나이나 먹은 할멈이야?"

"그런 소리는 하지 않…… 어윽?!"

마음속을 읽힌 듯한 타이밍으로 마왕의 지압이 나를 덮친다!

할멈이라는 소리는 안 했는데!

그냥 할머니 소리만 슬쩍 떠올렸는데!

게다가 나이 많이 먹은 건 사실이잖아!

"에잇!"

"흐갸?!"

추가 지압이 나를 덮친다!

저기요~? 마왕 나리~?

당신 능력치가 9만쯤 된다는 거 알고 있나요?

일단 작정하면 손가락만 갖고도 사람 몸뚱이를 산산조각으로 날려버릴 힘이 있다는 거 알고 있나요?

그런 힘으로 급소 꽉꽉은 좀 너무하잖아!

내가 아니었으면 북두 어쩌고 암살권을 맞은 것처럼 「음후악!」 소리쳤을 거야!

암튼 뭐, 이런 느낌으로 우린 거미차 안쪽에서 장난을 치는 중인데요, 옆에서 보면 중요한 결전을 앞둔 상황에서 괜찮은 거냐는 의문도 조금 들 거야.

근데 할 일은 다 마치기도 했고 마족군은 현재 이동 중이라서 더 할 일이 없단 말이지.

진군을 굳이 재촉해 봤자 앞쪽에 나가 있는 나츠메 군 휘하 제국군은 숲 때문에 발이 묶인 처지거든.

지형이 숲인데 대규모 부대를 곧장 진군시킬 수 없다는 이유로, 제국군은 숲을 뚫어서 길을 만들고 있다.

보통 숲에서 진군 가능할 만큼 길을 내려면 무척 힘들겠다는 생각을 할 테지만, 능력치랑 스킬이 존재하는 이 세계에서는 제법 간단하게 벌채가 가능하니까~.

가령 내가 나서서 암흑탄 한 발만 콱 날려도 진로상의 나무는 뿌리째 싹 날려버릴 수 있고…….

이런 위력까지는 아니어도 숫자의 강점을 활용하는 제국군은 숲을 지구에서는 말도 안 되는 속도로 뚫고 있었다.

결국은 평범한 진군 속도보다 많이 느린 건 어쩔 수 없지만.

선행하는 제국군이 저런 상태이니까 뒤에서 쫓아가고 있는 마족군을 재촉해 봤자 쓸데없이 인원이 뭉치게 될 거야.

그러면 곤란하다.

왜냐면 제국군의 대부분은 우리 정체가 마족군이라는 걸 모르거든.

나츠메가 세뇌를 마친 대상은 진짜 일부의 상층부뿐이고 전장에 나선 대부분의 병사는 그냥 상관의 명령이라서 복종했을 뿐이니까.

당연히 저런 병사들은 뒤에서 따라오고 있는 별동대가 마족군이라는 사실을 모른다.

저 사람들은 우리 마족군을 정규 제국군으로 믿고 있다는 뜻.

일단 마족군도 제국군 복장을 갖춰 입었으니 멀리서 잠깐 쳐다볼 땐 아마 들키지 않을 거야.

하지만 가까이 합류하면 위화감을 숨길 수 없다.

제국군의 복장을 입었어도 결국 평소에 입는 차림새가 아니라 오직 이 원정을 위해 급하게 준비한 물자잖아.

매무새라든가 위화감을 줄 수밖에 없지.

거 뭐냐, 신입 사원이 익숙하지 않은 정장을 처음 입었다는 느낌?
뭐, 옷차림 같은 사소한 위화감보다 더 치명적인 차이가 있지만 말야.
마족이니까 마족어로 말한다.
그야 이야기 소리가 들리면 한 방에 들통이죠…….
그리고 지금 우리가 타고 있는 거미차도!
이런 게 제국에 있을 리 없잖아!
아크 타라텍트를 말 대신 써먹는 차는 도대체 뭐야…….
이렇게 눈에 확 띄는 물건이 있으면 한 방에 이 부대가 심상치 않다는 걸 깨닫겠지.
뭐, 이런 이유로 앞에 나가 있는 제국군을 따라잡으면 안 되는 거야.
그래서 느긋하게 전진 중이다.
그리고 이다음에 할 전투는 진짜 혹독할 게 예상되니까 벌써부터 쓸데없이 피로가 쌓이지 않도록 마음을 풀어주자는 의미도 있다.
괜히 긴장하다가 정작 승부에 나설 때 비실비실 상태라면 무슨 봉변이냐고.
나랑 마왕은 이런 느낌으로 적당히 힘을 빼주고 있는 입장인데, 마족군도 진군 속도를 늦춰서 가능한 한 힘을 온존시키자는 노림수가 있다.
그럼 앞쪽에 나가 있는 제국군은? 그런 의문이 들 텐데 제국군은 버리는 패라서 말야~.
적당히 엘프의 전력에 타격을 주고 적당히 상대를 휘저어주면 활용 끝.

어차피 평범한 인족 군대가 진짜 무기를 꺼낸 엘프의 전투력을 당할 방법은 없거든.

진짜 무기를 숨긴 보여주기용 엘프의 병력만 대충 솎아주면 제국군의 임무는 끝이다.

엘프의 진정한 전력, 포티머스가 싸고도는 기계 병기를 꺼내다 놓을 만큼 잘 싸워주면 감지덕지일까.

그리고 서글프게도 걔네가 튀어나오면 제국군은 유린당할 뿐…….

솔직히 제국군은 거의 못 살아남을 거야.

앞날이 뻔히 내다보이는데 제국군의 피로를 이래저래 신경 써 봤자, 소용없잖아?

제국군은 열심히 혈로를 뚫어주면 된다.

지금 뚫는 곳은 숲이지만…….

"음……."

아, 마왕의 마사지하던 손이 멈췄다.

"……또야?"

"……응. 또 왔네……."

마왕이 살짝 몸서리치며 내게 떨어져 좌석에 앉았다.

"여보세요? 아~ 응응……."

그리고 혼자서 말을 재잘거렸다.

옆에서 보면 갑자기 혼자 떠들어 대는 위험한 사람이지만 엄연하게 대화 상대가 존재한다.

어딘가에서 묘한 전파를 수신한 게 절대 아니야.

……어떤 의미로 묘한 전파인지도 모르겠지만.

뭐, 그게, 뭐냐…….

염화 스킬로 멀리 떨어진 상대와 전화 비슷하게 통화를 하는 셈인데 상대가, 음…….

흡혈 양이거든.

그 녀석은 지금 제국군과 같이 움직이고 있는 입장인데 숲을 뚫는 과정에서 발이 묶인 탓에 심심한가 봐.

그리고 심심하다며 엄청 짧은 간격으로 이렇게 염화를 날린다.

게다가 염화를 날리는 대상은 마왕 하나뿐이 아니라 메라라든가 오니 군이라든가 다른 사람한테도 막 날려 대는 것 같아.

마왕에게 염화가 오는 빈도로 역산하자면 이 녀석 잠자는 시간 이외에는 줄곧 누군가와 염화를 하는 게 아닐까?

되게 쓸쓸한 아이구나!

뭐, 흡혈 양은 제국군에 알고 지내는 사람이 거의 없는 데다 스스로 나서서 친구를 만들 성격도 아니니까 이야기 상대가 없어서 많이 심심할지도…….

같이 동행한 페르미나하고는 견원지간이고.

……응?

잠깐, 잠깐만?

분명히 흡혈 양이랑 동행한 녀석이 한 명 더 있었을 텐데?

마족 학원을 다니던 중 흡혈 양한테 홀딱 반했다가 끝내는 이미 혼약한 관계에 있던 페르미나까지 함정에 빠뜨려서 쫓아냈고, 자기 옆자리를 비워 낸다는 쾌거를 이룬 다음에도 더 다가가서 흡혈 양에게 조르고 졸라 허락을 받아 내더니 흡혈귀가 되어 권속으로 들어갔다는 흡혈 양 러브러브 녀석이…….

왈도 군이었던가?

흡혈 양이 계산상 대부분의 시간을 염화에 쏟아붓고 있다는 말은 즉 가까운 곳에 붙어 있을 왈도 군하고는 대화를 안 한다는 뜻이 되는데…….

……왈도 군, 힘내라.

흡혈 양을 너무 사랑한 탓에 많은 것을 버리고 흡혈귀가 되었는데도 이런 처사라니…….

뭐, 페르미나를 버린 업보가 돌아왔다고 생각하면 오히려 타당한가?

음, 으음…….

확실히 왈도 군의 집착이랄까, 집념이랄까, 살짝 스토커 비슷도 하고. 흡혈 양이 행동은 저래도 근본 부분은 음침 캐릭터라서 너무 척척 다가들면 싫어할 테고 말이야~.

그런 주제에 흡혈 양 본인은 자기 마음을 연 상대한테는 쭉쭉 다가가잖아…….

다행히 이미 스킬을 잃어버린 내게는 염화가 날아오지 않는다.

안타깝지만 마왕과 메라와 오니 군이 흡혈 양의 심심풀이에 잘 어울려줄 거야.

이러니저러니 해도 대화를 잘 받아주는 걸 보면 다들 마음씨가 착하구나.

……어쩌면 같이 떠들면서 괜한 부담을 덜어 내는지도 모르겠지만.

이번 상대는 벼르고 벼른 포티머스다.

분명하게 말해서 전원이 살아 승리한다는 보증은 못 한다.

패배는 티끌만큼도 생각하지 않는다.

이기기 위한 준비는 지나치리만큼 했다고 자부한다.

그래도 세상에는 절대라는 게 존재하지 않아.

내가 공들여서 준비했듯이 포티머스 또한 준비를 해왔을 테니까.

그야말로 우리 전생자가 이 세계에 태어나기 전부터 쭉, 쭈욱~.

난 아직 포티머스라는 남자의 바닥을 보지 못했다.

그래서 무슨 사건이 더 일어날지 모른다.

다시 한 번 말하겠는데 패배는 티끌만큼도 생각 안 한다.

그래도 희생이 발생하지 않는다는 말은 역시 못 하겠다.

최악의 경우 생존자는 나 하나뿐일 수도 있겠지.

그만큼 혹독한 전투가 될 거야.

그런 예감을 흡혈 양도 느껴서 아는 게 아닐까…….

"마왕."

"응?"

"흡혈 양한테 전해줘."

"뭐라고?"

"이길 테니까 안심하라고."

마왕은 내 말을 듣고 잠시간 어리둥절하다가 이윽고 쓴웃음을 지은 뒤 통화를 재개했다.

"시로가 말 전해달래. 이길 테니까 안심하라더라. 불안해서 어떻게 할 줄 몰라 하는 소피아를 격려해주는데?"

잠깐.

말 전해주다가 뒤에 한마디는 왜 쓸데없이 붙이세요?

살짝 히죽하는 걸 봐서 확신범이구나, 마왕 녀석.

"으엇."

마왕이 작게 신음하더니 고개를 젓혔다.

"……화내더니 끊어버렸어."

엄청 빠른 말로 떠들어 대다가 서슬 퍼렇게 통화를 끊는 흡혈 양의 모습이 생생하게 떠올랐다.

진짜 뻔하다니까~.

흡혈 양은 기본적으로 멍텅구리거든.

스펙은 분명 높은데 말이야…….

어쩌다가 이렇게 됐지.

길러준 부모의 얼굴을 보고 싶구나.

"귀엽다니까~."

마왕이 쿡쿡 웃는다.

……아, 맞다. 유소년기에 하필 마왕이 부모 비슷한 역할이었던가?

응, 이렇게 생각하니까 뭔가 흡혈 양이 멍텅구리가 된 이유도 엄청 납득이네.

"에잇."

아야앗~?!

마왕의 딱밤!

그러니까 이거 나 아니었음 머리가 확 날아가는 행동이래도!

"또 이상한 생각 떠올렸지?"

끄응!

맞는 말이라서 생트집 잡지 말라고 부정할 수도 없구나!

"시로는 참 아리송하면서도 뻔한 반응이라니까."

어이없어하며 탄식하는 마왕.

……딱히 아리송하게 굴려는 생각은 없었는데 뻔한 반응이라는 말을 들으니까 뭔가 충격이야.

"이번 전투, 승률은?"

표정을 진지하게 바꿔서 묻는 마왕.

장난은 여기까지라는 말이겠네.

"100퍼센트."

그러니까 나는 거리낌 없이 진지하게 답했다.

"……그럼 우리가 살아남을 확률은?"

"……."

마왕이 말하는 우리에는 마왕, 흡혈 양, 오니 군, 메라, 인형 거미 자매들이 들어가려나.

그 밖에 어중이떠중이는 숫자에 안 넣었을 거야.

"즉답을 못 한다면 역시 100퍼센트는 아니구나. 거봐, 반응이 뻔하지."

끙 소리도 안 나온다.

"시로는 진짜 식구한테는 약하구나."

마왕이 쓴웃음을 지었다.

그러나 곧바로 또 표정을 진지하게 되돌렸다.

"그래도 이번만큼은 약한 마음을 버리자."

"……."

"전쟁이야. 전쟁인 이상 목숨을 걸고 싸우게 될 거야. 우린 여기에 직접 목숨을 내어놓았고. 만약 죽는다면 우리들 자신의 힘이 부족한 게 원인이야."

"그러니까 도움은 필요 없다고?"

"필요 없다는 말은 아니야. 다만 무리해서 도우러 올 필요도 없어. 시로는 승리하기 위해 전력을 다해주면 충분하니까."

……마왕이 하려는 말을 모르는 건 아니다.

그래도, 그럼에도…….

"가능하면 돕긴 할 거야."

"……그럼 시로의 손이 바빠지지 않게 열심히 싸워야겠네."

어차피 마왕이랑 다른 사람들을 내버리지는 못할 거야.

마왕은 약한 마음이라는 표현을 썼는데 더 정확하게 말하자면 이것은 나 자신을 위해서다.

후회든 다른 감정이든 남기고 싶지 않다.

그러니까—.

"다 같이 살아서 이길 확률은 100퍼센트."

선언한다.

다른 승리의 형태는 인정하지 않겠노라고.

어디, 한번 해보자고.

黑1 옛날이야기, 만남

나와 사리엘이 알게 된 계기는 썩 흥미롭지가 않다.

아니, 충격적인 만남은 맞는지라 어떤 의미에서는 흥미로울지도 모르겠군.

그러나 연애 관련의 흥미를 기대했다면 만남의 시점에서 그런 요소는 티끌만큼도 없었다고 미리 이야기해 두겠다.

유감스럽게도 첫눈에 반했다거나 그런 로맨틱한 만남은 아니었다.

사리엘과의 만남은 조금 다른 의미로 충격이었단 말이지.

연애 관련의 전개가 아닌, 더 직접적인 충격을 동반하는 만남이었다.

그래, 그야말로 직접적인, 충격이…….

왜냐하면 마주치는 순간에 얻어맞고 나가떨어졌으니까.

충격적이지 않나?

시스템이 가동되기 이전 세계는 지금의 세계와 전혀 달랐다.

외양도, 알맹이도, 모든 것 전부가.

시스템이 없었던 만큼 당연하게도 능력치와 스킬은 없었다.

그만큼 사람은 빈약했지만 마물 부류의 존재가 없었던 터라 역시 강할 필요도 없었다.

마법을 쓰지 못하는 대신 과학이 발전하여 하늘을 찌를 듯한 고층 건축물이 건설되었고, 지상에서는 자연의 흙 위에 단단히 포장된 길이 연결되어 고속으로 달려 다니는 자동차가 그 길을 가득 채웠다.

당시 사람들이 지금 사람들의 생활을 보면 시대가 역행했다는 생각을 할 테지.

실제로는 스킬의 혜택 및 아직껏 남아 있는 사람들의 지혜 등, 완전히 역행했다는 말은 들어맞지 않을 테지만 이 같은 비틀림을 실감 가능한 자는 지난날을 겪어서 아는 나, 아리엘과 더스틴 정도이리라.

포티머스는 이러한 격차 따위야 신경도 쓰지 않겠지.

더 꼽아보자면 전생자들인가.

그들도 아마 전생하기 전에는 제법 문명이 발전된 별에서 생활했던 것 같다.

그렇다면 지금의 생활상에 어울리지 않는 과거 문명의 잔향 비슷한 흔적을 발견했을지도 모르겠다.

저런 흔적을 지워 없애기 위하여 책 등등 기록 매체는 열화가 빨라지도록 시스템에 장치가 들어가 있는데, 구전 등 대대로 계승되어온 정보까지 다 지워지지는 않는다.

아무리 D가 강대한 신일지라도 사람처럼 빈약한 종이 저항할 수 있음을 증명하는 것 같다.

제아무리 보잘것없는 저항이더라도…….

사람들이 딱히 의식해서 한 행동이 아님을 아는 만큼 이것은 나의 작은 바람이지만.

……이야기가 많이 엇나갔군.

아무튼 당시와 현재 사이에는 같은 세계인가 의문이 들 만큼 차이가 많다.

그리고 차이는 세계만이 아니라 나 자신에게도 있었다.

당시의 나는 스스로 말하기 무엇하나 오만했었다.

사람을 하등한 생물이라 믿어 의심치 않았다.

자신의 명예를 위해 변명하자면 이런 생각은 나뿐 아니라 용(龍) 전체의 가치관이었다.

용, 현재 그런 호칭으로 불리는 마물들을 두고 하는 말이 아니라 나와 동종인 진실된 용들을 부르는 말이다.

현재의 용은 진정한 용의 체조직을 재료 삼아서 포티머스가 만들어 낸 키메라의 일종에 불과하다.

그것들의 생존자, 혹은 자손이 현재의 용이라 불리고 있는 자들이다.

진정한 용은 나와 마찬가지로 태어난 순간부터 신의 경지에 오를 앞날이 약속된 강력한 종이었다.

그런 까닭에 용이야말로 가장 우수한 종이며 이외의 다른 종은 용에게 조아려야 한다는 것이 진심에서 나온 가치관이다.

지금은 D라는 규격 외의 신을 알게 되어서 저 사상에 의문을 갖게 되었지만 당시의 나는 저 가치관에 푹 빠져 있었다.

따라서 하등한 인간들이 자신만만하게 온 세계를 휘젓고 다니는 꼴이 달갑지 않았다.

어째서 용의 상층부는 무력을 동원하여 인간을 죄다 지배하지 않는 것인가?

그런 생각을 했다.

용의 입장에서는 아직껏 젊은이인 내가, 당시에는 더욱 젊지 않았던가.

애송이의 혈기라 말할 수 있겠군.

그래서 하필이면 용의 아이가 인간에게 납치당하는 사건이 발생했을 때 나의 심기는 최악이었다.

당시에 용은 작은 영토 안에서 조용하게 살고 있었다.

지배자여야 할 용이 이런 생활을 하는 데 불만을 가진 부류는 많았다.

다만 용에게 있어 연공서열은 절대적.

손위의 용이 지시를 내린다면 젊은이는 필히 따라야만 한다.

불만은 있을지언정 이렇게 행동하라고 손위 용에게 지시를 받은 이상은 꾹 참고 복종한다.

용은 살아온 햇수가 고스란히 무력으로 직결된다.

다른 생물처럼 부모의 우열에 따라 자식의 우열이 결정되지 않는다.

그래서 더더욱 오래 살아온 용은 존중을 받고 아이는 모두 평등하게 보물이 된다.

장생, 아니, 수명이 존재하지 않을뿐더러 개체로서 강력한 용은 자식을 낳는 경우가 드물었다.

드물기에 더더욱 아이는 아주 고이고이 자란다.

그런 보물인데 납치를 하는 만행은 용의 역린을 건드리는 짓이었다.

나 자신은 아이와 아무 인연이나 관계가 없다.

그 아이와 만난 경험조차 없었다.

그런 나조차 창자가 뒤틀리는 심정이었으니 아이의 친족이 느꼈을 분노는 짐작하고도 남는다.

인간의 도시를 닥치는 대로 모조리 파괴하면서 아이를 찾아다닌들 이상할 게 없었다.

그래서 더더욱 아무 인연이나 관계가 없던 나에게 납치당한 아이의 감시 명령이 떨어졌으리라.

탈환이 아닌 감시다.

오래 산 용들의 말에 의하면 「사람의 손에 납치당했다면 사람의 손으로 탈환하는 것이 도리」라고 했다.

그게 아니라면 용은 사람을 용서할 대의명분을 잃어버리게 된다.

소식을 들은 나의 솔직한 감상은 용서해줄 필요가 있는가? 이것뿐이었다.

용서하지 않고 본보기로 도시를 하나 싹 날려버리면 그만 아닌가, 당시의 나는 생각했었다.

그러나 손위의 용이 내린 지시라면 따를 수밖에 없다.

나는 납치당한 아이를 감시하며 만에 하나라도 인간이 탈환하기 전에 아이에게 위험이 닥칠 상황의 보험 역할을 맡았다.

아이를 납치했던 것은 어느 범죄 조직이었다.

용은 우수한 종족이다.

아이가 납치당했음이 판명된 뒤 금세 범인 추적을 마쳤다.

그리고 범인들이 몸을 숨긴 나라에 연락해서 같은 인간의 손으로 아이를 되찾아 오라 명령했다.

인간도 용의 두려움은 잘 안다.

용의 자식을 납치하는 행위에 어떤 대가가 돌아올지도 잘 안다.

당시의 나는 납치한 일당도 탈환하려는 집단도 다 똑같은 인간이라는 생각을 갖고 관망했으나, 지금 돌이켜보면 탈환에 나선 집단은 아주 제정신이 아니었을 것이다.

조금이라도 생각이 있는 인간이라면 용의 아이를 감히 납치하려고 들지 않는다.

생각이 없는 일당이기에 저러한 폭거를 저지를 수 있었을 테지.

용의 아이를 납치했던 일당은 한 마디로 말하자면 바보였다.

그래서 멍청하게 이용당했다.

훗날에야 판명된 사실이었는데 이 어리석은 유괴극의 흑막은 포티머스였다.

놈은 용이라는 초월종의 연구를 위해 실행범인 범죄 조직을 이용했다.

게다가 번거롭게도 사이에 다수의 조직 및 인간을 끼워 넣어서 포티머스를 추적하지 못하게 수작을 부렸다.

용의 분노를 사면 어떻게 되는지 놈은 분명히 알고 있었다.

그래서 더더욱 자신에게는 추적이 못 미치게 공작해서 일을 꾸몄다.

용에게 손을 쓰는 대담한 행동이라고 해야 할까, 슬금슬금 공작을 거듭하는 소심한 인간이라고 해야 할까, 판단에 어려움이 있는 소행이었다.

어느 쪽이든 놈은 이 사건에서 용의 체조직 일부를 손에 넣는 데 성공했다.

납치당했던 아이의 모발 및 비늘의 파편 등등이다.

그 일부를 써서 키메라를 만들었는데 이 부분은 다른 기회에 이야기하도록 하자.

비록 포티머스에게 이용당한 처지였을지언정 실행범 놈들은 용서받을 수 없었다.

용을 건드린 이상 당연한 귀결이다.

그 여파에 말려들지 않기 위하여 실행범을 맡은 범죄 조직이 있던 나라에서는 죽기 살기로 해결에 나서야 했다.

납치당한 아이의 몸에 불상사가 일어나기 전에 무사히 탈환해야만 했다.

그러나 나는 오히려 실행범 녀석들이 아이에게 손쓰기를 바랐다.

그렇게 되면 실행범들과 함께 그 나라를 날려버릴 대의명분이 만들어지기 때문이다.

내가 받은 명령은 아이의 신변에 불상사가 발생하지 않게 지켜보라는 것.

또한 누구든 아이에게 위해를 가하려고 들 경우는 실력 행사로 아이를 보호하라는 것.

조건이 충족되면 나는 실력 행사를 허락받은 입장이었다.

나는 공간 마술이 특기라서 아이의 몸에 불상사가 일어날 경우 전이로 곧장 현장까지 달려갈 수 있었다.

웬만한 돌발 사태가 아닌 한 불상사가 일어나도 때맞춰 아이를 구출할 수 있다.

그렇다면 이대로 아무 사고도 없이 끝나기보다 용에게 손을 댄다는 것이 어떤 의미인지를 한 번쯤 인간 녀석들에게 가르쳐주면 훨씬 더 좋지 않겠는가.

그런 생각을 할 정도로 쌓였던 울분이 있어 이성적이라 말하기는 어려운 상태였다.

아울러—.

“어이, 형씨. 여기는 우리 구역인데?”

불쑥 나타나 시비를 건 녀석들도 나의 분노에 더욱 땔감을 넣어주었다.

감시 목적의 잠복을 위해 사람들 눈이 적은 어둑어둑한 뒷골목을 선택한 것이 실수였다.

인간으로 의태하여 달랑 혼자서 이런 장소에 있던 나는, 질 나쁜 녀석들이 보았을 때 절호의 먹잇감이었을 테지.

질 나쁜 젊은 인간들에게 둘러싸여버렸다.

어떤 시대에도 이러한 패거리는 존재하는 법이다.

일이 귀찮아졌다는 생각은 하지 않았다.

생각하기에 앞서 손이 나갔기 때문이다.

이미 나의 분노는 부글부글 끓고 있었고 당시의 나는 인간을 구별할 줄 몰랐다.

아이를 납치했던 인간도, 도로 탈환하려는 인간도, 그때 시비를 걸었던 질 나쁜 인간도 동등하게 같은 인간의 범주였다.

그리고 인간이 결국 나에게 이빨을 드러냈다.

공격하는 데 다른 이유가 필요하지는 않았다.

아마 푼돈을 갈취하려는 정도의 의도밖에 없었을 질 나쁜 애송이들의 입장에서는, 느닷없이 죽이겠다고 달려드는 반응을 상상하지 못했을 것이다.

게다가 하필 상대가 용이었다는 생각은 꿈에도 못 했을 테지.

그리고 나의 주먹은 녀석들이 다른 판단을 하기에 앞서, 본인이 죽었음을 깨닫지조차 못할 속도로 휘둘러져서 갈가리 찢어놓아야 했건만…….

나의 주먹은 휘둘러지지 못했다.

그 전에 뒤에서 내 팔을 가만히 붙잡은 존재가 있었기 때문이다.

"윽?!"

즉각 붙잡히지 않은 반대쪽 손으로 상대에게 손등 타격을 선사했다.

그러나 손등 공격이 막히면서 여파로 충격파가 발생한다.

그 충격파로 질 나쁜 애송이들은 바닥에 엎어졌다.

하지만 그때의 나는 그깟 불량배들에게 신경을 쓸 여유가 없었다.

왜냐하면 반격을 맞아 나가떨어졌기 때문이었다.

무슨 일이 일어났는지 일순간 이해할 수 없었고 정신을 차렸을 때는 하늘을 우러러보며 땅바닥에 드러누워 있었다.

"경고합니다. 재래종에 대한 물리적 간섭은 허가할 수 없습니다."

그런 나를 내려다보며 감정이 드러나지 않는 기계적이고 담담한 목소리로 통보하는 존재.

"재래종에 대한 용의 적대적 행위를 감지했습니다. 실행하는 경우는 본 사명에 저촉. 배제에 임하겠습니다."

그것은 무자비한 선고.

내가 용임을 뻔히 알면서 그럼에도 행동을 일으키면 배제하겠다는 선언.

그리고 그 여자는 자기 언행을 완수할 힘을 갖고 있었다.

자신의 종족이야말로 지고라 생각하는 용이, 그럼에도 별의 지배를 실행하지 못했던 이유.

재래종을 보호하며 용을 초월하는 존재.

그것이 바로 현대에서 여신이라는 칭호로 불리기까지 하는 사리엘.

마주치자마자 서로가 서로에게 공격을 펼쳤고 땅바닥에 나가떨어지는 신세가 된 데다가 배제하겠다는 말까지 들었다.

이것이 나와 사리엘의 만남이었다.

어떤가? 연애 관계로 엮지는 못할 방식의 만남일 테지?

단장 포티머스의 시작

인정할 수 없다.

어째서 사람은 죽는가?

어째서 죽음을 피할 방도가 없단 말인가?

죽음은 곧 종막이다. 나라는 존재의 종지부이다.

그따위 끝은 인정할 수 없다.

나는 죽고 싶지 않다. 죽음이 두렵다.

어째서 다른 인간들은 죽음을 받아들이려 하는가?

피할 수 없기 때문에? 그것이 운명이기에?

우습다. 실로 우습다.

피하려는 노력도 않고 태평하게 살아간다.

그 나태한 삶에 구역질이 나온다.

단지 운명이기에 받아들이며 죽음을 기다리자는 삶 따위 나는 사절하겠다.

나는 영원을 손에 넣어 보이겠다.

죽음을 두려워 않고 살아가는 영원의 생명을…….

기필코.

어떤 수단을 써서라도…….

2 결전 개시의 종

울창한 숲속.

그곳에 자연과 어울리지 않는 결계가 두둥~ 떡.

나와 마왕, 추가로 인형 거미 자매들 도합 여섯 명은 마족군과 떨어져서 결계 앞쪽에 서 있었다.

앞에 보냈던 제국군은 이제야 엘프의 마을을 덮은 결계의 바깥 둘레 근처까지 도착했다.

이제 이 결계만 처리하면 엘프의 마을에 침공할 수 있다.

뭐, 결계가 문제지만 말야.

이 결계, 엄청나게 단단하다!

얼마나 단단하냐면 퀸 타라텍트의 전력 브레스를 얻어맞고도 꿈쩍을 하지 않는다나 봐.

예시가 되게 구체적이라고 생각하셨을 당신.

맞아요, 실제 과거에 실험을 마쳤답니다.

사실은 이곳 가람 대삼림은 엘프의 마을이 있다는 것 이외에도 하나 더 널리 알려져 있는 특징이 있다.

바로 퀸 타라텍트의 서식지라는 것.

그래, 엘로 대미궁에 있었던 마더, 그 녀석과 동종의 퀸 타라텍트가 이 숲에도 서식하고 있다는 소리다.

뭐, 이유는 물론 짐작이 되지.

마왕의 불구대천 원수, 포티머스의 활동을 감시하기 위한 파수꾼이다.

엘프의 마을에는 결계가 있어서 손쓸 방법이 없지만, 바로 옆쪽에다가 따단~ 세력을 만들어 놔서 쭉 압박감을 가해왔던 셈이야.

퀸 타라텍트가 있던 덕분에 포티머스는 섣불리 결계를 해제할 수 없었다.

그리고 출입은 퀸 타라텍트의 서식지를 피해야 해서 전이진을 쓴 장거리 전이에 의지할 수밖에 없는 처지가 됐다.

참고로 이 퀸 타라텍트, 현재는 제국군의 침공에 방해가 되지 않도록 물려 놓았다.

엘프의 마을을 사이에 두고 제국군과 반대쪽에 말이야!

요, 컨, 대 엘프 녀석들은 제국군과 퀸 타라텍트 및 휘하 거미 군단의 협공을 받게 된다는 뜻.

멋지다!

다만! 저 공격을 실현시키려면 퀸의 전력 브레스까지 버티는 결계를 먼저 치워버려야 한다.

이 결계, 포티머스가 못된 잔꾀를 총동원해서 만들었다는데 MA 에너지를 기가 막히게 마구 낭비하며 엄청난 방어 능력을 상시 발휘하고 있다.

이 결계 때문에 시스템으로 차곡차곡 모아 둔 에너지가 쓸데없이 낭비된다고 생각하면 이보다 더 짜증이 솟을 수가 없단 말이지!

아~ 때려 부수고 싶다~.

그래도 아직이야. 아직은 때가 아니야.

지금은 신호를 기다려야 한다.

결계를 부수기 전에 꼭 먼저 해야 할 일이 있다.

그것은 전이진의 파괴.

전이진은 누구든 사용 가능한 장거리 이동 수단이다.

그리고 결계에 의해 격리되어 있는 엘프의 마을과 바깥을 연결해 주는 유일한 출입구이기도 하다.

전이진을 먼저 부수지 못하면 설령 물리적으로 포위했어도 엘프들이 도망쳐버린다.

그리고 도망치는 곳은 전이진 너머의 먼 토지.

쫓아가고 싶어도 전이를 마친 뒤 출구에서 전이진을 파괴하면 쫓아갈 방법이 없다.

일단 신언교가 오랜 세월 조사를 해서 몇몇 전이진의 출구 위치는 파악했다고 한다.

그러나 모든 전이진을 파악했다고 단언할 수는 없다.

그렇다면 파악해 놓은 전이진으로 엘프의 마을에 침입한 뒤 안쪽에서 전이진을 파괴해버리자는 작전이다.

다행히 엘프의 마을에 있는 전이진은 결계를 넘어가야 한다는 제약 때문에 전부 한 장소에 이어지도록 만들어 놓았다고 한다.

결계의 구조 문제상 모든 전이진이 한 장소에 와서 일단 모였다가, 결계 바깥과 연결되는 구멍을 통해 그곳에서 각 전이진으로 흩어지는 방식을 채택한 것 같다.

이 내용은 내가 결계의 특징을 먼저 조사하던 중 발견했다.

포티머스의 성격을 감안하면 다른 장소에 비밀 전이진이 없다고 단언은 못 하지만, 조사를 마친 범위에서는 결계의 다른 빈틈을 찾아내지 못했던 만큼 아마도 더는 없지 않을까 생각한다.

그 때문에 전이진을 일망타진하는 것은 가능하다.

그래, 내가 기다리고 있는 신호는 내부에 잠입해서 전이진 파괴에 성공했다는 연락이다.

그리고 엘프의 마을 내부에 잠입한 요원은 전생자 중 쿠사마 군.

전세의 이름은 쿠사마 시노부(草間 忍).

전생 특전 유니크 스킬은 닌자(忍者)라더라…….

대놓고 이름 한자를 써먹었는데?

너무 성의가 없지 않아?

D 녀석. 일 진짜 대충하네…….

뭐, 아무튼 쿠사마가 이번 세상에서 태어난 곳은 신언교의 방첩 부대에 속한 가문이었다.

즉 신언교 전속의 닌자 비슷한 신분이었던 거야.

잔재주 많은 포티머스도 차마 신언교의 입김이 팍팍 닿는 집안에서 쿠사마를 빼내는 건 엄두가 안 났는지 전생자 중 유일하게 엘프와 관련 없이 생활할 수 있었다.

뭐, 이미 방첩을 맡은 집안이라는 특수한 환경에서 태어난 만큼 평온한 생활을 누렸다고 말할 처지는 아닌 것 같지만.

그 증거로 쿠사마는 방첩 부대에서 훈련을 받은 데다가 또한 유니크 스킬 닌자가 임무에 딱 들어맞은 덕분에 제법 강했다.

뭐, 강해 봤자 어디까지나 인간 기준의 평가지만 말이야.

그래도 슬쩍 잠입해서 전이진을 폭파하는 정도는 식은 죽 먹기라던가.

참고로 폭파에 쓸 도구는 오니 군이 제작한 작렬검이라는 폭발 마검이다.

이름만 마검이지 그냥 폭탄이네.

한 자루만으로도 전이진을 일망타진 가능할 만한 파괴력이 있다.

오니 군 말이야, 저런 걸 양산까지 했거든?

겉모습은 검사인 주제에 실태는 폭탄마라니까?

사기라고 생각한다.

애써 일본도와 잘 어울리게 일본 옷을 실까지 써서 만들어줬는데.

일본 전통 옷 차림의 오니 검사.

그러나 정작 실태는 폭탄마.

맙소사~.

또 오니 군과 쿠사마 군은 전세 때 제법 사이가 좋은 친구였다며, 신언교와 사전 협의를 할 때도 휴식 시간이라든가 자주 얼굴을 마주하고 옛 우정을 되새기는 모습이었다.

아마 작렬검을 건네준 이유도 전별 비슷한 느낌이 아니었을까?

나는 옛 우정을 되새길 만한 친구가 없어서 잘 모르겠지만!

부러워서 꺼내는 말은 아니니까!

괜히 수수께끼의 변명을 하며 결계의 안쪽을 바라본다.

이 결계, 투명하니까 바깥에서 안을 들여다볼 수 있다.

보인다, 즉 가시광선은 통과 가능하다는 뜻이고 밀폐된 상태는 아닐 테니까 공기 같은 물질도 분명 통과할 수 있거든.

그렇게 생각하면 이것저것 장난을 칠 수 있을 같은데, 내가 대번에 떠올리는 방법을 마왕이나 교황이 시험해보지 않았을 리 없으니까 그쪽 관련의 대책도 아마 마련해 놓았을 거야.
이거 참 가증스러운 결계네요~.
뭐, 내가 나서면 이딴 결계는 거뜬거뜬 거뜬히 때려 부술 수 있지만요!
쿠사마 군이 전이진 파괴에 성공한 다음 작전은 이러하다.
우선은 내가 엘프의 마을에 펼쳐 놓은 결계를 파괴합니다.
이때 제국군이 힘을 모아서 날리는 신형 대마법에 파괴된 듯 보이도록 꾸미는 수를 쓸 거예요.
눈속임 정도는 될 거야.
그리고 나츠메가 지휘하는 제국군이 진군.
나츠메는 이것저것 어그로를 많이 끌어 놓았으니까 분명 그쪽으로 엘프 여러분들이 쇄도하겠죠.
적어도 야마다 군 일행은 곧장 달려가줄 거야.
뭐랄까, 안 그러면 곤란하거든.
만에 하나라도 마왕과 야마다가 불쑥 맞닥뜨리는 사태만큼은 피해야지.
뭐, 그런 부분은 규리규리의 분체, 즉 하이린스의 활약을 믿도록 하자.
하이린스, 부탁 좀 하자~?
괜히 안 부딪히게 잘 이끌어줘라~?
뭐, 이렇게 엘프들의 눈을 제국군으로 쏠리게 한 동안 마족군이 진군을 개시.
엘프들의 옆구리에 공격을 날리는 거야.

마족군의 지휘는 메라와 오니 군에게 맡겨 놓았고 앞쪽에 보내 둔 제국군에는 흡혈 양도 있으니까 문제는 없다.

여차하면 페르미나도 나서줄 테니까 어떻게든 될 테고…….

엘프의 전력이 이쪽에서 예상했던 이상이더라도 저 녀석들이라면 무사하게 철수할 시간만큼은 버텨줄 거다.

솔직히 흡혈 양이랑 오니 군만 잘 싸워줘도 대충 다 해결되거든.

그리고 또 제국군과 마족군의 공격을 받아 두 방면 작전을 전개해야 할 처지에 몰린 엘프 여러분들에게 추가로 타라텍트 군단을 선물.

퀸도 포함이야!

퀸 하나로도 감당이 안 될 전력인데 게다가 아크가 열네 마리.

그레이터 쉰한 마리.

그 밖에 다수.

그냥 이 녀석들만 나서도 충분하지 않나?

다 죽어 나갈 것 같은데.

아비규환의 지옥 같은 광경이 예상되는데 그 혼란을 틈타 나하고 마왕이 엘프의 마을 내부에 몰래 잠입.

전생자의 신병 확보라든가 포티머스의 본체 살해라든가 작전을 감행한다.

포티머스의 본체만 콱 죽여버리면 이 전쟁의 승리는 따 놓은 당상.

이미 엘프의 마을 바깥에 있는 분체는 전부 처단했다.

왕국에서 흡혈 양이 처리했던 녀석이 아마 마지막 분체였을 거야.

그 포티머스의 마지막 분체를 처단하기 위해 왕국에서는 쿠데타를 일으킨 통에 야마다 군이랑 여러 사람들이 덩달아 호된 경험을 했는데 어쩔 수 없잖아.

왕국에서 이래저래 암약을 했던 포티머스의 잘못이야.

결국 포티머스의 책임이지.

내 책임이 아냐.

뭐, 거하게 일을 벌였던 보람이 있어 분체를 포함하여 포티머스의 영향력을 왕국에서 싹 치우는 데 성공했다.

혹시 빠뜨린 게 있더라도 포티머스는 나처럼 본체를 분체로 옮기는 재주까진 못 부린다.

포티머스는 어디가지나 본체는 본체이고 분체는 원격 조작으로 움직이는 방식이니까.

그러니까 본체만 확실하게 죽이면 그 시점에서 분체는 모든 의미를 잃는다.

제국군도 마족군도 타라텍트 무리조차도 미끼.

맨 처음 미끼가 되어줄 제국군은 제법 큰 피해를 받을 테지만 본래부터 적당히 써먹고 버릴 작정으로 모은 군대니까 말이야.

엘프들을 대충 유인만 해주면 충분하다.

그럼 마족군과 타라텍트 무리가 휘저어줄 거야.

그 틈에 진짜 주력인 나와 마왕이 움직인다.

솔직히 말하자면 나랑 마왕만 나서도 다른 군대들 전부 더한 것보다 전투력은 훨씬 위거든.

그런 마왕과 나는 지금 눈싸움 중이었다.

"시로가 뭐라 말하든 이것만큼은 양보를 못 하겠는데~."

"안 돼, 안 된다니까."

따끔따끔한 긴장감이 주위를 둘러싼다.

같이 동행한 마왕의 인형 거미들이 긴장감을 견디지 못한 채 두려워하며 덜덜 떨고 있다.

나도 마왕도 서로 주장을 굽히지 않아 눈싸움이 이어진다.

왜 실랑이를 하고 있냐면 포티머스의 숨통을 끊는 역할을 누가 맡는가 하는 문제다.

나는 선생님의 문제도 있어서 포티머스를 흠씬 박살을 내주고 싶다.

그 빌어먹을 자식은 내 전세의 은인인 선생님을 작정하고 속여 넘겨서 전생자를 모으기 위해 마차 말처럼 부려 먹은 데다가, 분체화하기 전 준비를 위해 선생님의 혼에 자기 혼 일부를 기생시켰단 말야?

절대로 못 봐주거든~?

더 말하자면 포티머스의 밑바닥을 꿰뚫어 볼 수 없는 만큼 마왕보다 강한 내가 대처하는 게 훨씬 안전하다는 이유도 있다.

반면에 마왕도 그런 사정을 잘 알지만 그럼에도 포티머스와 싸우고 싶다며 주장을 안 굽힌다.

그야 마왕은 이제껏 줄곧 포티머스의 온갖 만행에 지긋지긋 당해왔다는 원한이 있다.

나의 십수 년보다는 훨씬 막대한 심정일 거야.

그런데 하필 상대가 포티머스 하이페너스.

겨우 혼자서 세계를 적으로 삼은 채 줄곧 암약해왔던 남자.

이제껏 겪은 전투를 돌이켜보며 역산하면 포티머스가 보유하고 있을 전력은 마왕에게 충분히 맞먹는다는 게 나의 예상이다.

고작 이따위 곳에서 마왕에게 만약의 사태가 벌어지면 어떡하나 생각을 하면 나로서는 안전한 방법을 선택하고 싶다.
그럼에도 마왕은 기껏 설명을 듣고도 고집을 꺾어주지 않았다.
그게 전부라면 그나마 괜찮다.
나도 자신의 손으로 포티머스를 찢어발기고 싶은 마음은 있지만 마왕도 나와 비슷하거나 더한 심정일 테니까.
양보도 어쩔 수 없다는 생각은 들어.
내가 도와준다면…….
"하다못해 옆에서 돕는 건 용납해줘."
"거절할게. 이건 내 투쟁이야. 어느 누구도 개입할 수 없을지어다. 음, 조금 멋있나?"
이거다.
마왕은 자기 혼자서 결판을 내겠다며 고집을 꺾지 않는다.
나의 도움도 부하들의 도움도 일절 용납하지 않겠다고.
일대일로 긴 악연에 종지부를 찍고 싶다고.
방금 막 도움은 「필요 없다는 말은 아니야」라고 말해 놓고도…….
"고집부린다는 건 알아. 그래도 이것만큼은 양보할 수 없어. 포티머스는 내가 이 손으로 결판을 내야 해. 왜냐하면 그 자식은, 나의……."
각오를 다진 마왕의 눈동자.
저 눈을 똑바로 마주 바라보면 오히려 내가 잘못을 한 기분이 든다.
"죽을지도 몰라."
"물론 각오했어. 애당초 나는 수명이 별로 안 남았잖아. 여기에서 죽어도 후회는 없어. 내가 죽어도, 그래도 시로가 포티머스를 대신 처단해줄 거라 믿으니까."

만약 죽어도 포티머스는 길동무로 데려가겠다는 표정을 짓고 저런 소리를 잘도 늘어놓는구나.

아~.

망했어요~.

성대하게 한숨 쉬었다.

저런 말까지 듣고 안 물러날 수는 없었다.

마왕은 지난 긴 삶의 전부를 걸고 포티머스에게 도전할 작정이다.

자신의 긍지를 걸고.

저 의지를 내가 부정할 수는 없잖아.

저런 방식으로 말하면 내가 물러날 수밖에 없다는 것을 잘 알면서 하는 말이니까 심보가 참 못됐다.

"용서 안 해."

"어?"

"죽으면 용서 안 해. 마왕이 죽으면 그 순간에 이 세계가 어떻게 되든 다 버리고 도망칠 거야. 내가 무책임하게 행동하는 꼴 보기 싫으면 반드시 살아남아. 알았어?"

"……넵, 보스."

울면서 웃는 표정으로 경례하는 마왕의 얼굴을 차마 볼 수가 없어서 나는 휙 고개를 돌렸다.

그때, 타이밍 좋게 결계의 안쪽 저 멀리서 폭발이 일어나는 광경이 보였다.

쿠사마 군이 무사히 전이진의 폭파에 성공했나 봐.

이제 거리낌 없이 이 결계를 때려 부숴도 된다.

그런고로 먼저 이공간에 보관해 놨던 아이템을 꺼내 듭니다.

“어?”

그 물건을 본 마왕이 눈을 동그랗게 만들며 물음표를 띄웠다.

그야 당연한 반응이다.

내가 꺼내 든 것은 야구 방망이.

D의 집에서 가택 수색을 했을 때 얻은 개그 아이템 중 하나다.

이 방망이를 휘두르면 공은 반드시 홈런이 된다.

어딘가에서 들어본 것 같은 효과인데 이 방망이는 그게 전부가 아니다.

이 방망이로 생물을 냅다 때리면 홈런이 된다.

뭔 소린지 모르겠는데~. 그런 생각이 들 텐데 요컨대 엄청나게 잘 날아간다.

코미디처럼 잘 날아간다.

그런데도 대미지는 살짝 아픈 정도.

아무리 멀리 날아가도, 그리고 날아간 위치에서 땅바닥에 추락해도 대미지는 살짝 아픈 정도.

아무리 힘을 쥐어짜서 전력으로 세차게 휘둘러도 대미지는 일정 이상으로 안 올라간다.

영문을 알 수가 없어.

이렇듯 개그 아이템이지만 뻥 날아간다는 효과 자체는 진짜거든.

개그 아이템이어도 D의 거처에 있던 진짜배기 신기(神器).

그렇다 해도 효과가 엄청나게 한정적이라 공과 생물이 아니면 발휘되지 않는다.

공은 좋다고 쳐도 어째서 생물까지 홈런의 대상이 되나 무척이나 의문스럽지만…….

다른 대상에는 전혀 반응하지 않아서 냅다 때려도 아무 일이 안 일어난다.

따라서 이 방망이로 결계를 콱 휘둘러 쳐도 아무 일이 안 일어난다.

단! 이 문제를 해결할 방법이 있다!

다시 꺼내 든 물건은 하얀 대낫.

나의 메인 웨폰이다.

오른손에 대낫. 왼손에 방망이.

한껏 숨을 들이마시고—.

"합체!"

둘을 합친다!

"어어어……."

마왕이 뒤쪽에서 뭔가 어이없어하며 목소리를 냈다.

이 장면은 질겁해도 어쩔 수 없긴 한데 이게 아주아주 진지하게 어이쿠~ 놀라야 하는 작업이거든?

이러니저러니 해도 한쪽은 D의 손길이 닿은 신기인걸.

그런 물건을 자신의 메인 웨폰과 합성하는 짓이잖아.

사실 위계를 따지자면 방망이가 오히려 대낫보다 위에 있거든.

이런 개그 아이템 주제에…….

그러니까 이 합성은 엄청나게 난이도가 높아.

내가 지금처럼 딱 실행을 앞둔 아슬아슬한 상황에서 합성을 시도하는 이유는, 만약 실패하더라도 한 방 정도라면 결계를 파괴할 만한 출력을 발휘할 수 있을 거라 기대했기 때문이다.

그 경우 방망이는 소멸하고 대낫은 본래 모습과 다르지 않게, 어쩌면 최악의 경우 대낫의 스펙도 떨어질 수 있다.

그럼에도 시도를 할 가치는 있지 않겠어?

성공하면 대낫의 스펙을 강화할 수 있으니까!

우오오오오오오!

성공해라~!

손에 든 대낫과 방망이가 빤짝 빛나더니 방망이가 대낫에 흡수된다.

대낫에 엄청난 에너지가 흘러드는 것을 알 수 있었다.

그렇게 미쳐 날뛰는 에너지에 휘둘리는 모양새로 나는 여전히 빛나고 있는 대낫을 높이 쳐들었다.

슬슬 제국군에서 대마법을 쏟아부을 시각.

거기에 맞춰 나는 이 녀석을 풀 스윙할 뿐.

좋아.

타자, 타석에 진입!

시로 선수, 쳤습니다~!

홈런!

어찌 된 일일까요!

풀 스윙한 대낫의 직격을 맞은 결계가 너무나 허망하게 붕괴해버리는군요~!

……저 결계를 이렇게 간단하게 분쇄하는 방망이의 힘은 역시 대단하구나.

손에 든 대낫을 확인했다.

방금 전까지 있던 방대한 에너지는 안 느껴진다.

음~ 합성은 성공했지만 약간의 강화에서 끝난 느낌인데?

결계를 부수는 데 에너지 대부분을 써버렸고 나머지가 대낫에 흡수된 건가.

처음보다 살짝 강해진 것 같아.

뭐, 이럼 성공이라고 해야지.

"시로야, 뭐야? 방금 가지고 있던 엄청나게 불길한 오라가 나오던 방망이는?"

"마왕, 세상에는 모르는 게 나은 일들이 잔뜩 있거든?"

마왕이 방망이에 대해 묻는데, D의 손길이 닿은 편리 아이템의 정체는 따지지 말아주면 좋겠어.

편리한 반면 사용하면 뒷일이 무서운 일 잔뜩이니까.

왜냐면 하필 D가 만든 물건이잖아?

뭔가 엄청난 저주가 붙어 있을 것 같아서 무섭거든?

일단 꼼꼼히 체크해서 저주 종류가 없다는 걸 확인한 다음 썼지만 말야.

D가 보통 녀석도 아닌데 내 체크를 벗어나는 은폐 공작이 뭐 어렵겠냐고.

그래도 써야 할 때는 쓴다.

왜냐면 편리하니까!

실제 결계를 부수는 데 아까 방망이를 안 썼다면 꽤 수고가 들어갔을 거야.

뭐, 지금은 괜한 걱정은 접어 두고 행동에 나설 뿐.

만리안으로 엘프의 마을 전체를 부감해서 보면 결계가 사라진 탓에 엘프들은 무척 당황하는 모습이고, 제국군은 나츠메를 선두에 세워서 의기양양하게 진군을 개시했다.

전생자 거주 구역으로 눈을 돌린다.

지금 시점에서 엘프가 전생자들에게 뭔가 저지르려는 낌새는 찾아볼 수 없었다.

음~ 뭐, 방치해도 문제는 없음.

"좋아, 슬슬 가볼까."

엘프들의 눈이 제국군으로 쏠리는 지금 잽싸게 우리는 우리 할 일을 해야겠죠.

그런고로 이동 개시.

내가 선두에 서서 마왕과 인형 거미들을 이끌어준다.

나 혼자라면 전이로 여기저기 휙 날아다닐 수도 있겠지만 마왕은 그런 게 안 되니까.

게다가 전이를 썼다간 아마 공간의 흔들림을 감지당해서 우리 쪽 동향이 들통난다.

물론 벌써 들통났을 가능성은 있다. 하지만 들키지 않았을 수도 있으니 일단은 은밀 행동을 유지하자고…….

엘프가 없는 장소를 골라서 힘껏 나아간다.

인형 거미들이 따라올 수 있는 아슬아슬한 속도로 숲속을 달음박질쳤다.

그동안에도 만리안을 쓴 정보 수집은 빼먹지 않는다.

집중해서 엘프의 마을 전체를 부감하며 관찰해봐도 포티머스의 위치는 파악할 수 없었다.

어지간히 엄중하게 숨긴 것 같아.

진짜 포티머스다운 신중함이네.

그래도 안 보인다는 데서 반대로 놈의 위치를 특정할 수 있는 단서가 생겨난다.

이렇게 찾아도 안 보인다는 말은 찾아낼 수 없는 장소에 있다는 뜻.

그렇다고 마을의 바깥이라는 선택지는 말이 안 된다.

포티머스가 아주 용써서 결계를 친 곳이니까 여기가 아닌 바깥에 본체를 두는 위험한 도박을 할 리가 없단 말이지.

반드시 가장 안전한 결계 안쪽에 본체가 있어.

또한 결계의 안쪽에서도 찾을 수 없는 장소.

여기까지 생각을 하면 소재지의 특정은 가능하다.

지하.

지상을 샅샅이 뒤졌는데도 안 보인다면 남은 곳은 뻔하지.

우리가 이제 찾아야 할 곳은 지하로 연결되는 통로.

그래도 찾을 필요는 없다.

지상에는 초월 기술로 제작된 산물, 포티머스가 분명히 보유하고 있을 로봇이 한 대도 없었다.

그렇다면 포티머스의 본체와 마찬가지로 지하에 숨어 있겠지.

이번 습격은 로봇이라는 전력 없이 벗어날 만한 상황이 아니다.

반드시 언제든 타이밍을 맞춰서 로봇 녀석들을 투입할 거다.

그럼 로봇들이 나오는 곳을 습격하면 된다.

로봇들이 나타나는 곳이야말로 포티머스에게 접근하기 위한 경로가 되어줄 테니까.

앗, 말을 꺼내자마자 우리의 전방 1킬로미터쯤 앞쪽 지면이 쩍 갈라지더니 거기에서 로봇이 와글와글 튀어나왔다.

와아~.

뭔가 어느 별의 전쟁 영화에 나올 것 같은 외관의 로봇이구나.

팔 넷에 다리 넷.

네 개의 팔에는 총을 묶어 놓았다.

판타지 세계에는 어울리지 않는 SF틱한 로봇.

로봇이 지상으로 나온 동시에 이쪽을 향해 이동을 개시.

아마도 적군 여러분, 이미 이쪽의 위치를 포착했나 봐.

네 다리를 기민하게 움직여서 고속으로 숲속을 달려온다.

빠른데.

능력치로 환산하면 5천쯤 되나?

나와 마왕이라면 저런 정도의 속도는 아무 문제도 안 되지만 인형 거미들은 살짝 고전할지도 모르겠다.

인형 거미들도 능력치는 1만을 넘기지만, 저 로봇에 탑재되어 있는 무기가 얼마나 센 위력을 발휘할지는 모르는 데다 숫자가 많다.

"적 접근. 내가 대처할게."

마왕과 인형 거미들에게 짤막한 보고.

고속을 유지하며 이동하다가 로봇이 눈에 들어오는 거리까지 오기 이전에 마법을 발동시켰다.

어둠의 탄환이 다수 날아가서 로봇 군단을 덮친다.

로봇은 제대로 저항도 하지 못한 채 꿰뚫려서 파괴되었다.

……약한데.

이런 게 포티머스의 병력이야?

아니, 설마 아니겠지.

이딴 잡동사니가 전부일 리 없어.

뭐, 아무튼, 지하로 가는 입구는 찾아냈다.

파괴된 로봇의 잔해를 무시한 채 곧장 전진해서 로봇 군단이 튀어나온 입구에 도착.

당황하는 분위기로 입구의 덮개가 닫히려고 했지만 완력을 써서 억지로 막아 냈다.

아니, 덮개를 아예 쳐부쉈다.

로봇 군단이 튀어나온 입구는 급한 내리막길로 되어 있었다.

이 아래에 포티머스가 있다.

마왕에게 눈짓을 하자 마왕은 말없이 고개를 끄덕거리고 아래로 내려갔다.

여기부터 앞길은 마왕 혼자서 간다.

그게 마왕의 바람이니까.

우리는 간섭하지 않는다.

다만 지켜봐주기 위해서 몰래 극소 사이즈의 분체만 딸려 보냈다.

죽지 마, 마왕.

자, 나는 나대로 할 일을 하자.

王2 실험동물이었던 왕

포티머스 하이페너스라는 남자는 딱히 바랐던 결과는 아니지만, 나의 인생과 떼려야 뗄 수가 없을 만큼 큰 비중을 차지하고 있다.

태어난 이후 이제까지 줄곧 언제나 저 남자의 영향을 떨치지 못한 신세였다.

왜냐하면 대단히 달갑지 않은 마음이며 인정하고 싶지 않지만 저 남자와 나는 혈연상의 부녀이니까.

그렇다 한들 저 남자가 나를 딸아이로 대해준 적이 있는가 묻는다면 아니다.

지금에 와서 확인할 방법도 없는 데다가 아무래도 좋은 문제인데 호적 따위의 등록도 하지 않았을 거란 생각이 든다.

즉 인지(認知)를 받지 못했다.

그야 당연한 게 저 남자에게 나는 단순한 실험동물이었다.

나의 가장 오래된 기억은 어디 실험실인가 뭔가의 침대에 누워 있는 장면.

이제는 아무래도 세세한 부분을 다 기억하지는 못하지만 나는 그 실험실 같은 장소에 줄곧 누워만 있어야 했다.

누워 있어야 했다는 말보다는 눕는 것 이외에 선택지가 없었다는 말이 정답이려나.

나는 일어서지도 못하고 하루 온종일 침대 위에 있는 주민.

철들었을 때는 이미 그런 상태였다.

다행히 텔레비전이 항상 켜져 있어서 자연스럽게 말을 습득하고 이해할 수 있었다.

포티머스가 내게 보여주는 방송을 교육 쪽으로 비중을 뒀던 이유도 있어서, 침대 위 생활이었지만 제법 폭넓은 지식을 갖출 수는 있었다.

그것마저도 포티머스에게는 내가 제대로 보통 사람들의 지능을 갖춰 성장할 수 있는가 아닌가 관측하는 실험의 일환이었겠지만…….

그래, 실험이야.

나는 실험 목적으로 태어나게 된 아이.

어머니는 알지 못한다.

애당초 있는지조차 알지 못했다.

왜냐하면 나는 순수한 인간이 아니니까.

당시 포티머스가 연구했던 키메라.

별개의 동물 인자를 배합하여 새로운 종을 만들자는 실험.

나는 그 실험에 의해 만들어졌던 키메라였다.

아버지가 포티머스라는 말은 포티머스가 어머니를 임신시켜서 내가 태어났다는 의미는 아니다.

포티머스의 유전자를 베이스로 해서 키메라를 만들어 냈다는 사실 하나뿐이지.

내가 시험관 안쪽에서 만들어졌는지 아니면 제대로 된 모체가 있었는지 지금 와서는 더 이상 알아낼 방법이 없다.

아마 전자에 가깝게 모체를 안 쓰는 모종의 방법으로 태어나지 않았을까 추측을 하고 있지만…….

나의 체질을 떠올리면 아마도 모체가 버티지 못했을 테고.

나의 체질, 내가 하루 온종일 누워서 보내야 하는 생활을 면할 수 없었던 이유.

그것은 독이다.

나는 포티머스의 유전자를 베이스로 갖가지 생물의 인자가 같이 배합되어 있는 상태였는데, 그중에서도 특히 강하게 특징이 발현된 것이 거미의 인자였다고 한다.

내 몸에는 거미의 독을 생성하는 능력이 있었다.

내 외형은 완전히 인간이었고 독 이외의 특징은 나타나지 않았기 때문에, 그게 거미의 인자에 의한 현상임을 당시에는 알 방법이 없었지만…….

분명히 알게 된 때는 나중에 시스템이 가동되고 스킬 및 칭호에서 거미 관련의 문장이 나왔던 다음이다.

그때까지는 내 몸이 독에 좀먹히고 있다는 진단 말고는 알지 못했다.

그렇다, 내 몸은 독을 만들어 냈지만 유감스럽게도 독을 분해하는 능력을 같이 보유하지는 못했었다.

그 때문에 항상 몸이 독소에 좀먹히고 있는 상태가 되어 일상생활을 하는 평범함도 제대로 누릴 수 없었다.

침대에 누운 채 점적 주사를 맞아 영양분 및 독을 중화해주는 약을 보급받지 않으면 살지 못하는 몸.

살아 있다기보다는 살려 놓았다는 말이 어울리는 몸이었다.

가끔씩 피를 뽑아서 가져가는 등 대놓고 실험동물 취급이었네.

그러다가 내 몸의 데이터 채집이 끝난 시기에 아마 살처분을 당하지 않았을까.

그 남자에게 자비 따위는 없다.

다행히도 나는 다 끝나기 전에 사리엘 님께 구출되었다.

포티머스는 늘 치밀하던 녀석이 웬일로 내가 구출되기 조금 전에 큰 실수를 저질렀는지 조사의 손이 전 세계를 뒤졌다고 했다.

또한 전 세계에서 나와 마찬가지로 실험동물 취급을 받던 키메라 아이들이 발견되었고, 아이들의 보호자 몫은 사리엘 님이 운영하는 사리엘라 모임에서 자처했다.

키메라는 나처럼 특수한 사정이 있는 아이도 많았기에 일반적인 고아원에서는 맡아줄 수가 없었고 의료 기관과의 연계가 꼭 필요했다.

더욱이 우리와 같은 키메라의 사회적 대우도 당초에는 어떻게 해야 할지 어려웠을 뿐 아니라 전 세계에서 보호가 이루어졌던 까닭에 국적 등 소속의 문제로도 분쟁이 일어났다.

개중에는 위험하거나 유용한 부류의 특징을 지닌 아이도 있어서 키메라들을 보살피는 환경에 더욱 신중을 기할 수밖에 없었다.

그런 난감한 상황에서 지목된 곳이 전 세계를 돌아다니며 활동하는 한편 어떠한 나라에도 소속되지 않은 자선 사업 단체, 사리엘라 모임.

사리엘라 모임은 의료 분야에도 종사했고 고아원의 운영에도 관여했었다.

그리고 어떤 나라에도 소속되지 않은 완전한 중립의 입장.

키메라들을 생물 병기로 활용할 우려도 일단은 없다.

이토록 키메라를 맡아줄 곳으로 적합한 조직은 따로 없었다.

개중에는 유용한 키메라를 자국에다가 숨겨 놓으려고 한 나라도 있었다던데, 다른 누구도 아닌 사리엘라 모임의 대표를 맡은 사리엘 님이 솔선해서 현장을 달려 다녔던 덕택에 놓친 인원은 적었다.

아주 없지는 않았다는 게 판명된 때는 역시나 시스템이 가동된 다음이었고.

사리엘 님과 사리엘라 모임이 아무리 대단하더라도 전부 다 완벽하게 구해 내기는 불가능했다.

그래도, 그럼에도 사리엘 님은 가능한 한 힘껏 우리를 구출해서 거둬주셨다.

나처럼 머지않아 육체적으로 죽어 갔을 키메라들.

나처럼 머지않아 정신적으로 죽어 갔을 키메라들.

결말은 비참했지만 우리는 분명 사리엘 님이 거두어준 덕분에 구원받았다.

이름도 없는 고아원으로 모이게 된 키메라들.

그 소년 소녀들이야말로 나의 형제.

그 고아원에서 보낸 나날이야말로 내 인생에서 가장 행복한 시간이었다.

그래서 더더욱 짧은 행복의 때를 빼앗아 갔던 포티머스를 용서할 수 없다.

기필코 이 손으로 놈을 처단한다.

……기필코.

"꼴사납구나."

어딘가에 설치되어 있을 스피커에서 들려오는 불쾌하기 짝이 없는 목소리.

"결국 네년의 한계는 뻔하다. 내가 경계하는 것은 규리에디스트디에스뿐. 거짓됨 없는 진정한 신을 대비하여 준비해왔던 나에게 설마 진심으로 이길 생각을 했단 말인가? 그래서 네년은 아무리 시간이 지나간들 계집 취급을 받는 것이다."

오늘따라 유난히 말이 많은데 착각이려나.

그만큼 기쁜지도 모르겠다.

"그렇다 해도 긴 세월을 알고 지냈던 사이이니. 작별의 때에 대접이 소홀하면 실례일 테지. 전력으로 처단할 가치가 네년에게는 있다고 생각한다. 규리에디스트디에스를 상대하기 위하여 특별 제작한 글로리아 타입 Ω(오메가)를 쓸 만큼은 네년을 높이 평가하겠다."

기쁘지 않은 평가를 담담하게 늘어놓는 스피커의 목소리.

나의 눈앞에 있는 것은 마치 내려다보는 듯 서 있는 기계 병기.

"감개무량하군. 길고 긴 인연이 오늘 이 순간 끝난다. 바깥쪽도 곧 정리될 테지. 작별이다, 나의 최대 실패작아."

곧이어 기계 병기가 자신의 칼날을 나를 향해 세차게 내리 휘둘렀다.

단장 포티머스의 실험

사람은 언젠가 죽는다.

그것은 달라지지 않는다.

그렇다면 죽지 않기 위하여 어떻게 해야 하는가?

간단하다.

사람을 초월하는 존재가 되면 그만이다.

다행히 이 세계에는 용이라는 명백하게 사람을 초월한 존재가 있다.

게다가 관측한 바로 저것들은 수명이 아예 없는 종족이다.

용의 유전자를 사람에게 삽입하는 데 성공한다면…….

그 목적을 위한 실험은 쭉 이어졌다.

어떠한 때는 클론 기술로 만들어 낸 나의 클론으로.

어떠한 때는 클론 기술을 응용하여 만들어 낸 나의 유전자를 이어받은 아이로.

어떠한 때는 전혀 관계가 없는 고아로.

그러나 성공하지 못했다.

내가 추구했던 영원의 생명과는 한참 멀었다.

그곳에 다다를 때까지는 몇 번이든 실험해주마.

다행히 실험동물은 부족하지 않다.

黑2 혼자 이야기, 이탈자 천사와 용

제법 충격적인 만남을 겪은 나와 사리엘이 이후에 어떻게 되었느냐면, 아무런 일도 없었다.

내가 힘의 차이를 파악한 뒤 적의를 거둬 항복했으니까.

마침 타이밍 좋게 탈환에 나선 인간들이 아이를 탈환하는 데 성공해서 짧은 대치는 흐지부지 끝낸 채 작별하게 됐다.

나는 되찾아 온 아이를 인간에게서 받아 챙겨야 했고, 사리엘 역시 사건이 끝났음을 확인하자마자 자취를 감추었으니까.

그 이상의 교류는 없었다.

또한 이후에 교류를 가질 기회도 평범하게 생각하자면 없었다.

사리엘과 용은 말하자면 냉전 상태의 관계이다.

일부러 접촉하려고 들지 않는다면 서로가 교류를 할 기회는 거의 없다.

애송이 용이 사리엘과 공식적인 자리에서 대면할 기회는 물론 없고 말이다.

다만 비공식적이라면 이야기가 달라진다.

나는 같은 용 이외에게 맞아 나가떨어졌다는 경험을 한 적이 없었으니까.

사리엘에게 흥미를 갖게 될 수밖에…….

뭐, 그만큼 충격이었다는 말이군.

물론 당시에는 아직 연애의 감정 따위 있지도 않았다.

자신을 날려버린 상대에게 반하는 특수한 성벽은 갖지 않았음을 확언해 둔다.

흥미, 더 정확히는 경계심에서 온 행동이었을 테지.

용이라는 좁은 사회에서 살아온 내게 사리엘이라는 존재는 바깥에서 처음으로 만나게 된 외적이었잖은가.

외적에 대비하자는 것은 생물의 본능 아닌가?

그런 이유로 나는 사리엘에 대해 조사하며 감시를 시작했다.

이 같은 행동으로 훗날 어떠한 인물에게 스토커 소리를 들어 충격을 받게 되는데 그것도 지금 돌이켜보면 웃음이 나오는 좋은 추억이다.

사리엘이 언제부터 이 별에 있었던가, 정확한 사실은 알지 못한다.

용이 이 땅에 찾아오기 이전부터 있었던 것은 틀림없겠다.

인간의 역사를 들추어보면 여기저기에 사리엘로 짐작되는 인물의 묘사가 있다.

즉 인류가 역사를 남기기 시작했던 때에는 이미 존재했다는 뜻이다.

그럼 사리엘은 어떤 인물인가?

사리엘의 정체는 천사다.

그뿐 아니라 천사 집단에서 이탈하여 이탈자 천사라고 불리는 개체이다.

천사는 무엇인가?

그런 질문에 나는 명확한 답을 들려주지 못한다.

용이란 무엇인가? 사람이란 무엇인가?

그런 질문에 명확한 답을 못 하는 것과 마찬가지다.

되도록 철학적인 요소를 빼고 대답해보자면 종족으로서 지닌 천사의 특징을 설명하게 될 테지.

천사란 한마디로 말하자면 신을 상대하는 전투 종족이다.

천사는 어째서인지 신이라는 존재를 멸하는 것을 사명으로 여기며 신들과 끝나지 않는 투쟁을 전개하고 있다.

신이면 소속 따위는 관계없이 다짜고짜 습격한다고 한다.

나는 사리엘 이외의 천사를 알지 못한다.

들은 이야기에 불과하다.

천사가 왜 그리도 신들을 적대시하는가?

그 이유는 알지 못한다.

애당초 천사라는 종족은 수수께끼가 많다.

천사 본인마저도 이해하지 못하는 부분이 많다고 한다.

오래전 시대, 내가 태어나기보다 훨씬 옛날에 천사들은 갑작스럽게 나타났다는 말이 있다.

그러한 출현의 방식이나 사명에 충실하게 따르는 삶의 자세를 감안하면 누군가가 만들어 낸 신조(神造)의 종족이 아니겠냐는 추측도 있다.

어쩌면 누군가의 존재는 바로 우주 자체이며 신이라는 우주의 안에 속하면서도 우주 자체를 파괴할 수도 있는 존재에 대항하기 위해 만들어졌던 항체 비슷한 종족이 아니겠냐는 가설까지 있다.

어느 쪽이든 간에 진실은 내가 알 바 아니다.

천사라는 종족의 내력은 대강 이렇게 설명할 수 있는데 천사의 특징으로 가장 두드러지는 것이 뛰어난 전투 능력이다.

용을 포함하여 모든 신들을 적으로 돌리고도 존속 가능할 만큼 천사는 강력하다.

말단 천사마저도 신의 영역에 있으며 그런 녀석들이 집단으로 습격한다고 한다.

또한 사리엘은 천사 중에서도 상위의 전투 능력을 갖고 있었다.

일찍이 이 땅에 도래했던 나의 선구자 용들이 조용하게 살았던 이유는 다름이 아닌 사리엘에게 멸망당하지 않기 위해서였던 셈이다.

사리엘은 단독으로도 이 땅에 있는 용들을 전멸로 몰아넣을 힘을 보유했다고 했다.

아울러 사리엘의 사명은 바로 재래종의 보호.

이런 전제가 있기에 더더욱 용은 인간에게 섣불리 간섭할 수 없었다.

천사는 무척 신비로운지라 꼭 사명을 하달받아서 활동하고 있다.

그 사명을 달성하기 위해서는 수단을 가리지 않는다.

다소 유연성이 부족할 만큼 우직하게 사명에 충실히 행동한다.

보통은 자기 사명을 달성하면 또 다른 사명을 하달받아 행동을 개시하려 드는 법인데 드물게 하나의 사명에 사로잡히는 천사가 있다.

그렇게 되면 이미 달성을 마친 사명이어도 쭉 이어 나가거나 달성 불가능한 사명에 끊임없이 거듭 도전하는 등, 주위에서 본다면 무의미하다고 표현할 수밖에 없는 행동을 한다.

그렇게 다른 천사들에게서 이탈한 뒤 단독 행동을 고집하게 된 천사를 이탈자 천사라고 부른다.

사리엘은 이탈자 천사다.

사리엘의 사명은 재래종의 보호.

외래종 신이 먼 옛날에 이 땅을 침공한 뒤 지배하려 시도했었을 테지.

그 사태를 막기 위하여 사리엘이 파견되었다.

본래는 목표였던 신을 격퇴한 시점에서 사리엘의 사명은 달성 판정을 받은 뒤 다른 사명이 주어져서 새로운 지역으로 옮겨 가는 수순이었을 터이다.

그러나 어떤 착오인지 뜻밖의 무언가가 일어나서 사리엘은 이 땅에 줄곧 머물렀다.

하달받은 사명에 따라 재래종을 줄곧 보호하면서…….

천사는 횡적 연결이 약하다.

전무하다고도 말할 수 있겠다.

따라서 일단 이탈자가 된 천사를 다른 천사가 데리러 오는 경우는 없다.

사리엘만 한 상위의 천사여도 가만히 방치된다.

반대로 횡적 연결이 강한 용의 입장에서는 신기하게 보이기까지 할 만큼 종족의 협조성이 없었다.

물론 이탈자 천사도 아니고 이탈자 용이 되어버렸던 내가 할 말은 아닐 터지만…….

이렇듯 천사의 미약한 횡적 연결 때문에 사리엘은 오래도록 방치되었고, 사리엘의 보호하에서 재래종인 인간은 세력을 확대할 수 있었다.

거기에 주목했던 용이 슬쩍 이주해 왔다.

지금 와서는 상층부의 의향이 어떠했는지를 알 방법도 없다지만 아마도 사리엘 역시 기회가 되면 거두어들일 심산이었을 것이다.

용은 자신들이야말로 정점이라 자부해도 용 이외의 종을 무작정 업신여기지는 않는다.

자신들을 정점의 위치에 둔 만큼 아래쪽에 있는 존재들을 이끌어야 할 의무가 있다고 생각한다.

용 아닌 종족이 듣는다면 오만하다고 혀를 찰 가치관이지만 일단 비호하에 둔 종족을 대할 때 용은 관대하다.

사탕과 채찍이라면 조금 이상한가. 아무튼 적대하는 자에게는 가차 없으나 안쪽에 맞아들인 대상에게는 최대한의 비호를 약속한다.

그리고 수명이 길기 때문에 시간을 들여 천천히 지배력을 강화하는 방책을 선택하는 경우도 있다.

이 땅에서도 조금씩 인간을 거두어들이며 용에 의한 지배권을 넓혀 가다가, 언젠가 사리엘이 보호하는 재래종 전체를 용이 지배하는 구도로 만들어 나갈 심산이었을 테지.

그렇게 되면 재래종을 보호하는 사리엘도 자동적으로 용의 지배하에 놓이는 격이다.

실제는 좁은 영토를 지배하고 있을 뿐이었던지라 참으로 원대한 계획이 됐을 터인데, 그것은 인간 시점의 이야기이고 수명이 없는 용의 입장에서는 다소 시간이 걸린다는 인식이었으리라.

인간의 세대교체는 빠르니까 말이다.

겨우 몇 세대만 지나가도 순식간에 딴판으로 변모한다.

당대의 인간들이 용에게 혐오감을 갖고 있다면 그 아이, 손주, 증

손주, 이렇게 조금씩 인식을 바꿔 나가며 천천히 회유하면 된다.

유감스럽게도 수행 이전에 포티머스가 모든 것을 뒤집어서 어찌 할 방도가 없는 상황에 처하고 말았었다만…….

가끔 생각할 때가 있다.

만약 포티머스가 이 세계의 양상을 바꾸지 않고 그대로 사리엘과 용의 미묘한 균형이 유지되었더라면 어떻게 되었을까 하고…….

사리엘은 아마 바뀌지 않았으리라.

어떤 인물은 나를 변화의 발단으로서 기대했었지만 나 따위가 계기가 되어 사리엘이 바뀌지는 않았으리라 생각한다.

세계가 바뀌지 않고 지금까지 이어졌더라면 사리엘도 역시 바뀌지 않고 재래종의 보호를 계속했을 테지.

그렇다면 나는 어쩌고 지냈을까?

……모르겠군.

나 스스로도 저런 상황에서 자신이 어떻게 행동했을까 전혀 상상이 되지 않는다.

애당초 세계의 변혁이 없었다면 지금의 나는 없다.

지난 사건들을 겪었기 때문에 지금의 내가 이렇게 형성되었으며 저러한 경험이 없는 경우의 나는 아예 다른 인물이 된다.

상상이 불가능한들 어쩔 수 없잖은가.

어쨌든 간에 가능성뿐인 만약의 미래를 아쉬워한들 무슨 소용이랴.

어차피 만약의 미래일 뿐 현실에는 없는 공상의 이야기이다.

……제법 이야기가 어긋났군.

안 되겠어.

더스틴의 버릇이 나에게도 옮았는가?

아무튼 천사 및 이탈자 천사, 용의 의도에 대한 설명은 이런 정도면 되나.

그러면 실제 사리엘이 수행했던 재래종의 보호란 어떤 활동인가?

인류사의 곳곳에 사리엘이라 짐작되는 인물의 묘사가 있음은 먼저 언급했던 대로인데 그 등장의 방식이며 일화는 다양하게 나타난다.

어떠한 때는 기적을 일으켜서 사람들을 구하거나 어떠한 때는 반대로 마녀 취급을 당한다거나.

비교적 초기 무렵의 일화에서는 짐승의 난획을 두고 인간에게 경고한 뒤 천벌을 내린 경우도 있다.

이 무렵의 사리엘은 생태계의 균형과 같은 요소를 신경 쓰면서 재래종 전체에 눈길을 준 것 같다.

그러나 언제부터인가 사리엘의 보호 대상은 인간으로 비중이 기울어지기 시작했다.

우직하리만큼 사명을 완수하는 천사라는 종족에게도 자아 및 사고가 딱히 없지는 않다.

그렇다면 의사소통이 가능한 인간에게 힘을 쏟고 싶어지는 마음이 들어도 이상할 게 없겠다.

인류사를 거슬러 살펴보면 사리엘은 인간과의 교류 방법을 모색했던 경향이 있다.

대규모 간섭은 인류사의 오래된 기록에 많고 시간이 흐름에 따라 그런 사례는 점점 적어진다.

신의 힘을 휘두르기보다도 인간에게 맞춰 활동하는 것이 좋겠다

판단했을 테지.

그리고 내가 사리엘과 만났던 당시에는 신의 힘을 드러나도록 휘두르는 경우는 거의 없어졌고, 사리엘라 모임이라는 자선 사업 단체를 설립해서 대표를 맡아 활동했었다.

사리엘라 모임은 특정 국가에 소속되지 않고 전 세계에서 활동한다.

또한 활동 내용은 의료 전반, 빈곤 지역에 대한 지원, 교육 기관의 설치 추진, 고아원의 운영, 간병 시설의 운영, 기타 등등.

폭넓은 분야에서 활동했다.

사리엘라 모임의 수장 자리에 있는 사리엘의 목적이 재래종, 인간의 보호이기 때문에 영리를 목적으로 하지 않고 이익을 도외시하며 저런 활동을 수행했다.

그 때문에 국제 사회의 신뢰도 두터웠고 일부 나라의 상층부는 사리엘의 정체를 알고 있었던 터라, 사리엘라 모임은 큰 존재감을 가졌다.

다만 아무리 사리엘의 목적이 영리에 있지 않을지언정 사리엘라 모임의 경영에는 돈이 소모된다.

사리엘라 모임이 쓰는 운영 자금의 출처는 여기저기에서 들어오는 기부금이었다.

그리고 그중 최대의 출자자가 당시 재계의 마왕으로 두려움을 샀던 대부호, 포두이.

그자가 거액의 출자를 감당해준 덕에 사리엘라 모임은 이익이 거의 발생하지 않아 자원봉사에 가까운 활동을 계속할 수 있었다.

당시 사람들의 눈에 사리엘라 모임은 구원의 신처럼 보였을 테지.

실제 대표가 신과 대등한 힘을 보유한 천사 사리엘이었던 만큼 저 인식은 잘못되지 않았다.

사리엘라 모임의 대표 사리엘에게는 인망이 모여들었다.

그러나 당시의 나는 저러한 사리엘의 방식이 너무나도 번거로우며 비효율적으로 보였다.

인간을 보호하고 싶다면 더욱 단순하게 힘으로 지배해버리면 그만 아니냐는 생각을 했단 소리다.

이미 사리엘은 저런 조치가 가능한 힘을 보유했었고 더욱이 사리엘라 모임에는 조직력도 갖춰져 있었다.

가령 용이 똑같은 조건의 입장에 있었다면 망설이지 않고 지배를 실행했을 테지.

당시의 표준적인 용의 사고를 갖고 있었던 내가 그렇게 생각했었던 만큼 틀림은 없다.

하지만 이러한 나의 견해에는 오류가 있었음을 인정하겠다.

지배하에 두고 안녕한 새장 속 생활을 베풀어주자고 생각했던 용과, 어디까지나 인간의 조력자 역할을 견지하며 인간이 자립할 수 있도록 독려했던 사리엘.

목표로 삼은 근본적인 종착점이 아예 달랐던 셈이다.

정반대라고도 말할 수 있겠다.

당시의 나는 저러한 차이점을 이해하지 못했다.

그러나 무엇이 옳은가, 답은 아직껏 찾지 못했다.

배반했던 내가 당당히 할 말은 아니나 용의 방식도 역시 완전히 틀리지는 않으니까.

그렇다고 사리엘의 방식이 틀렸다고 말할 수는 없겠다.

비호인가, 자립인가.

이것만큼은 해당 입장에 놓인 인간이 얼마나 행복을 느낄 수 있냐는 문제, 본인이 아닌 한 알지 못하는 부분이다.

게다가 양쪽을 경험해보지 않으면 결론은 나오지 않을 터이다.

양쪽을 다 경험하기는 물론 어렵다.

더욱이 설령 양쪽을 다 경험했더라도 내리는 결론은 개개인마다 다름이 예상된다.

인간이라는 존재는 같은 종족이면서도 개인마다 사고 및 감성이 크게 달라진다.

그 때문에 커다란 분류로 인간이라고 한 덩어리 취급을 하면 실패한다.

사리엘은 비슷한 실패를 되풀이했을 테지.

용이라면 다소 실수를 저질러도 힘으로 억압해버린다는 선택을 한다.

비호하의 종족에게는 관대한 용도 어금니를 드러내는 부류에게는 자비가 없다.

용에게 단 한 번이라도 어금니를 보인 부류는 비호 대상에서 제외된다.

거기에는 명확한 선 긋기가 있고 용이 우위이며 여타의 다른 종족들이 아래라는 구분이 있다.

그것이 용의 지배 방식.

다만 사리엘은 그런 방식을 좋게 여기지 않은 듯하다.

힘으로 억압하는 것이 아니라 곁에 함께하는 길을 선택했다.

사리엘의 목적이 재래종의 보호였다는 관점에서 봤을 때 용처럼 힘으로 억압하는 방식은 우책이었다.

보호해야 할 대상을 가지치기해야 하는 모순이 있었으니까.

위정자라면 때때로 저런 판단도 필요할 터이나 사리엘의 사명은 인간을 이끌어주는 것이 아니라 보호하는 데 있다.

이런 사정을 파악한다면 사리엘의 방침에도 불만은 있을지언정 일정의 동의는 가능했을 테지.

그러나 유감스럽게도 당시의 나는 저러한 고찰이 되지 않았을뿐더러, 용의 방식이야말로 올바름을 믿어 의심치 않았던 터라 사리엘의 방식에 짜증을 느꼈었다.

그리고 무모하게도 본인에게 불만을 제기하기 위해 만나러 가기까지 했다.

이것도 역시 애송이의 혈기라 말할 수 있겠군.

그때부터 나와 사리엘의 본격적인 교류가 시작되었다.

3 결전, 섬멸

마왕은 지하로 보내줬다. 자, 나는 어떻게 할지 살펴볼까.

할 일이 없지는 않아.

오히려 할 일은 무척이나 많다.

할 일이 너무나 잔뜩이라서 먼저 무엇부터 착수해야 하나 망설여진다.

일단은 전장 전체를 파악하는 작업부터 시작하자.

만리안을 발동해서 엘프의 마을 전체를 부감했다.

엘프의 마을 바깥쪽 둘레 부근, 결계가 있던 근처에서는 제국군과 엘프군의 충돌이 벌어졌다.

제국국은 상당히 고전 중이구나, 얘네.

역시 숲속이라는 환경이 엘프의 편을 들어준다.

나무를 벌채하지 않으면 진군이 불가능했듯 숲속은 전진이 어려웠다.

전투가 시작되니 풀과 나무에 발을 헛디디게 되어 평소의 힘을 발휘하지 못한다.

제국군은 평지에서 치르는 전투에 주안을 두고 있기 때문에 이렇듯 숲속에서 벌어지는 전투에는 익숙하지 않은 것 같네.

나무에 자꾸 막혀서 대열도 제대로 짜질 못하고…….

스킬의 문제 때문에 제국군 병사들은 병과가 칼같이 나눠진다.

검사라면 검사. 방패수라면 방패수. 마법사라면 마법사.

역할을 맡아서 자기 역할에 따라 철저하게 임무를 수행한다.

그리고 대열을 짜서 효율 좋게 병과에 따라 병사들을 운용했다.

……근데 안 되겠다, 얘네.

검사는 애당초 상대에게 접근할 수가 없는 데다가 방패수가 들어올린 방패를 피해서 화살이나 마법이 날아오고, 제국군 마법사가 쓰는 마법은 나무들에 막혀서 잘 맞지도 않아.

그럼 엘프는 어떻냐면 쟤네는 반대로 나무들을 최대한 활용하고 있다.

나무들 틈을 막 뛰어다니며 3차원적인 움직임으로 제국군을 농락.

그리고 아주 정확하게 화살이며 마법으로 적을 해치운다.

숲속의 전투에 익숙한 모습이었다.

아니, 처음부터 스킬을 숲속의 싸움에 맞춰 특화시켰다는 느낌이네.

입체 기동으로 나무들 틈을 종횡무진 뛰어다니며 화살, 혹은 마법을 날려 상대에게 접근하지 않고 저격.

반격은 회피하거나 나무를 방패 삼아서 모면한다.

같은 전력이어도 이렇게까지 지형에 최적화된 상대와 싸우자면 불리하지.

나무들 탓에 좁아서 숫자의 강점을 살리기도 어려운 데다 숫자로 마구 밀어붙이기도 버겁다.

이런 상황에서는 지형의 효과 따위를 아예 무시할 수 있는 강력함이 필요하다.

지금까지 제법 선전하고 있는 부류는 나츠메가 지휘하는 본대와 뭔가 어딘가에서 본 적이 있는 마법사 영감의 부대.

저 영감, 맞다, 용사 율리우스의 스승이네.

과연 용사의 스승답다고 말해줘야 할까, 뻥뻥 마법을 난사하며 엘프들을 해치우고 있다.

나무 방패?

막을 테면 막아봐라! 그렇게 외치는 것 같아.

왜냐하면 나무를 쾅 뚫어버리거든.

대충 보기에 저 영감은 아직도 한참 여력이 있는 것 같고 마음만 먹는다면 숲을 통째로 초토화할 수 있을 것 같아.

로봇 같은 게 튀어나오지 않는 한 저 영감은 가만 놔둬도 괜찮겠네.

그러나 다른 제국군은 시종일관 밀리기만 하는 형세다.

일단 엘프에게도 피해를 주고 있는데 전황은 안 좋아.

당초 계획으로는 제국군만으로도 엘프군에 상당한 대미지를 준 이후에 마족군이 마무리를 하는 느낌이었을 텐데, 이대로 가면 제국군을 격파한 엘프군 대 마족군이라는 비교적 박빙의 승부가 벌어지겠네.

뭐, 제국군에는 처음부터 별로 큰 기대를 안 했었지만 그럼에도 생각보다 못한 활약을 보려니까 살짝 실망감이…….

어쨌든 간에 로봇이 튀어나오면 기껏 힘써서 데려온 마족군조차 숫자에 넣을 상황이 아니게 되니까, 제국군의 활약은 사실 아무래도 좋은 요소거든.

뭐, 일단 마족군에는 오니 군과 메라 같은 기대주가 있고 제국군에도 흡혈 양과 페르미나가 있다.

최종적으로 고전은 해도 패배할 일은 없겠지.

엘프의 진정한 전력, 로봇이 안 튀어나온 동안은…….

제국군은 대충 느낌 알겠지? 한편 반대 방면의 퀸 휘하 타라텍트 군단을 두고 말하자면 저쪽은 제국군과 정반대로 엘프군을 압도하고 있다.

애당초 숲속에서 살아가는 게 타라텍트들이잖아.

나도 입체 기동 스킬을 습득하기 전부터 벽 타기 같은 재주는 아무렇지도 않게 부릴 줄 알았듯이, 타라텍트라는 종족은 장애물이 많은 지형에 강하다.

장애물이 많다면 그만큼 실을 치기도 쉽고 말이야.

아무리 엘프들이 숲의 전투에 익숙하더라도 생태상 숲에 적응까지 한 타라텍트들이 더욱 유리하지.

덧붙여서 타라텍트 군단에는 퀸을 필두로 엘프들이 차마 맞상대할 수도 없는 전력이 잔뜩 갖춰졌다.

엘프들이 떼를 지어서 몰려든다면 그레이터 정도야 대처 가능할 수 있겠지만 그 위쪽의 아크는 좀 힘들지.

게다가 이게 어디까지나 일 대 다수로 싸웠을 때의 이야기.

실제는 타라텍트 군단이 엘프들보다 오히려 숫자가 많으니까 그냥 손쓸 방법이 없다.

엘프들은 잠깐 막아서지도 못한 채 타라텍트 군단의 파도에 집어삼켜져서 사라졌다.

이렇게 무수히 많은 타라텍트가 숲을 가득히 채울 기세로 우글우글우글 진군하는 게 제법 소름 끼치는 광경이네.

……응. 이쪽은 문제없음.

그럼 엘프의 마을 안쪽 동향은?

우선 야마다 군 일행.

아무래도 야마다 군 일행은 전이진이 있는 장소를 지켰던 것 같다.

하지만 쿠사마가 잽싸게 잠입해서 전이진을 파괴해버렸지.

직후에 결계가 사라졌다는 것을 깨달은 뒤 지금은 용 형태로 변한 시노하라의 등에 올라타서 바깥 부분으로 이동 중이다.

진행 방향을 봐서 나츠메가 있는 주변이려나.

또한 나츠메는 현재 선생님과 사투를 펼치고 있다.

흡혈 양이 옆에 있으니까 선생님이 죽는 사태는 안 일어날 거야.

만약에 안 좋은 일 생겼다가는 싹 죽는 거야.

야마다 일행이 가는 목적지가 지금 나츠메의 위치라면 흡혈 양이 같이 있으니까 마왕이랑 덜컥 맞부딪칠 일도 없겠다, 가만 놔둬도 괜찮겠네.

그리고 엘프의 마을 내부에 있는 엘프들은 이렇다 할 커다란 움직임은 없었다.

아마 로봇에 대해 알지도 못할 일반 엘프들은 집에 틀어박혀서 불안한 표정으로 마음 졸이고 있으리라.

싸울 수 있는 인원은 거의 다 전선에 나가서 없고 남은 인원은 필요 최저한의 경비와 비전투원뿐이다.

로봇은 없다.

흠. 이거 기회인가?

로봇이 나타나지 않은 이 틈에 엘프의 마을에 있는 엘프들을 전멸시키면 괜찮겠는데.

엘프라는 종족은 포티머스의 권속이다.

그러니까 선생님 이외에는 전부 말살한다.

이미 결정 난 사항이야.

비전투원이든 아이든 노인이든 평등하게 전멸시키겠다.

그런데 목표 녀석들이 이렇다 할 수비 병력도 없이 집 안에 틀어박혔네.

그냥 넘어가줄 이유가 있나?

아니, 없다.

그런고로 나의 행동을 결정.

이얏호~! 사냥 시간이다~!

인형 거미 자매를 데리고 엘프의 마을 거주구로 이동.

우리의 속도라면 엘프의 마을 외곽부에서 거주구가 있는 곳까지 금방이다.

눈 깜짝할 사이에 목적지까지 도착.

경계를 맡아 서 있던 엘프 경비병이 뭔가 하기도 전에 아엘이 목을 날렸다.

……방금 경비병, 자기가 죽는 줄 깨닫지도 못하지 않았을까?

어쩐지 활약의 기회가 없어 실감이 잘 안됐는데 인형 거미들은 이래 보여도 능력치 1만을 넘는 괴물들이거든~.

그리고 지금까지 활약할 기회가 적었던 반동으로 이번에 엄청 의욕이 가득하다.

지금도 경비병의 목을 날린 아엘은 「히힛!」 소리를 내려는 분위기였다.

살짝 귀여운데 막 목을 날린 참이지.

그럼 이렇게 의욕 가득한 자매들을 부려 먹어줄까.

"산개."

나의 호령에 따라 네 사람이 흩어졌다.

조금이라도 효율 좋게 작업을 진행하기 위해서는 갈라져서 행동하는 게 좋다.

로봇이 튀어나와도 저 녀석들이라면 일대일로 패배하는 일은 없을 테고, 다수를 상대하더라도 도망치며 버틸 정도의 능력은 있다.

그리고 나는 나대로 행동을 개시.

인형 거미들이 가지 않은 방향을 골라서 일직선으로 달려간다.

그리고 달려가며 톡톡 전투용 분체를 뿌려줬다.

아무리 인형 거미들이 강해도 넓은 엘프의 마을 거주구를 제압하기에는 인원수가 너무 적거든.

그 부분을 보충하기 위해 내 전투용 분체가 여기저기에서 날뛰기 시작한다.

로봇이 나타나지 않으면 전투용 분체든 인형 거미든 대항 가능한 전력이 엘프들에게는 없었다.

엘프의 마을 거주구가 넓다지만 제압하는 데 별로 긴 시간은 안 걸릴 거야.

전투용 분체도 인형 거미도 엘프가 상대라면 전투가 되지 않는다.

유린이다.

게다가 이동하는 짬짬이 끝나버린다.

지나가다가 겸사겸사 목을 쳐 날려버리면 끝나는 간단한 임무라는 말씀.

그리고 나는 거주구를 돌파하다가 곧장 더욱더 안쪽으로 전진했다.

전투용 분체 뿌리기는 여기에서 일단 스톱.

목적지는 전생자들을 격리해 놓은 구획.

전생자들을 먼저 보호하지 않으면 궁지에 몰린 포티머스가 무슨 짓거리를 저지를지 알 수가 없거든.

지금까지 전생자들에게 뭔가 수상한 짓을 저지를 분위기는 없지만 일단 선수를 쳐서 확보하는 게 무엇을 하든 안심이지.

그런고로 전생자들의 보호 구역에 도착한 뒤 나는 아무런 말 없이 전생자들을 전원 이공간에 던져 넣었다.

아마 쏙 잡아다 넣은 전생자들은 뭐가 어떻게 된 일인지도 몰랐을 거야.

내 얼굴을 보기도 전에 넣어줬거든.

……막 대하는 거 아니냐고?

뭐, 지금은 유사시잖아요…….

일단 이 이공간이 가장 안전하고요…….

절대 전생자들과 얼굴을 마주하는 게 귀찮다거나 난감한 이유가 있어 저지른 짓이 아니야.

아니라면 아닌 줄 알아.

꼼꼼하게 며칠분 물이랑 식량이랑 넣어 놓고 잠자거나 먹을 준비까지 해줬단 말야.

최악의 경우 내가 죽어도 나중에 이 세계의 다른 안전한 장소로 나갈 수 있게 잘 손도 써 놓았고…….

무슨무슨 경우는 절대 없겠지만.

이제 전생자들의 확보는 끝났다.

뒷일은 걱정 없이 날뛰어도 된다.

내가 발길을 돌려서 거주구까지 돌아왔을 무렵에는 대강 청소가 끝난 참이었다.

……흠.

보나 마나 청소가 끝나기 전에 로봇이 튀어나올 줄 생각했었는데.

설마하니 벌써 로봇의 재고가 다 떨어졌다는 전개는 아닐 테고…….

아무렴 포티머스가 전에 본 쩨쩨한 전력만 겨우 보유하고 있었을 가능성은 말이 안 된다.

지하로 향한 마왕을 모든 전력을 동원하여 요격하려는 것도 딱히 아니고.

마왕에게 붙인 초소형 감시용 분체가 본 광경에서 마왕이 상대하는 적이 포티머스의 모든 전력이라는 생각은 안 든다.

아직 포티머스는 전력을 아끼며 감춰 두고 있다.

……그런데도 튀어나오지 않는 이유는 뭐지?

의문을 떠올리면서도 거주구의 한복판 부근에 내려섰다.

인형 거미 자매도 전원 집합했다.

피 한 방울도 안 튀었구나, 요 녀석들.

뭐가 묻기는커녕 손에 든 검에도 핏자국이 없는 게 무슨 일이람?

그거냐? 피가 묻을 틈조차 없이 순식간에 베어버린다는?

아니라고 단언할 수 없다는 게 무서운 부분이야.

주위를 둘러보니 큼지막한 나무에 구멍을 뚫어 그대로 집을 만들어 놓은 엘프 마을의 메르헨 거주구에 피바다가 펼쳐져 있었다.

어우, 잔인해라~.

아직 완전하게 제압이 완료된 것은 아닌데 살아남은 엘프들도 전투용 분체가 차근차근 쫓아가며 사냥 중이다.

이렇게 되면 포티머스는 의도해서 일반 엘프들을 죽게 내버렸다고 생각하는 게 타당하려나.

그런 나의 가설을 긍정하듯이 이 타이밍에 거주구의 길이 쩍 갈라지더니 지하로 이어지는 구멍이 출현했다.

그곳에서 로봇이 기어 나온다.

포티머스가 엘프들을 죽게 놓아둔 이유는 불명이지만 이제부터가 진짜 싸움이라는 말이군.

막 출현한 로봇의 앞에 인형 거미들이 나선다.

인형 거미들도 이번에는 의욕이 가득했던 만큼 학살뿐 아니라 제대로 된 싸움을 하고 싶은지도 모르겠다.

그러면 로봇 한 대 정도는 맡겨줘도 괜찮겠지…….

철커덕철커덕 요란한 소리가 여기저기 울려 퍼지며 대량의 로봇이 지하에서 튀어나왔다.

……좀 많은데?

게다가 이곳뿐 아니라 엘프의 마을 전체에서 똑같이 로봇이 대량 출현한다.

대충 만리안으로 훑어보기만 해도 만 단위 숫자의 로봇이 북적거리고 있다.

……너무 많은데?

아까 쓱 쳐부수고 약하단 생각 했었는데 이 녀석들 양산형이었구나~.

대량 생산 가능이었군요~.

그렇다 해도 지나치게 많아!

인형 거미들이 얼굴을 마주 바라본다.

곧이어 샤샥, 내 뒤쪽으로 피난했다.

……너희들 방금 전까지 가득했던 의욕은 어쨌어?!

아니, 뭐, 으응…….

아무리 인형 거미들이 대단하더라도 이런 숫자는 좀 무리라는 생각은 들어…….

1대 1이라면 아마 이길 테고, 1대 2, 무리해서 대충 3까지는 동시에 상대할 수 있을 것 같거든.

그런데 이 숫자는 좀 아니죠~.

살짝 예상 이상인데요~!

내 옆에 있는 인형 거미들은 그렇다 쳐도 제국군이나 마족군은 많이 위험하겠는걸.

흡혈 양이랑 오니 군이어도 이런 숫자는 못 버티지…….

그렇게 생각하는 동안 로봇이 이쪽으로 총구를 겨눈다.

그리고 쭉 늘어선 로봇의 총구가 일제히 불을 뿜었다.

王3 친구가 있던 왕

『다음 뉴스를 전해드리겠습니다.』

고아원의 거실은 널찍했다.

거기에 맞춰 설치해 놓은 텔레비전도 대형이었다.

나는 자주 텔레비전을 봤다.

부득이하게 휠체어에 의지해 생활할 수밖에 없었던 나는 다른 고아들과 똑같이 뛰어다니며 놀지 못했기 때문이었다.

고아원에 신세를 지게 된 나는 과거의 침대 위 생활과 작별을 고했다.

그래도 딱히 몸이 좋아진 것은 아니다.

과거의 실험 목적이 아닌 제대로 된 치료 목적으로 검사를 받고 새로운 약을 처방받음으로써 자리보전 생활에서 휠체어 생활로 랭크 업 했다.

잠깐이라면 지팡이를 짚고 자력으로 움직일 수 있는 정도까지 회복됐다.

그럼에도 항상 약과 영양제의 점적 주사에서는 벗어날 수 없다.

저절로 자꾸 만들어지는 독에 저항하기 위해서 해독약과 체력을 보충해주는 영양제는 필수였다.

고약하게도 독을 만들어 내기 위해 내 몸은 평범한 사람보다 많은 영양분을 필요로 했다.

영양을 섭취하지 않으면 독이 안 만들어지는 것이 아니냐 묻는다면, 또 그런 건 아니라서 독을 계속 만들어 낼 뿐 아니라 영양실조에 걸리게 된다.

점적 주사로 항상 영양분을 보급하면서 또한 소화가 잘되는 유동식을 먹어야 겨우 몸을 유지할 수 있었다.

안타깝게도 몸의 성장에 할애할 만한 영양분은 확보하지 못하는 탓에 내 몸은 지금도 여전히 작다.

일단 아예 성장을 안 하지는 않았다.

몸의 성장에 따라 다소나마 체력이 붙었기에 아까 말했듯 짧은 시간이라도 지팡이를 짚고 움직일 수 있는 셈이니까.

그럼에도 하루 대부분은 휠체어에 앉아서 보내야 하는 처지인지라 이러면 필연적으로 할 수 있는 활동이 무척 제한된다.

거실에서 텔레비전을 바라보는 것은 내게 가능한 얼마 안 되는 활동 중 하나였다.

『더즈톨디아의 대통령 더스틴 씨가 새벽에 회견을 진행했습니다.』

텔레비전 이외에 독서 및 자수도 해봤는데 아무것도 안 하고 화면을 바라보는 것이 나는 좋았다.

고아원에 오기 전에는 줄곧 텔레비전만 쳐다보는 일상이 당연했던 탓일까, 오히려 화면을 안 보면 마음이 불편해지는 기분이었다.

『우리나라에서는 MA 에너지의 사용을 앞으로도 허가하지 않겠소. MA 에너지의 발견자 포티머스가 무슨 만행을 저질렀는지를 다들 잊어버리셨나? MA 에너지에는 수수께끼가 많소. 어떠한 해가 있는가 알지 못하는 것을 인정할 순 없지.』

텔레비전에서 시선을 떼고 고아원의 뜰을 돌아보면 그곳에서는 다양한 특징을 가진 아이들이 바삐 뛰어다니고 있었다.

고아원에 모인 아이들은 포티머스의 실험에 의해 만들어졌던 키메라들.

나는 외관에서 곧장 표시가 나는 특징은 없었지만 아이들 절반은 한눈에 평범한 인간이 아님을 알게 되는 특징이 있었다.

귀가 기다랗고 뾰족한 여자아이가 녹색 피부의 남자아이를 이리저리 쫓아다닌다.

핑크색 머리카락의 남자아이가 엉뚱한 방향으로 던져버렸던 공을 온몸이 털로 뒤덮인 남자아이가 어른의 키를 뛰어넘는 높이까지 가볍게 도약해서 캐치.

이런 광경이 고아원 안에서는 당연했다.

키메라라서 갖게 된 신체적인 결함의 치료가 가능하도록 병원의 기능까지 갖춘 고아원은 몹시도 넓다.

뜰도 꽤 널찍해서 평범한 인간 이상의 신체 능력을 가진 키메라 아이들이라도 마음 편하게 놀 수 있었다.

그동안 포티머스에게 연금당한 채 마음껏 돌아다니는 자유조차 제대로 누릴 수 없었던 아이들은, 고아원의 뜰에서 싫증나도록 실컷 놀았다.

다만 나와 비슷하게 건강의 이유로 같이 끼여서 놀지 못하는 아이들도 있었다.

다행히 아이들의 사이에 응어리는 없었던 터라 잘 움직이는 부류와 못 움직이는 부류 모두가 하나같이 사이좋았다.

같은 처지를 겪은 동류라는 심정이 강했다는 생각이 든다.

키메라는 한 명 한 명의 특징이 달라서 한 사람마다 각각 한 종족이라고도 말할 수 있었지만, 같은 키메라라는 인식은 연대감을 강화해줬다.

게다가 유소년기에 평범한 아이와 접할 기회가 없었던 탓에 저마다 특징이 크게 다르다는 것이 우리의 마음속에서는 상식으로 자리 잡았었다는 것도 좋게 작용했다.

우리들 키메라는 각자 특징이 너무 달라서 차별이라는 개념이 생겨나지 못한 셈이다.

뜻밖의 요행이라고도 말할 수 있겠네.

평범한 아이라면 학교에 다니며 점점 세상을 알아 간다.

아무리 텔레비전 같은 정보 매체가 있더라도 직접 보고 듣는 경험이 없다면 실감을 하기 어렵다.

그러니까 어떤 의미로 사회와 동떨어져 있던 고아원의 아이들은 도통 세상살이나 상식을 알지 못했다.

그게 나쁘냐고 묻는다면 꼭 그렇지도 않았고, 이후 세계의 방향성이 확 바뀌었던 탓에 과거의 상식 따위야 있든 말든 곤란할 게 없었다.

『더즈톨디아에서는 더스틴 대통령의 강경한 반대 자세에 의해 사용이 금지되었습니다만, MA 에너지를 도입하는 나라는 증가 중이며…….』

멍하니 텔레비전에서 흘러나오는 뉴스를 쳐다보고 있던 그때에는 MA 에너지라는 물질이 아마 세계에 대혼란을 가져오리라는 사실도, 그 후에 더한 혼돈을 불러들일 거라는 사실도 알지 못했다.

만약 알았더라도 당시의 나는 아무것도 못하고 휠체어에 의지해서 살아야 하는 꼬마였으니까 결과는 달라지지 않았을 거야.

"요 녀석들, 요 녀석들아! 장난꾸러기들! 점심밥 먹을 시간이란다!"

쿵쿵 발소리를 내며 고아원 원장님이 뜰로 나갔다.

원장님은 푸근한 중년의 여성으로 본래는 소아과 의사였다고 한다.

사리엘라 모임에 속해 일했던 의사 중 한 명이었는데 전 세계의 병원 및 고아원으로 날아다니며 아이들의 치료나 건강 진단 따위를 맡아봤었다.

나이 문제로 슬슬 전 세계를 날아다니기에는 체력이 모자랐던 터라, 어딘가 한곳에 정착하고 싶다며 본인이 바라기도 해서 고아원의 원장 자리를 맡았다는 경위가 있다.

본래 소아과 의사였던 만큼 아이들 상대하기는 특기였다.

의사이기 때문에 우리의 진단도 맡을 수 있는 인재다.

"요 녀석들, 요 녀석들! 얼른얼른 안에 들어가라! 손 씻고 입 헹구고!"

커다란 몸에 어울리는 파워풀한 사람이었다는 기억이 있다.

원장님이 채근하자 다들 꺄꺄 떠들며 안으로 들어왔다.

그 안쪽에는 사리엘 님의 모습도 있었는데 아이들 틈에 끼어서 시달렸는지 옷은 쭈글쭈글 진득진득, 게다가 머리에는 어째서인지 꽃이 몇 송이 꽂혀 있었다.

"사리엘 님을 꽃병으로 만든 바보는 대체 누구냐?!"

"아니요. 선물입니다."

원장님의 말을 부정하는 사리엘 님.

분명 누군가가 사리엘 님에게 꽃을 선물했겠지.

다만 방법이 좋지 않아서 줄기를 붙인 채 사리엘 님의 머리에 꽂았던 탓에 기묘한 꼴이 되었을 뿐이고.

"드리려면 하다못해 줄기는 떼거나 화관을 만들어야지!"

"네에."

사리엘 님을 꽃병으로 만든 범인 아이가 풀 죽어서 대답했다.

그러자 남자 녀석들이 낄낄 웃는다.

곧장 남자들의 머리에 원장님의 주먹이 떨어졌다.

"너희들도 잘한 거 없어! 아주 진흙투성이가 됐네! 사리엘 님께 묻은 진흙도 너희들 짓이지?! 점심밥 먹기 전에 목욕부터 해라!"

그렇게 말한 뒤 특히 진흙이 잔뜩 묻었던 아이들 둘을 양쪽 옆구리에 각각 끼워서 안고 성큼성큼 욕실로 끌고 간다.

시끌시끌하다.

그러나 분명 익숙한 광경이었다.

모두가 다 같이 웃을 때 나는 저 광경을 보는 게 즐거웠다.

과거에 오직 혼자서 줄곧 침대 위에 누워 있어야 했던 너무나 추운 생활과 비교하면 고아원의 삶은 무척 따뜻했다.

언제까지나 이런 따뜻한 생활이 이어지면 좋겠다고 생각했었다.

『MA 에너지의 사용에 대해 더스틴 대통령을 비판하는 시위가 발생했습니다.』

그러나 그 소망이 허망하게도 붕괴는 바로 눈앞까지 닥쳐와 있었다.

黑3 혼자 이야기, 재계의 마왕의 벽

사리엘과 나의 관계를 이야기하자면 빼놓을 수 없는 인물이 있다.

아리엘?

아니.

지금이야 물론 아리엘과 길고 긴 사이가 되었지만 당시의 나에게 아리엘은 사리엘이 보호한 아이들 중 한 명이라는 인식에 불과했다.

게다가 그 고아원 출신의 아이들은 이 녀석이든 저 녀석이든 개성 강한 녀석이 아주 많았으니까.

초대 용사를 필두로 초대 성녀나 수왕에다가 선동왕…….

시스템 가동 직후에 마구 날뛰었던 녀석들이다.

그런 녀석들과 비교하면 아리엘은 존재감이 약했다.

그야 어쩔 수 없는 게 당시의 아리엘은 단지 힘없는 소녀였다.

그 혼란기를 살아남은 것만으로도 기적에 가깝다.

지금의 아리엘을 아는 인물이라면 쉬이 상상하기는 어려울지도 모르겠군.

그런 이유로 아리엘은 인상이 강하지 않았다.

……본론으로 돌아가자.

나와 사리엘이 본격적으로 교류를 시작하려던 때 먼저 가로막고 나선 인물이 있었다.

뭐, 사실대로 말하면 나는 사리엘과 만나려다가 그 녀석에게 방해를 받았다.

그 남자의 이름은 포두이라고 한다.

그렇다.

사리엘라 모임에 출자하던 대부호, 재계의 마왕이라고도 불린 남자다.

그렇다 해도 내가 포두이와 만났을 때 이미 녀석은 고령이었다.

재계에서 두려움의 대상이었던 전성기는 옛날에 훌쩍 지나갔고, 여생으로 일부 자산을 운용하여 거둔 이익에서 또 일부를 사리엘라 모임에 출자하던 정도다.

그 일부마저도 사리엘라 모임의 운영에 큰 기여를 했던 지경이니까 포두이의 총자산이 어떤 규모였는지 대강 편린을 엿볼 수 있겠지.

만약 녀석이 작정한다면 돈의 힘으로 어지간한 일은 모조리 밀어붙일 수 있었다.

그리고 재계뿐 아니라 정계에도 두터운 인맥을 갖고 있었다.

녀석이 뒤에 있었기에 비로소 사리엘라 모임은 큰 힘을 발휘했노라 말한들 과언은 아니다.

물론 나는 용이라서 인간의 자산이 얼마나 큰 규모이든 전혀 신경도 안 쓰는 사소한 요소였다.

자산 따위야 결국 인간끼리의 셈이 아닌가.

용인 나에게 돈다발이 의미를 가질 수 있겠나?

대강 이해했겠지.

나에게 있어 포두이도 다른 흔한 인간과 다를 게 없는 어중이떠중이 중 한 명에 불과했다.

만나기 전까지는 말이지.

내가 포두이와 직접 얼굴을 마주하게 된 것은 내가 사리엘에게 친히 불만을 말하러 갔기 때문이었다.

내가 사리엘의 방식이 불만을 갖고 있었다는 것은 앞서 이야기했던 대로다.

한동안은 관찰만 하고 있었으나, 관찰을 하면 할수록 불만과 짜증이 쌓이고 쌓이다가 어느 날에는 결국 인내의 한계를 넘어섰다.

그리고 직접 불만을 제기하기 위해 사리엘이 있는 곳으로 들이닥쳤다.

도착한 곳은 사리엘라 모임이 운영하는 병원인데 마침 사리엘이 방문하여 시찰을 하는 와중이었다.

또한 나에게는 불행스럽게도 그 자리에는 포두이가 동행하고 있었다.

불행, 그렇군, 불행이군.

훗날 나누었던 교류를 떠올리자면 꼭 불행한 만남이라 말하기는 어려울지라도, 그것은 다음의 경험들이 쌓인 지금의 나이기에 할 수 있는 말이다.

당시의 나에게 그 만남은 불행 이외에 아무것도 아니었다.

어쨌든 나의 생애에서 인간에게 그렇게까지 된통 조롱을 당한 경험은 이전에도 이후에도 달리 없었으니…….

분노에 앞서 아연실색했던 것도 지금 와서는 단지 우스운 이야기다.

뭐, 조롱을 당한 이유가 있기는 했다.

어쨌든 그때는 내 태도가 심각했으니까 말이지.

"어째서 그따위로 답답한 짓을 하지?"

내가 마주치자마자 사리엘에게 꺼낸 말이다.
시비를 거는 의도로 받아들인들 어쩔 수 없는 발언이잖나?
그게 아니더라도 귀찮다는 생각부터 드는 게 당연하다.
실제로 그때 사리엘은 나를 무시한 채 그냥 지나쳤더랬지.
사리엘을 수행하듯 함께 있었던 포두이도 내게 시선 한 번을 안 주고 옆을 지나쳐 갔다.
"이봐! 멈춰라!"
뭐, 당시의 나에게는 무시당한다는 게 참을 수 없는 모욕이었던 터라 큰 목소리로 불러 세웠지.
먼저 무례를 저질렀던 쪽은 오히려 나였는데도 말이다.
아직껏 이 시점에서는 포두이도 어이없어할지언정 분노는 하지 않았을 것이다.
그다음에 내가 내뱉은 말이야말로 녀석의 역린을 건드렸을 테니까.
"네 녀석이라면 분명히 구할 수 있었다! 왜 죽게 놔뒀나!"
무슨 의미인가?
이곳은 사리엘라 모임에서 운영하는 병원이다.
사리엘은 몸소 시찰을 와 있었다.
그리고 사리엘은 이곳에서 저번 시찰 때 병문안했던 아이가 병사했다는 소식을 듣게 되었다.
저번에 와서 나눴던 대화도 나는 천리안으로 훔쳐보고 있었다.
"언니, 고마워요."
"인사는 불필요합니다. 이것이 나의 사명이니까요."
"또 만나."

"네, 다시 만나죠."

그렇게 말한 뒤 헤어졌던 사리엘과 아이는 다시 만나지 못했다.

아이는 난치병이었다.

그러나 어디까지나 인간 기준으로 하는 이야기다.

사리엘이 진정 힘을 썼다면 아이를 분명 완치시키고도 남았을 것이다.

내가 사리엘의 활동을 답답하다고, 또한 못 봐주겠다고 생각했던 가장 큰 이유가 저것이었다.

굳이 병원 따위 경영하지 않아도 사리엘이 마음만 먹는다면 구할 수 있는 생명이 훨씬 더 많다.

그런데도 사리엘은 힘을 드러내지 않는다.

그런 주제에 그날 사리엘은 아이의 사망 소식을 듣고 희미하게 서글픈 표정을 지어 보였다.

구할 수 있었던 생명을 구하지 않은 주제에 저런 표정을 짓는단 말인가.

나는 몹시도 불쾌했다.

그래서 고함지르며 앞에 나섰다.

"병원에서는 조용히 하죠."

다만 나의 호통에 돌아온 것은 전혀 관계가 없는 내용의 대답이었다.

아니, 장소가 병원이었다는 것을 감안하면 지극히 옳은 의견이기는 했군.

그럼에도 나는 방금 전 문답에서 저러한 말이 돌아올 줄은 예상도 할 수 없었지.

나는 사리엘밖에 천사를 알지 못하지만 천사라는 부류가 이해하기 난해한 존재임을 확실하게 인식한 것은 아마도 저때였을 것이다.

"같잖은 소린 집어치워라!"

뭐라 표현하기 어려울 만큼 어긋나는 느낌을 외면하기 위해서 나는 또다시 고함질렀다.

그리고 사리엘에게 바짝 다가간 뒤 너라면 병자들을 치료하는 것쯤 손쉽지 않냐며 소리 높여서 따져 물었다.

"다시 한 번 경고합니다. 이곳은 병원입니다. 병원에서는 조용히 하는 것이 상식입니다."

그러나 사리엘은 꿈쩍도 하지 않았다.

"그리고 이곳은 내과와 외과 진료를 하는 병원입니다. 머리에 생긴 병은 전문이 아니니까 다른 병원에 가는 것을 추천합니다."

조용히 하라는 면박에서 멈추는 게 아니라 나를 태연하게 비꼬기까지 했다.

이런 발언에는 나 역시 아무래도 입을 다물 수밖에…….

"풉!"

또한 내 처지를 비웃는 남자가 하나.

이야기의 흐름을 돌아보면 알 터인데 그 남자가 바로 포두이였다.

나는 곧장 포두이에게 눈을 부라렸다.

"하등 생물이 감히."

"이런, 실례를. 한데 삼자의 입장으로 보아 하등한 건 과연 누구겠습니까?"

……그 무렵은 나도 꽤 젊었다.

인간과 얼굴을 마주하며 하등 생물이라고 모욕할 정도로 말이지.
물론 내가 한 모욕의 말에 포두이가 돌려준 것은 더욱 신랄한 모욕이었다만…….
그 시점에서 나는 주위의 시선을 몹시 끌어모았다는 것을 깨달았다.
뭐, 병원에서 고함이나 질러 대면 당연한 일이지.
그곳에 있던 의사나 환자 등등이 다들 이쪽을 주목하고 있었다.
민폐라는 표정을 짓고 말이지.
사리엘의 경고는 당연한 반응이었군.
일단 변명을 해보자면 나에게 있어 인간의 눈 따위 애당초 신경 쓸 대상이 아니었다.
……변명이 안 되는가.
당시의 나에게 인간 따위는 너무나 하잘것없는 존재였다.
구태여 하잘것없는 존재의 시선을 신경 쓸 이유가 없었다는 뜻이다.
그리고 나는 인식의 차이에 생각이 닿았다.
내가 보았을 때 사리엘은 신이다.
인간이 아니다.
아울러 당연하게도 나 역시 용이자 신이며 인간은 아니었다.
나는 인간 따위 안중에도 없었던 터라 저러한 전제에서 이야기했는데, 정작 사실을 알지 못하는 인간이 나의 이야기를 듣는다면 어떤 생각을 할까?
신이 어쩌고저쩌고 지껄이며 의사도 치료하지 못하는 병을 네 녀석이라면 치료할 수 있지 않냐고 허황된 말을 늘어놓는다.
민폐 가득에 비상식적인 남자.

아주 이상한 사람이라 취급당한들 별말을 못 하겠다.

사리엘이 말했던 대로 머리 전문의 병원에 가라는 말을 들어도 받아칠 수 없는 소행이었다.

인간으로 의태하고 있는 입장이기도 해서 나든 사리엘이든 외관은 단순한 인간이었으니까 말이지.

진실을 알지 못하는 인간들이 어찌 보았을지야 뻔하다.

이것도 역시 인간의 눈 따위 신경도 쓰지 않았던 나의 실수다.

하지만 더 이상은 겉치레할 단계가 아니었던 데다가 무엇보다도 나는 인간 따위에게 겉치레를 할 필요성을 느끼지 못했다.

"무례하다! 네놈, 죽고 싶은가?!"

그러니까 나는 용의 마땅한 태도를 관철시키고자 했다.

"어이쿠? 입으로 못 이기니까 폭력입니까? 하등하다고 조롱한 상대에게 입으로 못 이기는 어리석은 분이 진심으로 본인이 더 우월하다고 착각을 하시는 건가? 아하, 이걸 모르기에 어리석은 분인가. 실례, 실례를 했군. 아무래도 저는 기준을 자신에게 맞춰버리는 지라. 자신보다 사고력이 떨어지는 분의 생각은 이해할 수가 없더이다. 미안하구려. 용서하시오."

……이거다.

저리 말하면 이리 받아치는 게 아니라 한 마디 말이 열 배로 되돌아온다.

말발로 사람을 바보 취급하는 분야에서 나는 포두이만큼 뛰어난 인간을 알지 못한다.

……뛰어나다는 표현을 쓰는 게 맞는가 몹시 의문이지만.

다만 어쨌든 간에 입으로 당할 수 없다고 폭력을 사용하겠냐는 그 발언은 나의 긍지에 흠집을 냈다.

진짜 손을 써버린다면 나는 포두이의 말대로 어리석은 놈으로 전락하니까.

그런 사태만큼은 절대로 인정할 수 없었다.

그런 생각을 갖게 된 시점에서 나의 패배였음을 깨달은 것은 꽤 나중의 일이었지만…….

그래, 하등하다며 얕보았던 인간의 말발에 꼼짝 못 하고 놀아나버렸다는 것이 나 스스로도 기가 막혀서 웃음이 새어 나온다.

"자네 이야기는 내가 바깥에서 들어주지. 이곳은 병원이네. 사리엘 님의 말씀처럼 관계자도 아닌 사람이 불쑥 소란을 부려도 되는 곳이 아닐세. 아니면 자네는 이런 당연한 규칙조차 지킬 줄 모르는 하등한 두뇌의 소유자인가?"

"큭!"

그리고 나의 긍지를 이용해서 본인의 의견을 밀어붙인다.

그때 나는 분명히 포두이가 말하는 대로 따를 수밖에 없는 상황까지 몰리고 말았다.

나는 엄연히 용이거늘?

기껏해야 인간 따위에게.

포두이가 무시무시한 인물이라 말해야 하나, 내가 한심한 녀석이었다고 말해야 하나.

후자는 아니기를 바라고 싶다.

……아니, 이제 와서 웬 말인가.

이미 추한 모습을 다 보인 내가 이제 와서 멋 부린들 무슨 소용이겠나.

그것은 포두이에게 채근을 당해 사리엘과 떨어져서 병원 바깥으로 나온 뒤 내가 듣게 된 말에서 역력히 드러난다.

"더할 나위 없는 스토커군요."

"뭐?"

무심코 되묻게 된 나의 반응을 이해해달라.

스토커라니.

설마 스토커라니.

내가 용인데, 인간에게 설마 스토커 취급을 당할 줄이야.

이때 웃지 않는다면 언제 또 웃겠나?

"스토커 짓은 적당히 좀 해달라고 말씀드리는 겁니다. 못 들었습니까? 아무래도 당신이 말하는 우수한 생물이란 귀가 어두운 생물을 가리키는 말인가 봅니다. 제 상식으로 판단하자면 몹시 이상한 가치관입니다만, 세계는 매우 넓으니 일단 납득하지요. 분명히 제가 알지 못할 뿐 귀가 어두운 것을 자랑하는 문화도 있지 않겠습니까. 저는 도저히 이해가 안 됩니다만."

포두이의 말에 무심코 넋 빠진 대답을 했다가는 이런 꼴이다.

이런데도 본인은 사정을 많이 봐주었다는 게 악질이다.

"남들이 듣고 오해할 말은 관둬라. 나는 귀가 어둡지도 않고 애당초 스토커가 아니다."

"어이쿠? 자각이 없을 줄이야, 역시 어리석은 분이시군요."

"뭐라?"

긍지 높은 용인 내가 스토커라는 말을 결단코 인정할 수는 없다.

그런데도 포두이는 나를 자극했다.

방금 전 포두이의 말이 아니었다면 망설임 없이 죽이지 않았을까.

"후유."

그럼에도 간신히 참는 내 이성의 한계를 흔들려는 듯이 포두이는 바보를 앞에 둔 사람처럼 다시 과장되게 한숨을 내뱉었다.

이때는 인내심이 한계를 넘을 뻔했지.

"스스로를 지고의 존재인 양 말하려거든 하등하다 비하하는 인간의 상식쯤이야 분별해야 맞지 않겠소? 용이시여."

그러나 포두이의 저 말에 나는 생각을 접어야 했다.

또한 저 말은 나를 아연케 했다.

이제껏 포두이는 내가 용임을 알지 못한 채 발언했다고 생각했다.

나의 정체를 알지 못하기에 이러한 태도를 고수할 수 있는 어리석은 인간이라고.

그러나 그게 아니었다.

포두이는 내가 용이라는 사실을 뻔히 알면서 그럼에도 바보 취급을 했다는 뜻이다.

그 차이는 작은 듯하며 크다.

"네 녀석, 그것을 알면서도 나를 바보 취급했단 말인가?"

"하고말고요. 바보 취급할 이유가 존재한다면 저는 상대가 누구이든 간에 바보로 대우합니다."

솔직히 그때의 감상을 말하자면「이 녀석은 이상하다」였다.

당시 인간들의 인식에서 용은 거슬러서는 안 되는 존재였다.

평생을 살며 웬만하면 마주할 기회가 없기 때문에 실감은 희미할지언정 그럼에도 만인에게 공통된 견해로서 용에게 적대하는 행동은 어리석다는 말밖에 할 수가 없다는 어리석은 짓이었다.

나를 대놓고 실컷 어리석은 놈 취급을 하며 인간의 공통 인식인 어리석은 행동을 한다.

그것이 포두이라는 남자였다.

어떤가? 이해하기 어렵지 않나?

“아무튼 간에 지금의 당신과는 말을 나눌 수 없습니다. 오늘은 이만 돌아가십시오. 그리고 조금이라도 인간 사회에 대해 배우고 오시길. 그러면 제가 당신을 스토커라 부르며 바보 취급한 이유를 조금은 이해하실 테지요. 끝내 깨닫지 못한다면 당신에게는 가망이 없는 겁니다. 두 번 다시 사리엘 님의 앞에 나타내지 마십시오.”

그런 주제에 이렇게 인간의 상식을 거론한다.

오만불손하다 말해야 할까, 뭐라 할까…….

저러한 남자이기에 나를, 용을 앞두고도 당당할 수 있었겠지만 말이다.

적어도 나는 이렇게까지 당당한 말을 들었기 때문에 놈의 이야기를 들어주겠다는 마음을 먹을 수 있었다.

그렇지 않았다면 굳이 인간의 말에 귀를 기울이지 않았을 테지.

이런 반응마저 계산해서 나를 도발했다면 포두이의 승리가 맞다.

이것이 나와 포두이의 만남이었다.

제법 임팩트가 있는 만남이라 말해야겠지.

초장부터 얻어맞고 나가떨어졌던 사리엘과의 만남과 어느 쪽이

더 임팩트가 컸는가 비교하자면 한쪽을 선택하기는 어렵다.

그만큼 충격적이었다.

아리엘과 알고 지냈던 관계가 가늘고 길었다면 포두이와의 관계는 굵고 짧았던 셈인가.

뭐, 짧다는 말을 썼음에도 인간의 수명을 감안하면 제법 긴 세월을 알고 지냈다고 할 수 있겠다만.

……포두이는 나와 처음으로 만났을 때 이미 노령이 아니었냐고?

맞는 말이다.

당시 인간의 수명을 생각하면 시스템이 구축되기 전에 노쇠하여 죽었어도 이상할 것이 없는 나이였다.

그러나 막상 녀석은 시스템 구축 이후에도 팔팔하게 살아남았다.

그야말로 현대에서도 일부 사람들이 두려워하며 구전으로 계승할 만큼 거하게 날뛰었다.

어쨌든 녀석이 바로 이 세계에 나타났던 흡혈귀의 시조이니까.

음? 내가 만났을 때는 분명 평범한 인간이었지.

녀석이 흡혈귀가 된 것은 이후의 일이다.

게다가 딱히 본인이 바란 결과도 아니었다.

단지 불행한 사고였다.

재난에 휘말렸을 뿐이라고도 말할 수 있겠다.

인위적으로 발생된 인재였다만…….

그 인재를 일으켰던 남자가 바로 포티머스다.

당시 사건의 뒤에는 대체로 포티머스가 있다.

포두이가 사리엘라 모임에 출자했던 만큼 언젠가는 포티머스와 충돌했을 테지.

그저 타이밍이 약간 더 나빴을 뿐이다.

포두이가 흡혈귀로 바뀌어버린 경위에 대해서는 다음 기회에 이야기하도록 하자.

단장 포티머스와 마술

이 세계에는 물리 법칙만으로 설명되지 않는 현상이 존재한다.

용이 가장 대표적인 사례다.

항공 역학을 무시하며 하늘을 날아다니는 것은 시작일 뿐.

아무것도 없는 공간에서 물체를 만들어 낸다거나 한순간 만에 별의 반대편까지 이동하기도 한다.

물리학 및 화학만으로는 설명할 방법이 없다.

저런 현상은 마술이라 불리는 신비다.

그러나 인간의 입장에서 봤을 때 신비의 술법이라도 용은 당연하게 쓰고 활용한다.

용의 유전자를 받아들이면 저런 신비의 술법을 활용할 수도 있지 않을까.

마술의 안에 영원한 생명의 힌트가 있을지도 모른다.

마술 역시 만능은 아니리라.

그러나 만능은 아니라는 것이 오히려 모종의 법칙을 따른 체계적인 기술이라는 사실을 증명해준다.

그렇다면 법칙만 일단 밝혀낸다면 용의 유전자가 없어도 나 또한 사용이 가능하지 않겠는가.

거기에 영원의 생명에 관한 힌트가 들어 있지 않더라도 괜찮다.

기필코 마술의 법칙을 해명한 뒤 거기에서 더욱 발전시키고 영원의 생명으로 연결시켜 보이겠다.

그러자면 더욱더 많은 실험동물이 필요하겠군.

4 결전, 거미 VS 로봇

로봇의 총구가 일제히 불을 뿜는다.

내가 기억하는 한 포티머스는 탄환을 소비하고 싶지 않은 이유인지 이러한 총화기는 되도록 쓰려고 들지 않았었다.

그런데 이번에는 아무 상관 없다네! 그렇게 주장하는 것처럼 거침없이 탄막을 뿌려 댄다!

회피할 틈 따위 있지도 않은 탄막이 덮쳐들었다.

이게 슈팅 게임이었다면 클레임 폭발이야!

이기게 만들 마음이 없잖아!

그냥 죽어라, 이 말이냐?

이런 데서 얌전히 죽을까보냐!

넵. 그런고로 공간 마술을 발동.

내게 들이닥치는 탄막을 고스란히 이공간에 집어넣어요~.

집어넣는달까, 정확히는 입구를 열어주면 알아서 휙휙 들어와준달까.

아무것도 없는 이공간으로 쏙 들어간 탄막은 물론 무엇에도 명중되지 못한 채 이공간 안을 헤매게 될 뿐이다.

끝.

핫핫하.

공간 마술을 구사하는 내게 맞설 때 사격계 공격은 안 통한다네!

아, 마술 발동할 짬을 아예 안 주고 저격해버리면 물론 안 되겠지만 말이야.

뭐, 그런 걱정은 거의 없지만요!

아무리 초강력한 사격이어도 이공간에 집어넣기만 하면 나를 꿰뚫을 수 없도다!

응, 기분이 어때?

귀중해서 쓰지 않고 애지중지했던 탄환을 아낌없이 썼는데도 모조리 다 무효화됐잖아?

분해?

분하겠지~.

아~ 포티머스의 분한 얼굴을 못 보는 게 유감이야~.

……음, 아무리 자극해도 상대는 로봇이니까 딱히 평정을 잃진 않겠구나.

애당초 마음속에서 자극해도 상대에게는 안 들리지만 말야!

그럼 목소리를 내서 말하라고?

이놈! 나더러 죽으라는 소리냐!

혼자서 뇌 속 만담을 즐기는데 불쑥 로봇이 죽어! 외치는 듯한 느낌으로 돌격을 개시했다.

로봇 주제에 방금 공방만으로도 내게 사격이 안 먹힌다는 것을 이해한 거야?

되게 똑똑한 AI를 탑재했네.

암튼 접근해 봤자 내 적수는 못 된다.

기껏해야 능력치로 환산하면 5천 정도의 속도.

저런 수준의 속도쯤이야 내 눈에는 멈춘 물체처럼 보이거든.

그리고 방어력은 나의 어둠 마술을 살짝 스치기만 해도 산산조각이 나는 정도.

바짝 접근하기 전에 쏴버리면 아무런 위협도 되지 않는다.

그렇다 해도 이왕에 처치하려면 이번에는 다른 방법으로 격퇴해볼까.

그런고로 컴 온! 전투용 분체!

나랑 로봇들 틈에 전투용 분체들이 끼어들었다.

자, 여기서 전투용 분체의 상세 스펙을 설명하지.

크기는 아라크네가 되기 이전의 나와 비슷한 정도.

형태도 똑같다.

가장 중요한 전투 능력을 말하자면 능력치로 환산해서 대략 1만 정도일 거야.

그 부분은 나를 포함해 시스템의 범위 밖 존재라서 감정을 못 하니까 상세 수치는 모르는데 어쩔 수 없다.

그리고 어디까지나 기초 스펙이 1만 정도라는 소리이고 경우에 따라서는 본체, 내게서 힘을 넘겨받아 강화할 수도 있는 만큼 능력치 환산 수치를 굳이 정확하게 측정할 필요가 없는 이유도 있다.

주된 공격 방법은 사안, 어둠 마술, 공간 마술, 실, 낫을 휘두르는 참격과 독.

솔직히 말하자면 인간 형태냐 거미 몸뚱이냐 차이가 있을 뿐 나머지는 본체와 별로 다르질 않아.

물론 출력은 본체가 더 높을지라도 충분한 전투 능력을 발휘한다.

괜히 전투용이라고 이름을 붙인 게 아니거든.

가까이 온 로봇에게 전투용 분체가 실을 사출.

다리에 실이 얽히고, 게다가 그 실이 지면에 달라붙는다.

완전히 발을 붙들린 로봇이 성대하게 나자빠졌다.

그 틈을 놓치지 않고 전투용 분체가 낫을 휘두른다.

낫이 로봇을 베어 갈라서 조각조각을 냈다.

흠흠.

제법 잘 싸우네!

실과 낫만으로도 로봇을 처치할 수 있는 분위기야.

사실 전투용 분체의 신체 스펙 관계상 실과 낫을 쓰는 직접 전투 능력은 별로 높지가 않다.

어디까지나 서브 웨폰이거든.

그럼 메인 웨폰이 뭐냐면 사안이랑 마술이다.

그런고로 메인 웨폰을 써서 해치워볼까!

전투용 분체들이 일제히 어둠 탄환을 발사한다.

로봇들은 꼼짝 못 하고 꿰뚫려서 파괴됐다.

푸하하하하! 압도적이지 않은가! 나의 부대여!

어? 이렇게 쓱쓱 해치울 수 있다면 처음부터 마술 쓰라고?

아니, 거 뭐야, 일단 말이야, 뭔가 필요할 때를 위해서 실과 낫만으로도 응전이 가능하다는 증명은 마치는 게 좋지 않겠어?

검증이 되게 중요한 과정이거든.

뭐? 자만심?

……아냐, 어딘가의 검사도 한 말이잖아.

이건 자만심이 아니라 여유다, 라고!

그러면 내가 여유나 부릴 수 있는 이유를 직접 보여드리리다!

전투용 분체! 풀가동!

각지에서 감시라든가 뭔가 임무를 맡고 있었던 첩보용 분체들을 일시 정지시킨다.

보통 수천의 첩보용 분체가 전 세계에서 모아주는 정보가 일시적으로 사라졌다.

대신에 전투용 분체의 스펙을 온전하게 활용할 수 있다.

엘프들을 섬멸하기 위해 소환해서 뿌려 놓았던 전투용 분체.

그 숫자는 1만.

첩보용 분체를 운용하던 때는 간단한 조작밖에 못했던 녀석들이 자기 성능을 유감없이 발휘해서 움직이면 어떻게 될까?

로봇이 잔뜩 튀어나와서 잠깐 놀랐는데 이쪽도 숫자는 많단 말이죠!

그런고로, 자, 유린하라!

엘프의 마을 곳곳에서 전투용 분체 VS 로봇의 전투가 시작된다.

그렇다 해도 전투용 분체가 로봇보다 많이 강하다.

물론 숫자는 로봇이 더 많았지만 로봇이 엘프의 마을 전역에 흩어져 있는 데 반해, 전투용 분체는 엘프의 마을 거주구에 밀집되었다.

이러면 일대다의 상황에 처할 우려가 일단 없다.

거주구를 중심으로 두고 로봇을 착착 처리하며 서서히 원을 넓혀가면 그만이지.

그런고로 로봇을 해치우며 진군 개시.

제국군과 마족군 근처에도 로봇이 출현했으니까 원군을 보내줄 겸 그쪽 방향으로 전진시키자.

아직은 어느 쪽도 로봇과 맞부딪치지 않았으니 지금 달려가면 안 늦을 거야.

흡혈 양이랑 오니 군은 아마도 괜찮을 텐데 메라라든가 다른 사람들은 두 대 이상의 로봇을 상대하려면 좀 버겁거든.

퀸 휘하 타라텍트 군단?

퀸이 있는데 과연 도움이 필요할까?

퀸의 브레스 휩쓸기 한 방이면 로봇 몇 대가 날아가거든?

역시 퀸은 전투 능력이 좀 이상하다…….

그런고로 그쪽 방면은 퀸에게 맡겨 놓으면 문제없음.

나의 전투용 분체 덕분에 전황이 우세로 기울어졌기 때문인지 인형 거미들이 또 잔뜩 분발하고 있었다.

희희낙락하며 로봇에게 치고 들어가더니 총탄을 검으로 튕겨 내며 로봇의 몸체를 두 동강 낸다.

응, 뭐, 넷이 덤비면 로봇 한 대쯤이야 별거 아니지.

아니, 1대 1로도 인형 거미가 더 강한데 질 일은 없잖아.

아까는 숫자에 밀렸던 탓에 물러났을 뿐 이번에는 오히려 숫자로 압도했는걸.

그나저나 우세를 점하자마자 곧장 싸우러 나가는 거냐, 약삭빠른 녀석들이네…….

그렇게 어이없어하는 마음을 절반쯤 담아서 인형 거미들의 활약을 지켜보던 때, 전방의 지면이 쩍 벌어지더니 뭔가 지하에서 밀려 나왔다.

어, 로봇들 추가 투입인가? 아닌데, 실루엣이 좀 이상한데.

으음, 실루엣 자체는 다른 로봇이랑 별로 다르지 않아.

다만 사이즈가 이상한 느낌이다.

커다랗다.

얘는 로봇의 강화 버전이구나!

그런데 저 로봇, 어딘가에서 본 기억이 있는 듯한 기시감이 느껴지는걸.

그래도 그 녀석은 훨씬 너덜너덜하고 전체적으로 비뚤어진 느낌이었는데…….

거기까지 생각하다가 떠올렸다.

몇 년인가 전에 우리가 아직 마족령을 향해 여행하던 중 겪었던 사건.

황야의 지하에 파묻혀 있던 구시대의 병기, UFO가 부활했던 때의 일이다!

그 UFO의 안에 있었던 라스트 보스 로봇!

그 녀석이랑 닮았어!

그때 로봇을 본 포티머스가 뭐라 말했더라?

분명 글로리아라고 말했었지.

그다음에는 또 라스트 보스 로봇은 글로리아의 유출된 설계도를 써서 만들었다고도 했다.

그렇다면 지금 눈앞에 있는 강화 로봇이 글로리아라는 녀석의 정품이 되는 셈인가.

어라, 좀 위험한데.

그때 포티머스가 말을 했잖아.

“오리지널이라면 상위의 용도 도살할 수 있겠군. 그래, 모조품은 충분히.”

내가 아는 상위 용은 UFO 사건 때 같이 싸웠던 풍룡 휴번인데 휴번은 퀸 타라텍트 마더한테는 살짝 뒤져도 능력치는 평균 1만을 가볍게 넘는 힘을 보유했었다.

속도는 3만을 훌쩍 뛰어넘었잖아.

인형 거미들보다 많이 셌거든.

그런 상위 용을 해치울 수 있다고 포티머스가 호언했던 오리지널 글로리아 어쩌고 하는 로봇이다.

인형 거미들한테는 버거워.

전투용 분체로도 몇 마리씩 같이 뭉쳐서 싸워야겠지.

뭐, 승리 자체는 어렵지 않다.

……한 대가 전부였다면.

주위에 흩어져 있는 전투용 분체들이 보내오는 시각 정보에 글로리아가 다수 출현하고 있는 광경이 출력된다.

……이 녀석들도 양산형이었냐!

王4 가르침을 받는 왕

“어서, 어서! 꼬맹이들! 남기지 말고 먹어야지!”

고아원의 식당에 원장님의 호통 소리가 울려 퍼진다.

고아원에서 식사할 때는 다들 편하게 막 수다도 떨고 소란스러웠는데 그래도 원장님의 고함은 쩌렁쩌렁 잘 들렸다.

“뭐냐? 남기면 어떡해!”

“다이어트 중~.”

원장님이 여자애 한 명의 식사를 보고 눈살을 찌푸렸다.

이 무렵 우리는 슬슬 10대 중반에 접어들면서 사춘기를 맞이하고 있었다.

“닭 뼈다귀 같은 몸뚱이로 건방진 소리 말거라! 그런 소리는 살 좀 붙이고 나서 해야지!”

“엥~? 원장님은 살쪘는데도 다이어트 안 하잖아.”

“이 매혹적인 몸의 매력을 못 알아보는 동안은 마냥 꼬맹이인 게야! 꼭꼭 챙겨서 안 먹으면 작은 가슴이 영영 안 자란다!”

그 말에 여자아이가 힐끔 자신의 가슴을 내려다보더니 힘 빠진 표정을 짓고 다시 음식을 먹었던 기억이 난다.

나는 아이들이 먹는 식사가 부러웠다.

그때 당시에 내가 먹을 수 있는 음식은 유동식뿐이었기 때문이다.

내 몸은 다른 사람들보다 많은 영양을 필요로 했다.

항상 달고 지내는 점적 주사로 보충하고 있다지만 부족한 분량이 많아서 소화에 좋은 고영양가 유동식으로 어떻게든 맞추고 있는 상황이었다.

내장이 제멋대로 만들어지는 독 때문에 약해졌기에 소화 잘되는 유동식밖에 받아들이지 못한다.

고형물을 마음껏 먹을 수 있는 다른 아이들이 부러웠다.

하지만 마음속 말을 꺼냈던 적은 없었다.

고아원의 친구들 모두에게는 크든 작든 비슷하게 핸디캡이 있었으니까.

다이어트 중이라고 말했던 저 아이도 외모는 평범한 인간이지만 키메라임은 다르지 않다.

저 여자아이는 이런저런 종류의 동물과 엷고도 넓게 섞어 놓았다던데, 그만큼 몸에 끼치는 영향도 여러 부분에 걸쳐 다양했던 대신 하나하나는 사소한 증상이었다고 한다.

그럼에도, 하나하나의 영향이 작을지라도 같이 겹치면 무시할 수 없다.

더 말하자면 근본적인 치료 방법이 아예 존재하지 않아서 대증 요법밖에 없었다.

우리는 태어날 때부터 그런 몸이었으니까.

완치시키려면 글자 그대로 몸을 다시금 만들 수밖에 없다.

그런 처치는 당시의 의료 수준으론 불가능했고 포티머스마저도 아마 엄두를 못 냈을 것이다.

우리는 죽을 때까지 자신의 몸을 직시하며 살아야 했다.

또한 우리가 죽게 될 날은 분명 평범한 인간보다 빨리 온다.

평범한 인간과 비슷하게 수명을 누릴 수 있다는 생각은 우리 중 아무도 하지 않았다.

그래서인지도 모르겠다.

막연하게나마 장래에 대해 각자가 고민하게 된 까닭은…….

사춘기를 맞이하며 세상을 알지 못했던 순진무구한 아이를 졸업한 뒤 어른의 계단에 처음 한 걸음을 내디뎠던 우리.

어른이 되는 의미를 먼저 의식하고.

과연 어른이 될 때까지 살아갈 수 있냐는 의문까지…….

어느 날.

사리엘 님이 너덜너덜한 차림의 아이들 둘을 질질 끌면서 데리고 왔다.

그 광경을 본 나는 「또야……」라며 내심 기막혀했다.

사리엘 님이 끌고 온 아이는 고아원 안에서도 곧잘 싸움을 하는 두 명이다.

이 두 사람은 자꾸 고아원 바깥에서 싸움을 하다 이렇듯 사리엘 님께 제재를 당한 뒤 강제 귀환을 당하곤 했다.

아이들 싸움이라고 얕보지 말길.

키메라인 두 사람은 인간보다 신체 능력이 강화되어 있기 때문에 평범한 아이를 전력으로 때리기라도 하면 잘해야 중상, 최악의 경우 상대를 죽이게 된다.

그렇게 되기 전에 사리엘 님이 곧바로 달려가서 두 사람을 데려와야 했다.

문제를 일으키는 게 딱히 두 아이뿐은 아니었다.

고아원 바깥에 나갈 수 있는 몇 사람은 곧잘 무엇인가 문제를 일으켰다가 그때마다 사리엘 님이 달려가곤 했다.

고아원에서는 바깥출입을 금지하지 않았다.

다만 우리들 중 고아원 바깥으로 나가는 사람은 몇 명밖에 없었다.

나는 건강상의 이유로…….

다른 친구들은 외형이 이유라서.

고아원이 있던 장소는 시골이었지만 사람들 눈이 없지는 않았다.

일단 주변에 사는 사람들에게는 고아원의 사정을 미리 설명했다.

그러나 한눈에 평범한 인간이 아님을 알아볼 수 있는 특징이 있는 키메라들을 무조건으로 받아들여주는 인격자만 있는 건 아니었다.

특히 또래의 아이들은 아이이기에 더욱 잔인했다.

나는 고아원 바깥에 나갈 상태가 아니었던 탓에 듣기만 했지만 진짜로 돌이 날아와서 얻어맞은 친구도 있다고 한다.

정말 돌 던지기라는 이야기 속 진부한 심술을 부리는구나 싶어서 당시에는 놀랐던 기억이 있다.

그러나 아무리 이야기 속 같다는 말을 써도 엄연한 현실.

실제 돌을 던졌던 아이들만큼은 아니더라도 고아원 주변에서 사는 사람들의 본심은 충분히 알 수 있었다.

우리는 주위 사람들의 애물단지였다.

그렇게 구박을 받는 우리가 뭔가 문제를 일으키면 이웃의 주민들은 심기가 더욱 안 좋아진다.

그러니까 사리엘 님이 직접 나가서 일이 심각해지기 전에 데려오는 셈이다.

다만 구박을 받는 입장에서도 기분이 좋을 리 없었다.

자주 사리엘 님께 끌려왔던 두 사람은 성질이 급해 툭하면 싸움을 벌였고 「당했으면 갚아준다!」를 몸소 실행에 옮겼다.

이웃 아이들이 시비를 걸면 반사적으로 손이 나간다.

둘 모두 괄괄한 성격이었다.

다행히 사리엘 님 덕분에 두 사람이 실제 이웃에 사는 아이들과 싸움까지 벌이는 일은 없었다.

참아서 손을 들어 올리지 않았던 것이 아니다.

손을 올렸지만 내리 휘두르기 전에 사리엘 님이 개입해서 뜯어말렸다는 것이 정답.

만약에 손이 실제로 휘둘러졌다면 아이들은 무사하지 못했을 것이다.

그러면 이웃 주민들과 고아원의 관계는 수복 불가능이다.

그게 아니더라도 손을 치켜들었다는 사실은 남아 앙금이 쌓인다.

그렇게 쌓인 앙금은 혐오가 되어 주민들의 태도에 나타나고, 그런 분위기가 마음에 들지 않는 고아원 아이들은 또 문제를 일으킨다.

이 무렵에는 저런 악순환이 이미 만들어지고 있었다.

그래서 더욱 우리는 쓸데없이 고아원 바깥으로 외출하는 것을 삼갔다.

그럼에도 바깥에 나갔다 오는 부류는 안쪽에서 가만있기를 좋게 여기지 않았던 행동파와, 남들 시선 따위는 알 바 아니라며 당당하게 구는 문제아였다.

"놔!"

그 문제아 중 하나가 사리엘 님의 손에서 벗어나기 위해 몸부림쳤다.

사리엘 님은 아이의 말에 따라서 손을 놓았다.

"끄엑?!"

거의 허공에 매달린 상태에서 손을 놔버리면 어떻게 될까?

물론 중력에 따라 지면으로 낙하하는 것은 자명한 이치다.

그 녀석은 운 나쁘게도 안면부터 지면에 처박아서 코를 부여잡고 끙끙거렸다.

"왜 놨어?!"

"사람들은 이런 경우를 불합리하다고 말합니다."

담담하게 불평을 받아넘기는 사리엘 님.

사람에 따라서는 야유하는 말로 받아들일 수 있는 태도였지만, 오랜 세월을 알고 지내면서 우리는 저런 발언도 사리엘 님의 평소 모습임을 잘 알고 있었다.

사리엘 님은 뭐랄까, 독특한 사람이다.

기본적으로 표정이 별로 변화하질 않는다.

항상 담담하니까 언뜻 냉정 침착한 성격 같다는 생각도 드는데 조금 더 알고 지내다 보면 그렇지 않다는 것을 깨닫는다.

사리엘 님은 한마디로 말하자면 4차원 아가씨다.

뭐랄까, 사람들과 여러모로 어긋난 부분이 많아.

우리가 알지 못하는 심오한 부분까지도 잘 파악하고 있는가 하면 우리가 굳이 고민까지 안 해도 다 아는 사실을 모르곤 한다.

조금 짝짝이의 느낌이 있었다.

이때도 비슷하게 「놔!」라는 말을 들었기에 순순히 놓았을 뿐이고 그 결과 코를 부딪혀서 몸부림치게 된 남자아이가 「왜 놨어?!」라며 외쳤을 때는 「불합리」하다고 대답을 했다.

사리엘 님은 아마도 이 대화에서 남자아이를 바보 취급할 의도는 없었다고 생각한다.

게다가 「불합리」하다고 말은 했어도 사리엘 님 본인은 딱히 화가 나지도 않았고 상황을 객관적으로 봐서 남자아이의 언동이 모순됐기 때문에 이런 건 불합리한 말이란다, 라고 가르쳐주고 타이르는 느낌으로 한 말이라 생각한다.

생각한다, 생각한다, 추측에 불과하지만 유감스럽게도 사리엘 님은 정말 머릿속 생각이 읽히지 않는 사람이어서 어쩔 수 없다.

우리의 상식과 멀리 떨어져서 불쑥 엉뚱한 반응을 하는 분이라 우리도 전부를 이해할 수는 없었다.

사리엘 님은 지식 면에서는 모르는 게 아예 없지 않을까? 그런 생각이 들 만큼 박식하며 우리가 어릴 적 이것저것 「어째서? 어째서?」 물어보는 질문에 대해 전부 막힘없이 대답해줬다.

그런데 특히 사람의 감정 면이나 사고방식의 말이 나오면 곧장 멍텅구리가 된다.

지식 차원의 희로애락을 알긴 아는데 막상 실감을 못 하는 분위기랄까…….

사리엘 님이 인간이 아닌 천사임을 알았을 때는 놀라움보다 납득이 더 컸을 정도다.

나중에 규리에한테 천사라는 종족의 이야기를 들었을 때 더욱더 많이 납득이 됐다.

인간과 천사는 근본적인 사고 회로가 다를 테니까.

천사는 주어진 사명에 충실할 뿐 다른 문제에 괜히 사고를 할애하지 않는다고 한다.

다만 사리엘 님은 천사는 천사여도 이탈자 천사라는 특수한 위치에 서 있기 때문에 인간에게 가까이 다가가서 활동했을 것이라는 사실까지.

"제기랄! 그 자식들, 다음에 만나면 두들겨 패주겠어!"

"폭력은 안 됩니다."

한쪽 손으로 코를 부여잡고 다른 한쪽 손으로 지면을 내리치는 남자아이.

"폭력은 틀림없는 범죄입니다. 폭행죄입니다."

"시끄러! 시비는 걔들이 먼저 걸었다고!"

"그래도, 마찬가지예요."

사리엘 님은 전 세계 국가 전부의 법률을 다 파악하고 있었다.

근본적으로 인간과는 사고 회로가 다른 천사인 사리엘 님이 얼마나 우리 인간에 대해 이해할 수 있었는가 그것은 알지 못한다.

그러나 법률에서 배워 인간이 폭력을 싫어한다는 것은 이해하고 있었다고 생각한다.

"……그 자식들."

그때, 그동안 얌전하게 사리엘 님께 붙들려 있던 또 다른 아이가 입을 열었다.

"우리를, 막 놀리고 욕했는데. 고아원도, 사리엘 님까지……."

분한 듯 입술을 깨문다.

저 아이의 마음을 나는 잘 알 수 있었다.

우리는 가족이다.

달리 대신할 수 없는 가족.

그런 가족에게 욕을 하는데 잠자코 넘어간다는 게 가능할 리 없다.

"그렇다 해도, 폭력은 안 됩니다."

"대체 어째서?!"

"형법에 그렇게 정해져 있기 때문이에요."

사리엘 님의 대답은 간결했다.

법률로 정해 놓은 범죄니까 저지르면 안 된다.

"형법이 무조건 다 옳다는 거야?!"

"아니요."

그러나 앞선 발언을 부정하는 듯한 사리엘 님의 대답.

형법이 옳기 때문에 순순히 따라야 한다는 말이 아니었나?

"그러면 따를 필요가 없잖아!"

"따르지 않으면 형법에 위반되어 처벌받습니다."

"그러니까 때리면 안 된다고?!"

"네."

이때 사리엘 님은 선악의 이야기 따위는 한 마디도 하지 않았다.

좋거나 나쁜 것과 관계없이 폭력을 휘두르면 체포당한다는 단순한 사실만을 우리에게 가르쳐줬다.

"입을 놀리는 상대에게는 입으로 반론하세요."

분명 정론이었다.

그러나 근처의 아이들은 우리가 키메라라는 어쩔 수 없는 이유를 들어 차별했다.

뒤집을 수 없는 출생을 모욕의 근거로 썼다.

반론하고 싶어도 상대는 일방적으로 먼저 우리를 아래라고 결정해 놓지 않았던가.

그런 상대에게 정론은 안 통한다.

"어쩌라는 거야……."

그런 부분은 실제 근처의 아이들과 접한 경험이 없는 나보다도 남자아이들이 훨씬 실감이 강했던 것 같다.

말해 봤자 우리의 설명에 귀를 기울여주지 않는다.

그렇다고 폭력은 휘두르면 안 되고.

사방이 다 막혔다.

"고민하세요."

침울해하는 아이들에게 사리엘 님은 타이르듯 말했다.

"무엇이 최선인가. 무엇이 악수인가. 항상 고민하세요. 고민이 사람을 성장시킵니다."

……고민해 봤자 이 문제가 해결될지는 알 수 없다.

사리엘 님의 말씀은 분명 좋은 말이었으나 우리가 처한 상황에 맞는 말인지는 미묘한 부분이 있었다.

역시 사리엘 님은 어딘가 어긋나 있는 사람이었다.

그러나 사리엘 님이 우리를 아껴주기에 조언해주었다는 사실만큼은 틀림없이 전달되었다.

그런 마음만으로도 우리는 구원받았다.

Ariel

아리엘

본명 아리엘. 본래는 포티머스의 인체 실험에서 구출된 이름도 없던 피해자. 우연히 사리엘에게 이름을 받게 된 터라 이후에도 쭉 자기 이름으로 사용해왔다. 용을 포함하여 다양한 동식물의 인자가 조합되어서 태어났던 키메라. 개중에서도 거미의 인자가 짙게 발현됐다. 독을 만들어 내며, 그 독이 신체에 해를 끼쳤다. 그 때문에 몸이 약하고 휠체어에 의지해서 생활해야 했다. 사리엘이 만들었던 키메라 보호 시설인 고아원 출신. 체질의 문제 때문에 오래 살지는 못할 테니까 같은 고아원의 친구들에게 남겨주기 위해서 손수건을 만들었다. 다만 뜻밖에도 마지막까지 살아남은 것은 아리엘이었다.

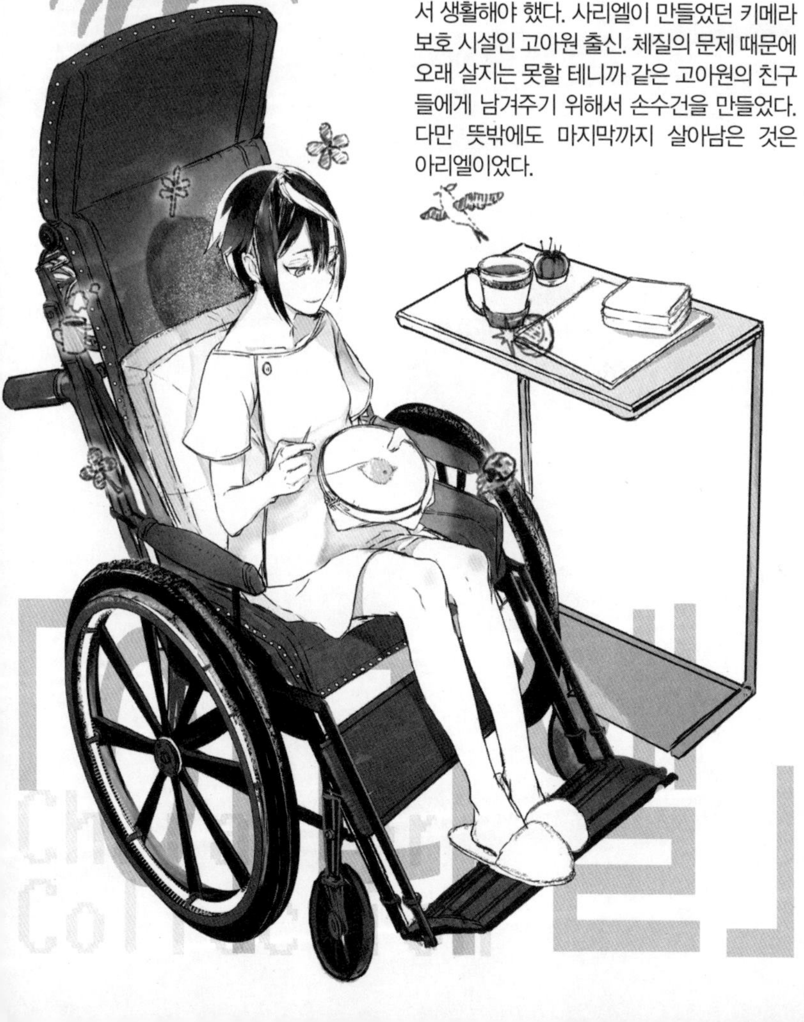

黑4 혼자 이야기, 흡혈귀

썩 불편한 만남이었으나 나와 포두이의 교류는 계속됐다.

조롱을 당한 이상에는 되갚아줘야 한다.

그런 한마음으로 인간에 대해 배우고 그 성과를 보여주기 위해 가끔 만나러 갔다.

그러기를 되풀이했었다.

최초의 목적이었던 사리엘의 관찰은 내버려 두고 말이지.

여자를 만나러 갔다가 영감에게 쫓겨났고 어찌 된 영문인지 영감과 밀회를 거듭하게 된 셈인가.

말로 표현하자니 이보다 더 무시무시할 수가 없구나.

……이 이상 깊숙이 파고들지는 말도록 하자.

포두이와 내가 만나서 했던 것은 오로지 게임이다.

전생자가 본래 살았던 세계에는 장기라는 놀이가 있었잖나?

그것과 비슷한 놀이가 이쪽 세계에도 있다.

장기는 율리우스가 슌에게 배워서 하다가 져서 분하다며 나도 하이린스로서 같이 상대해줬던 때가 있었지.

따낸 말을 자신이 사용할 수 있는 규칙은 꽤 참신했다.

이쪽 세계의 게임은 장기와 달리 따낸 말은 반상에서 완전히 제외된다.

그 대신 장기보다 말의 종류와 숫자가 많고 말판의 넓이가 넓다.

그만큼 복잡해서 1국만으로도 상당한 시간이 걸린다.

따라서 일반에서는 말의 숫자를 줄인 뒤 반상의 넓이를 좁게 고쳐 놓은 간이판이 유행했던가.

정규판으로 대국을 하는 경우는 아예 프로이거나 게임에 정통한 애호가들뿐이었다.

포두이는 애호가 쪽이다.

녀석도 재계의 마왕이라며 두려움을 사는 인간인 만큼 이렇듯 반상의 컨트롤에는 재주가 있었다.

프로 상대로도 제법 괜찮은 승부를 펼치지 않았을까 생각한다.

훗. 그래도 나에게는 단 한 번도 승리를 거두지 못했지만.

용과 인간은 머리의 계산 영역에서 격이 다르다.

승부가 되지 않는 것은 당연한 결과였다.

어른스럽지 못하다?

……그럴지도 모르겠군.

다만 만남이 썩 불편했잖나?

조금이나마 심술 삼아서 호된 패배를 맛보여주는 것쯤은 용납될 테지.

그날도 나는 포두이와 대국하고 있었다.

"으음."

내가 말을 움직이자 포두이는 짧게 신음하며 몸을 굳혔다.

그대로 잠시 꼼짝을 않고 반상을 노려보다가 이윽고 체념한 듯 한숨을 쉬며 의자의 등받이에 깊숙이 몸을 기댔다.

"졌습니다."

포두이가 패배를 선언했다.

올바른 판단이다.

어떻게 발버둥친들 포두이에게 역전의 가망은 없었으니까 말이지.

"허허, 참. 실력에는 나름 자신이 있었는데 이렇게까지 철저하게 압도를 당하니까 반대로 후련하군요."

저것이 분한 마음을 숨기기 위함이 아닌 본심에서 나온 말이었는지 포두이는 막 패배를 겪었는데도 불구하고 즐겁게 웃음을 짓고 있었다.

포두이는 반상의 말을 초기 위치로 되돌리고자 손을 뻗었다.

"더 하자는 건가?"

희희낙락하며 대전을 속행하려고 하는 포두이에게 나는 살짝 질색을 하며 물었다.

방금 전에 말한 것처럼 이 게임은 1국에 상당히 긴 시간을 필요로 한다.

그런데도 더 게임을 하자는 포두이에게 살짝 어이없음을 느꼈다.

"시간이라면 남아돌 만큼 있잖습니까. 잠시 시간을 내서 여생이 얼마 안 남은 노인과 놀아주셔도 벌을 받지는 않을 겁니다."

확실히 용인 나에게 수명이라는 개념은 없다.

1국에 제법 긴 시간이 걸린다지만 유구한 시간을 살아가는 용에게 있어서는 눈 깜짝할 잠깐에 불과할 뿐.

잠시 더 상대해준들 시간 낭비라는 생각은 들지 않으리라.

"여생이 얼마 안 남았다고……."

나는 의미심장하게 중얼거리고 말았다.

나와 포두이가 대국을 하던 장소는 꽤 널찍한 방이었다.

넓찍하다. 말은 이렇게 해도 대부호인 포두이가 생활하는 곳이라기에는 다소 비좁게 느껴지는 곳이다.

장식품 부류도 필요 최저한만 갖춰 놓아서 화려함이 없다.

소박하고 검약하다고 표현하면 듣기에는 좋겠지만, 총자산의 금액이 글자 그대로 자릿수가 다른 포두이의 거처인데 잘 어울린다고 말하기는 어렵다.

무엇보다도 실내에는 창문이 하나도 없고 조명도 명도를 낮춰 놓았다는 것이 이상했다.

"……그랬지요. 지금의 저는 여생이 얼마 안 남았다고 장담도 못 하는 처지였습니다그려."

그렇게 자조하면서 웃는 포두이의 입매, 살짝 야유를 담아 끌어올리는 입꼬리 빈틈으로 들여다보이는 것은 예리한 송곳니.

"후유…… 이래 봬도 보통 사람보다는 굴곡이 있는 인생을 걸어왔다고 생각했었는데 말입니다. 설마 죽을 때가 다 되어서 이런 문제가 벌어지리라고는."

"그렇군. 이런 사태는 제아무리 뛰어난 식견을 가진 존재일지라도 예측하지 못했을 테지."

다른 누구도 아니고 용인 나마저도 이런 사태가 발생하리라고는 생각도 하지 못했었다.

전생자들의 속담으로 표현하자면 마른하늘에 날벼락인 셈이다.

게임으로 말하자면 반상을 바깥에서 갑자기 뒤집어 놓는 사건이다.

그만큼 포두이의 신상에 일어난 사건은 있어서는 안 될 참사였다.

그 사건에 관하여 나는 들은 말밖에 알지 못한다.

나라고 하루 온종일 인간계를 들여다보는 처지는 아니었으니까.

당사자인 포두이에게 들었을 뿐 현장을 직접 보지는 못했다.

당시에 사리엘라 모임은 은밀하게 어느 범죄 조직의 적발에 힘을 들이고 있었다.

어느 범죄 조직이라고 표현했는데 실상은 다수의 조직이 모여서 만들어졌던 복합 조직이다.

다만 횡적 연결은 전무에 가까웠던 터라 서로 간에 연결되어 있다는 사실조차 파악이 되지 못했다고 한다.

그 때문에 조사는 난항을 겪어야 했고 적발에도 긴 시간이 걸렸다.

사리엘라 모임은 이런 난점을 잘 알았던지라 다소 강압적인 수단을 써서 관례를 무시한 채 조직 적발에 적극 나섰다.

그 판단은 틀리지 않았으리라.

조직을 가만 방치했다면 더욱 심각한 피해가 발생했음이 쉽게 예측된다.

애석한 것은 그럼에도 이미 시기를 놓쳤었다는 아쉬움일까.

그 범죄 조직은 어느 남자의 손발이 되어 움직이기 위한 목적만으로 만들어졌던 무리였으니까.

여기까지 말하면 대강 예상이 될 텐데 위쪽에 언급한 남자란 포티머스를 말한다.

놈은 전 세계의 범죄 조직에 수작을 부려 가면서 차근차근 장악하기에 이르렀다.

본인은 전면에 나타나지 않고 말이다.

조직의 대부분은 포티머스가 자신들과 관계되어 있는 사실조차 알지 못했던 만큼 놈의 신중함은 기가 막힐 지경이다.

다만 아무리 신중하더라도 노출될 때는 되기 마련이었다.

놈의 경우는 손을 지나치게 넓게 뻗었다.

사리엘라 모임에서 놈의 꼬리를 잡은 계기가 된 것은 고아다.

사리엘라 모임은 전 세계의 고아원 운영 및 지원을 수행했었는데 그러던 중 묘한 사실이 발각되었다.

고아의 행방이 묘연해지는 일이 빈발했던 것이다.

고아는 수양부모에게 입양되거나 일정 연령이 된 이후에는 고아원에서 떠나간다.

그런데 그 이후의 행적을 파악할 수 없게 된 고아의 숫자가 늘어났다.

사리엘라 모임에서도 고아원을 졸업한 고아들의 행방까지 일일이 파악하지는 않는다.

그러나 가능한 한 고아원을 나간 직후에 곤경을 겪지 않도록 지원하는 제도가 마련되어 있었다.

대개의 고아는 사리엘라 모임이 운영하는 직업소개소에 신세를 진다.

그곳에서 직업을 소개받음으로써 생계를 유지한다.

그런데 어느 시기부터 직업소개소를 이용하는 고아의 숫자가 자꾸 감소했다.

보통은 못 보고 놓칠 만한 변화지만 사리엘은 이변을 감지한 뒤 수상하게 여겨서 조사를 명했다고 한다.

그 결과 고아 중 일부가 행방불명됐다는 사실이 판명되었고 아울러 배후에는 포티머스의 손이 닿은 조직이 있었다, 라는 이야기다.

납치당한 고아는 포티머스의 손안에서 인체 실험의 피해자가 됐다.

아리엘이 있던 고아원의 키메라들은 선천적인 키메라를 만들어 내는 실험의 피해자들이었지만, 납치당한 고아들은 후천적인 키메라를 만들어 내는 실험의 피해자들이다.

유감스럽게도 선천적인 키메라를 만들어 내는 것보다 후천적인 키메라를 만들어 내는 것이 더욱 어려웠는지 납치당한 고아들은 대부분이 생명을 잃어버렸다.

생존자는 실험당하기 전에 구출된 아이들뿐이다.

그러한 이유도 있어 일일이 증거를 확보하여 조직을 적발한다는 절차를 밟을 여유가 없었다.

사리엘라 모임의 힘을 아낌없이 발휘하여 조직의 강습을 감행했다.

포두이가 얼마나 뿌렸는지는 알지 못하나 각국은 대가를 받고 사리엘라 모임의 폭거라고 말할 수 있는 적발극에도 눈을 감아줬다고 한다.

국가로서도 사리엘라 모임이 고름을 짜내준다면 서로에게 있어 이익이 발생하는 거래였을 것이다.

조직과 유착했던 국가의 경우는 모르겠다만…….

국가를 운영할 때 마냥 아름다움만 고집할 수는 없다.

범죄 조직이든 무엇이든 쓸 만하면 쓴다.

필요악이라는 말도 있잖은가.

뭐, 개중에는 달콤한 꿀만을 빨아 마시던 국가도 있었을 터이나

군이 알아줄 필요는 없다.

범죄 조직이 일소됨으로써 생긴 공백을 어떤 방법으로 메울지가 위정자의 수완을 보여줄 기회일 테지.

포두이가 건재했었다면 적극 개입해서 뿌렸던 돈을 더욱더 많이 회수할 수 있었겠지만 유감스럽게도 그렇게 되지는 않았다.

사리엘라 모임이 조직 적발에 상당히 강압적인 수단을 쓴 것은 앞서 이야기했다.

그리고 그 수단 중에는 직접적인 무력도 포함된다.

사리엘라 모임은 때때로 분쟁 지역에 의사를 파견하는 활동도 수행하고 있다.

그리고 그때 의사를 지켜주기 위한 병력들, 명목상 민간 경비 회사로 등록되어 있는 사리엘라 모임의 부대가 존재했다.

사리엘라 모임 역시도 때로는 자기 손을 더럽혀야 한다.

그들은 유사시를 대비하기 위한 부대였다.

조직 적발에 임하여 저 부대가 활약했던 것은 말할 필요도 없겠다.

피해자였던 포두이 본인이 한 말이기도 하고 나중에서야 이야기를 들었던 나 역시 동의했다.

특별히 누가 잘못했다는 게 아니라 오로지 운이 나빴던 까닭이다.

……아니, 잘못을 범한 인간은 한 명 있군.

물론 포티머스에게 하는 말이다만.

포티머스의 인체 실험은 다방면에 걸쳐 있었는데 그중 하나로 흡혈귀화라는 과제가 있었다.

이 세계에서 흡혈귀를 언급할 때 가장 먼저 떠오르는 것은 소피아의 존재이지만, 그 소녀가 나타나기 이전까지 흡혈귀라는 종족은 오래도록 존재하지 않았었다.

사실을 말하자면 근절 당했던 시기가 있었다.

뭐, 흡혈귀 근절의 역사에 대해서는 지금은 넘어가도록 하자.

흡혈귀는 오래도록 존재하지 않았던 종족이었는데 사실은 포두이가 살아 있었던 그 시대에도 흡혈귀라는 종족은 존재하지 않았었다.

전쟁자의 입장에서는 용이 있다면 흡혈귀가 있어도 이상하지 않다는 생각을 떠올릴 텐데 반대다.

용이 있기 때문에 흡혈귀가 없어졌다.

더 말을 보태자면 사리엘이 있었기 때문이겠군.

용과 천사처럼 흡혈귀 또한 실제로 존재한다.

소피아의 출생은 스킬에 의한 결과라고 생각했었나?

그것은 어엿한 흡혈귀다.

흡혈귀로 태어난 여아에게 후조치로 적당한 스킬을 부여한 것에 불과하다.

애당초 출생 때 흡혈귀가 되도록 D가 조정한 것은 틀림없겠지만…….

흡혈귀란 즉 일종의 마술 생물이다.

마술의 힘으로 만들어 내는 후천적인 종족.

그 때문에 흡혈귀가 되기 위한 마술만 알고 있다면 누구든 변화할 수 있다.

그러나 생각을 해보겠나?

깨물어서 피를 마시기만 해도 일당을 늘릴 수 있는 종족, 생태계를 어지럽힐 것이 당연하잖나?

흡혈귀는 열병과 같은 족속들이다.

확산되면 손쓸 도리가 없다.

그래서 더더욱 용은 흡혈귀의 존재를 가능한 한 제거하고자 주의를 기울였고 사리엘의 재래종 보호라는 사명에도 저촉된다.

흡혈귀는 외래종 같은 종족이니까 말이지.

철저하게 제거되었다.

그 때문에 흡혈귀의 존재는 이 세계에서도 옛날이야기에서나 나온다.

옛날이야기의 내용이라지만 흡혈귀 이야기가 있는 게 이상한가?

까다롭게도 존재감이 거대한 족속들은 본래 제멋대로 널리 알려지기 마련이잖은가.

인간이 심층 심리로 멀리 떨어져 있는 존재를 무의식중에 감지한 뒤 그것을 창작물로 세상에 내어놓아버리지 않았을까, 이것은 단지 가설이다.

전생자들의 세계에도 용과 천사의 창작물은 있었잖나?

그러한 창작물 속의 생물은 과연 창작물의 내용에만 존재했겠는가?

대강 이해했겠지.

우리들 용도 사리엘도 창작까지 단속하지는 않았다.

대부분의 인간은 가공의 생물로 인식했었다.

그런데 하필이면 포티머스가 어떤 수단을 썼는지 몰라도 흡혈귀화 마술을 독자적으로 완성시켜버렸다.

인정하기는 아니꼬우나 부정할 수 없는 천재의 업적이다.

다만 아무리 천재여도 완벽한 술식을 하나부터 쌓아 올리는 것은 불가능했는가 보다.

사실을 말하자면 흡혈귀화의 마술은 실패작이었다.

흡혈귀화된 인간은 제정신을 잃어버릴 뿐 아니라 눈에 들어오는 생물을 마구 덮쳐서 피를 빨아먹기만 하는 괴물로 전락하고 말았다.

그렇게 흡혈귀가 되다 만 개체가 포티머스의 조직 중 한 곳에 갇혀 있었다.

유괴당한 고아 피해자로서 말이다.

실제 그들은 피해자다.

그래서 구출을 위해 사리엘라 모임의 부대가 움직였다.

대원들은 멋지게 조직을 무너뜨린 뒤 피해자들을 구출해 냈다.

유감스럽게도 실험의 영향으로 피해자들은 제정신을 잃은 채 부대원들에게도 덮쳐들었으나 보호하는 데는 분명히 성공했었다.

여기까지 말하면 그 부대에 어떤 사건이 발생했는가 어렴풋이 내다볼 수 있지 않나?

그래, 맞다.

엉성하게 흡혈귀가 되다 만 피해자들은 부대원들 중 몇몇에게 이빨을 박아 넣었다.

여기부터 다음은 굳이 언급하지 않아도 알 수 있겠지만 깨물린 부대원들이 흡혈귀화 되었다.

게다가 인체 실험의 피해자와 마찬가지로 제정신을 잃은 채 말이지.

더욱 최악이었던 것은 깨물린 이후 흡혈귀화할 때까지 시간차가 있었다는 사실이다.

진정한 흡혈귀라면 물어서 피를 빨아먹고 상대를 흡혈귀로 만들자는 의식을 갖는 순간에 흡혈귀화가 완료된다.

그러나 되다 만 개체는 경우가 달라진다.

시간 지체의 간격은 개인차가 있었으나 며칠 정도는 평범하게 생활했었다고 한다.

그리고 어느 때 갑자기 몸 상태가 악화되며 비틀거리다가 다음 순간에는 이성을 잃어버렸다.

깨물렸던 부대의 대원들은 그렇게 결함 있는 흡혈귀로 변모되어버렸다.

포두이가 흡혈귀가 되어버렸던 원인도 역시 그 부대의 한 명에게 있다.

그 남자는 부대의 대장이었다고 한다.

그자는 포두이에게 조직 적발의 상황 및 현지에서 겪은 소감 따위를 보고하는 중이었다.

그리고 타이밍 나쁘게도 그 순간에 흡혈귀화가 발병.

눈앞에 있던 포두이에게 달려들어서 물어버렸다는 이야기다.

……나는 대장이라는 인간을 알지 못한다.

만난 경험이 없으니까 말이지.

그러나 포두이가 말하기를 대장은 보고하던 때 흡혈귀화를 당한 피해자들을 동정했고 범인들에게 분노를 보였다고 했다.

포두이가 신뢰하는 사람이었던 만큼 됨됨이가 괜찮은 인물이었을 것이다.

그래서 더더욱 부대장이 갑자기 포두이에게 덮쳐들었다는 사실을 관계자들은 믿지 않았다고 한다.

믿을 만한 인물의 갑작스러운 흉행.

그리고 중요 인물이었던 포두이가 습격당함으로써 흡혈귀화라는 무시무시한 현상의 정체가 신속하게 규명되었다.

첫 번째 인체 실험의 피해자 및 저들에게 깨물려서 2차 피해자가 된 부대원.

더욱이 또 부대원에게 깨물렸던 3차 피해자.

모든 인원이 조속하게 격리되었다.

만약 조치가 조금만 더 늦었다면 눈 깜짝할 사이에 흡혈귀화의 파도가 전 세계로 퍼져 나갔을지도 모른다.

그만큼 위태로운 상황이었다.

이런 표현은 쓰고 싶지 않지만 포두이의 희생 덕분에 피해는 최소한으로 마무리되었다고 말할 수 있겠다.

사태가 사태인 만큼 이렇듯 적은 피해는 기적이라고 말해도 무방하다.

그리고 또 하나, 기적이라고 불러야 할 사안이 있었다.

그것은 바로 포두이의 의식이다.

피해자는 다들 제정신을 잃어버렸다.

그중 예외가 포두이였다.

포두이는 대장에게 물렸을 때 출혈이 많고 노구였던 까닭도 있어 생사의 경계를 헤맸다.

한때 혼수상태에 빠졌다가 회복 단계로 전환되어 눈을 떴다.

그때에는 흡혈귀화의 조짐인 송곳니의 변화가 나타났기에 비록

깨어났을지라도 정신이 온전하지는 않을 것이라 판단되었다.

따라서 누운 상태를 유지한 채 구속되었다고 한다.

눈을 뜬 포두이는 제일 먼저 거기에 항의했고 급히 달려온 의사에게 빨리 구속을 풀어 놓으라며 노발대발 퍼부었다던가.

그래서 의사는 포두이가 정상적인 의식을 유지하고 있음을 알았다.

포두이가 어떻게 제정신을 유지할 수 있는지 상세 이유는 불명이다.

나라도 알지 못하는 부분은 있다.

생명은 이따금 우리의 상상을 뛰어넘는 결과를 만들어 낼 때가 있다.

포두이의 건도 그렇고 포티머스도 그렇고 말이다.

뭐, 포두이의 건은 녀석의 못된 심술보가 흡혈귀화의 저주를 극복해 냈기 때문일 테지.

그렇다 해도 의식은 있을지언정 포두이가 흡혈귀가 되어버렸다는 사실은 달라지지 않는다.

그리고 언제 다른 피해자와 마찬가지로 제정신을 잃어버릴지도 알 수가 없었다.

그 때문에 포두이는 격리당하는 처지가 됐다.

내가 방문했던 곳은 바로 포두이의 격리소였다.

"음."

다시 포두이가 신음한다.

격리되어버린 포두이는 한가함을 주체하지 못했다.

그래서 나는 이따금 녀석의 거처에 방문해서 게임을 하며 놀아주고는 했다.

비록 격리당했을지언정 용인 내가 인간과 만나겠다는데 막을 방도는 없다.

격리 시설의 관리자는 떨떠름한 기색이었지만 내가 방문해도 막으려 들진 않았다.

"무르기는 없다만?"

"무르기 따위 사도지요. 인생에 있어 무르기가 통용되는 상황이 얼마나 되오리까. 그래서 더더욱 인간이란 잘못된 선택을 두려워하는 법."

그 말대로 내가 기억하는 한 포두이가 무르기를 요청한 적은 한 번도 없었다.

"그러나 인간은 잘못된 선택을 하지. 언젠가 결국 잘못된 선택을 하지. 그런 실책이 쌓이고 쌓여 새로운 과오를 만들어 내지 않도록 규칙을 정하며, 조금이나마 잘못을 줄여왔다. 인간의 역사란 즉 과오의 역사이지. 그리고 그 역사를 교훈 삼아서 지금이 있다. 그럼에도 잘못된 선택은 사라지지 않지만 말이야."

말을 거듭하며 포두이가 말을 움직였다.

곧바로 나도 말을 움직이자 다시 포두이의 차례가 돌아온다.

그러나 포두이는 생각에 들어가며 잠시간 손을 멈췄다.

"그리고 나 역시 무익하게 패배를 거듭했던 게 아니야. 패배하고, 실패하고, 그때마다 지난 경험을 교훈으로 만들어왔다. 그 교훈을 살려서 지금 한 수를 놓아주마!"

포두이가 소리 높여서 선언하더니 말을 움직였다.

그 수에 맞서서 나는 지체하지 않고 노림수를 봉하기 위해 아군의 말을 움직였다.

그때는 미묘하게 침묵이 주위를 둘러쌌지.

"아무리 잘못을 없애고자 한들 꼭 최선으로 이어지지는 않지. 이것이 좋은 예가 되겠어."

"말은 하기 나름이군."

포두이라는 남자는 일단 입이 잘 움직인다.

아무래도 좋은 잡담부터 나마저 침음케 하는 함축까지 게임 도중에 폭넓게 말을 쏟아 내고는 했다.

"언어야말로 인간 최대의 발명이라고 말하지 않습니까. 인간의 역사는 곧 억지 주장을 이리저리 주물러 만지작거린 시간이기도 할 테지요."

"아니, 그 말은 이상하군."

이렇듯 진심인가 농담인가 판별하기 어려운 소리를 늘어놓기 시작하는지라 어리둥절해졌던 때도 적지는 않다.

"아무것도 이상하지 않습니다. 용이라는 절대자가 있는 탓에 우리들 인간은 줄곧 무력에 의지하자는 선택을 할 수 없었지요. 최후에 판가름을 내는 요소는 무력일지라도 거기에 다다를 때까지 입담을 겨루는 승부야말로 가장 중요한 겁니다. 자기 주장을 이리저리 주물러서 어떻게 상대를 구슬리는가. 오로지 거기에 방점을 찍고 살아왔기에 이렇듯 입이 거칠어진 겁니다."

"자신의 못된 입버릇을 역사 탓으로 돌리지 마라. 그리고, 은근슬쩍 우리들 용의 탓으로 돌리지도 말아주면 좋겠군."

숨 쉬듯이 억지 주장을 주물러 대는 분야에서 포두이는 틀림없이 천재일 것이다.

……참 밉상인 천재로군.

"대단하군. 너의 말재주는 아주 감탄스럽다."

"말재주만큼은 질 것 같지가 않군요."

야유의 뜻으로 건넨 말인데도 가볍게 받아넘긴 뒤 포두이는 오히려 의기양양한 얼굴로 말을 움직였다.

물론 나는 곧바로 말을 움직여서 저 의기양양한 얼굴을 다시 구기게 만들어줬지.

"게임에서는 질 것 같지가 않다만, 입으로는 네 녀석에게 이길 것 같지가 않군."

"그러할 테지요. 역시 인간과 용은 사고의 회전 속도가 다릅니다. 아마도 제가 몇 번을 도전한들 당신께 게임으로 승리를 거두기는 불가능. 참 신기합니다그려. 똑같이 머리를 쓰는 분야인데 게임에서는 제게 승산이 없고, 말씨름이면 저는 질 것 같지가 않습니다. 단순한 계산 능력은 용이 우월하더라도 간사함이라는 관점에서 보면 인간이 우월한 것이겠습니까?"

포두이는 반상을 노려보면서 그럼에도 어딘가 유쾌한 말투로 받아쳤다.

"용이 위대하다는 사실은 의심할 여지가 없습니다. 그러나 제아무리 용이 위대할지라도 다른 생물보다 떨어지는 부분이 없습니까? 용은 인간과 같은 간사함을 발휘하지 않습니다. 그런 게 없더라도 강하기 때문이지요. 인간처럼 급하면 가릴 것 없이 비겁한 수단을 쓰지 않아도 정정당당하게 맞서 싸우기만 하면 어지간한 상대에게는 승리를 거둡니다. 따라서 간사함을 발휘할 필요가 없었고요. 다만 그것이야말로 용의 나태. 하등하다며 얕보다가 인간의 비겁함에 낭패를 겪습니다. 그래요, 지금 제 눈앞에서 저의 입발림에 놀아난 결과 스스로를 인간의 방식에 맞춰 고전하는 용이 있는 것처럼 말입니다."

매우 유쾌하다는 듯이 포두이가 말한다.

반상에서는 승리를 거둔 입장인데도 나는 포두이의 말에 어찌할 도리가 없는 패배감을 맛봐야 했다.

전부 눈앞에 있는 인물, 용의 시점으로 봤을 때 굳이 상대할 가치가 없는 빈약한 노인의 손바닥 위에서 놀아나는 것 같았기에…….

그리고 그 느낌은 한없이 정답에 가까우리라고 객관적으로 봐서 판단할 수 있었다.

용인 자신이 인간이라는 하등 생물에게 마치 어린아이 취급을 당하는 기분이잖은가.

뭐, 당시에는 이미 인간이 아닌 흡혈귀였으나 사소한 문제일 테지.

"인간은 비겁합니다. 아울러 용이 생각하는 이상으로 어리석어요. 역사 속에서 과오를 거듭 저질러 가며 그것을 학습해왔는데도 불구하고 재차 과오를 반복합니다. 잘못하고 잘못하고도 또 잘못합니다. 게다가 더 악질인 것은 과오를 범할 때마다 더욱 교활해지기에 과오를 저질렀을 때 피해가 더욱 커진다는 것. 피해를 작게 만들기 위한 교훈인데 말입니다. 정말 이상하지요."

손바닥 위에서 놀아나더라도 내가 인간의 시선으로 포두이와 마주 대하자는 생각을 한 까닭은 이런 과정이 일종의 시험이었기 때문이다.
사리엘과 마주 대하기 위한 통과의 의례.
"당신은 용이면서도 인간의 시점이라는 것을 배웠습니다. 아마 그렇다 해도 인간의 방식을 모두 이해했다고 말하기는 어려울 테지요. 방금 전에도 말씀드렸듯이 인간이라는 족속은 용의 생각보다 훨씬 더 어리석습니다. 그 어리석음과 사리엘 님은 줄곧 마주해왔습니다."
포두이가 말을 움직인다.
나는 포두이가 말을 두고 손을 뗄까 말까 고민하고 있을 때 자신의 말을 움직였다.
"졌습니다."
포두이가 후련한 표정으로 자신의 패배를 인정했다.
"신과 사람. 그 양쪽의 시점을 가진 당신이라면 사리엘 님께 변화를 가져다드릴 수 있을지도 모르겠습니다. 인간들로는 더 이상 안 됩니다. 그렇다고 신도 안 되지요. 신이면서 사람을 이해할 수 있는 존재여야 합니다."
그것은 패배자가 승자에게 보내주는 최대한의 조언.
그리고 부탁.
"저는 꼴이 이렇습니다. 아마도 제가 이곳을 나가는 날은 안 오겠지요. 그러니까 대신 맡아주십시오."
흡혈귀가 되어 격리당해버린 포두이는 가능한 일에 제한이 있다.
자금의 제공뿐이라면 어느 정도의 융통성을 발휘할 수 있지만 단지 그뿐이었다.

그동안처럼 사리엘을 위해 활동하고 싶어도 한계가 있다.

“아무쪼록 사리엘 님을 잘 부탁드리겠습니다.”

그렇게 말한 뒤 머리를 숙인 포두이의 부탁에 나는 아무런 말도 꺼내지 않았다.

과연 내가 사리엘에게 도움이 되어줄 수 있는가?

그런 물음에 명확하게 대답할 수 없는 스스로를 자각했었다.

그래서 더더욱 쉬이 대답할 수가 없었다.

……그 불안은 적중했다.

나는 포두이의 기대에 부응해주지 못했다.

단장 포티머스와 흡혈귀

흡혈귀.

결국 실패로 끝났다.

마술에 대해 다소나마 지식을 얻어 마술적으로 인간을 진화시키는 방법을 발견했다고 생각했었는데 결과는 가관이었다.

결함 가득한 흡혈귀를 처분하지 않은 이유는 거듭 인체 실험의 재료로 사용하기 위해서였는데, 사리엘라 모임이 쓸데없는 짓을 저질러 가며 재료들을 끌고 가버렸다.

뭐, 어차피 별로 대단한 실험에는 못 쓰는 녀석들이었잖나.

폐기 처분할 수고를 덜었다고 생각하자.

그나저나 어수선한 와중에 결함 가득한 흡혈귀가 늘어났고, 그중 단 한 명이지만 제대로 된 흡혈귀로 바뀐 인물이 있다는 것은 몹시도 흥미로웠다.

가능하면 그 녀석의 몸을 조사해보고 싶은 마음인데 도저히 확보 가능한 인물이 아니었다.

애당초 흡혈귀처럼 약점이 많은 종족은 내가 목표로 하는 영원의 생명과 거리가 멀다.

검체를 확보했더라도 인체 실험으로 적당히 쓰다 망가뜨리고 말았을 테지.

그렇게 생각하면 딱히 아깝지는 않군.

5 결전, 거미 VS 강화 로봇

도대체 뭔데!

로봇을 격파하며 이거 꽤 여유롭네~ 하고 자신 넘쳤던 나.

그런데 내가 격파했던 로봇은 사실 양산형 졸병이었고 불쑥 글로리아라는 강화 로봇이 튀어나왔다.

게다가 새로 등장한 강화 로봇도 양산형…….

강화 로봇의 실력은 미지수.

이전에 포티머스가 했던 말을 진짜라고 치면 강화 로봇의 위력은 상위 용을 뛰어넘을 거야.

그런 녀석들이 한가득…….

아, 이거 잘하면 망하겠는데…….

뭔가 전력 보전을 신경 쓸 때가 아닌 것 같아.

추후 전개도 감안하면 가능한 한 이번 전쟁에서는 분체의 수를 줄이고 싶지 않다는 생각이었는데 소모를 걱정할 때가 아니지 싶네.

천리안을 구사해서 대충 강화 로봇의 숫자를 확인.

놀랍게도 대략 1천 남짓!

역시나 로봇보다는 적다.

다만 상위의 용을 뛰어넘는다는 전력이 이렇게 잔뜩 있다는 게 무시무시하다.

인형 거미들도 마찬가지인데 능력치 1만 이상의 힘을 보유한 녀석들은 일단 작정하면 한 개체만 나서도 나라를 멸망시킬 수 있다.

능력치 1천 미만이 대부분인 인족이나 마족은 대항할 만한 힘이 없다.

능력치 1천을 넘는 인물들, 인족과 마족을 통틀어도 영웅이라고 불리는 강자가 다수 목숨을 걸어야 방어 성공을 기대할 수 있다.

용사 같은 예외라도 아니라면 애당초 상대하는 자체가 잘못이지.

아주 난감한 녀석들이다.

저런 괴물들 사이에서도 상위에 군림하는 상위 용.

용을 쓰러뜨릴 수 있다는 강화 로봇.

그런데 1천 대 이상이라고?

농담을 제외하고 이 전력은 세계를 상대해서 승리할 수 있다…….

대항 가능한 인물은 아예 마왕이랑 규리규리밖에 없겠네…….

포티머스 아저씨? 댁 진짜 세계를 쳐부수려는 작정이쇼?

……그러고 보니 포티머스 때문에 이 세계가 싹 부서질 뻔했었구나.

그 자식은 뭔 파괴신이야?

……딱히 틀리진 않았다는 생각이 든다.

아, 시시한 잡생각은 접어 두고 파괴신의 첨병이 될 강화 로봇 녀석들을 얼른 처리해야지.

뭐, 뭐냐, 거 있잖아.

상위 용을 뛰어넘는다는 소리는 포티머스의 자기주장이잖아~?

실제론 포티머스의 과대평가라서 진짜 엄청나게 세지는 않을 가능성도 아주 없지는 않다거나~?

눈앞의 강화 로봇이 움직였다.

거체와 어울리지 않는 민첩함으로 인형 거미 중 하나, 리엘에게 순식간에 육박해서 블레이드를 옆으로 휘둘렀다.

리엘은 아슬아슬하게 브리지 자세로 상반신을 눕혀서 블레이드를 회피.

……왜 저런 자세로 피하는 거야.

아, 다음 순간에는 습격당했던 리엘 이외의 세 명이 강화 로봇에게 달려들었다.

각자가 숨겨 놓았던 팔은 이미 전부 다 펼쳐서 여섯 개의 팔마다 무기를 들고 강화 로봇에게 돌격!

금속끼리 마찰하는 불쾌한 소리가 울려 퍼졌다.

튕겨 나듯이 거리를 벌리는 세 사람과 리엘.

……리엘은 변함없이 브리지 자세를 유지한 채 도망치는데, 왜 저런 모양새로 도망치는 거야.

그리고 정작 강화 로봇의 상태가 어떠냐면 장갑에 흠집 하나도 없음!

어쭈? 인형 거미들이 일제히 마법을 발동.

이것은 나도 자주 사용하는 암흑 창이구나!

사방에서 암흑 창이 발사되어 강화 로봇에게 착탄!

하지만 암흑 창은 장갑에 닿지 못하고 소멸했다.

저거, 포티머스가 잘 쓰는 항마술 결계 어쩌고저쩌고 하는 마술을 못 쓰게 만드는 결계인가.

포티머스처럼 광역으로 전개하지는 못 하지만 장갑에 도장하는 방식으로 결계를 덮어 놓았나 보다.

즉 마술과 관계없는 물리 공격으로 때려 부수거나 마술 결계를 돌파할 수 있는 출력으로 날려버리는 방법뿐이라는 말인데…….

능력치 1만을 넘는 인형 거미들의 참격에도 꿈쩍을 안 하고 마법도 싹 지워 없앤다면 물리든 마법이든 돌파는 쉽지가 않아…….

방어 능력은 끔찍하다는 한 마디뿐.

그러면 공격 능력은 어떠한가…….

보답이라는 듯이 인형 거미들을 향해 포대와 닮은 부위를 겨누는 강화 로봇.

거기에서 발사된 광선은 거뜬하게 나무들을, 게다가 지면까지도 꿰뚫었다.

물론 인형 거미들은 광선이 발사되기 전에 목표지에서 물러났다.

그러나 지면에 뚫린 구멍의 깊이로 추측하건대 만약 직격당한다면 인형 거미들도 절대 무사하지는 못할 것이라 예상할 수 있다.

그리고 광선을 피한 피엘을 노려서 내리 휘둘러지는 블레이드.

공격 이후에 다음 공격을 이행하는 간격이 짧다.

로봇 주제에 놀랄 만큼 상황 판단이 빠르고 민첩하다.

아니, 판단이 빠른 이유는 오히려 로봇이기 때문이려나.

문제가 되는 건 빠른 판단에 기체의 속도까지 따라붙는다는 점이다.

저 속도는 능력치로 환산하면 1만을 가볍게 뛰어넘겠다.

왜냐하면 피엘이 제때 반응하질 못했으니까.

타이밍적으로 저 참격을 제대로 피한다는 게 피엘에게는 불가능해서…….

내 옆에 피엘을 전이시킨 직후, 블레이드가 방금 전까지 피엘이 있던 장소를 베어 갈랐다.

빗나간 블레이드가 지면을 강타했는데도 부러지거나 하지는 않고 오히려 지면이 아무 저항도 없이 싹둑 잘려버렸다.

응응.

공격 성능도 높군요~.

딱딱한 채소나 힘줄 가득한 고기는 물론이고 도마까지 싹둑싹둑 잘린답니다, 아주머니!

……진짜로 상위 용 박살 내는 스펙을 갖고 있잖아.

지이인짜아로오 이딴 게 1천 대 이상이야아……?

딱히 포티머스의 저력을 우습게 본 적은 없었지만 그럼에도 이런 건 예상을 많이 넘어섭니다만~?

……미안, 거짓말.

조금 우습게 봤어요, 넵…….

왜냐면 왜냐면!

최근 들어서 포티머스가 퍽퍽 얻어터지는 역할만 맡았잖아!

예전 마족군 제7군이 반란을 일으켰을 때 그때는 이쪽도 한 방 먹었지만 안면 펀치는 날려줬거든?

얼마 전 대전 때에도 배후에서 어슬렁거리던 녀석을 선수 쳐서 부숴줬거든?

최근에도 막 왕국에서 흡혈 양이 목을 썩둑 날려버렸거든?

거봐! 최근 포티머스는 활약이 전무하잖아!

이런데도 우습게 보지 말라는 게 무리 아니야?

살짝은 과소평가해도 어쩔 수 없다니까.

즉 나는 무죄야.

뭐, 지긋지긋하게 큰소리를 쳤던 포티머스가 결코 입만 산 녀석은 아니었다는 게 증명되어버린 상황이네.

최근에 한심스러웠던 행적도 원하든 아니든 전력을 쏟아붓지 못할 사정이 있던 셈이니까.

아무래도 이렇게 강한 로봇이 마구 날뛰면 한 대라도 규리규리가 출동할 문제잖아요.

규리규리를 되게 무서워하는 포티머스의 입장을 감안하면 꼭 피해야 할 사태겠지~.

반대로 말하자면 다른 인물은 전혀 무서워하지 않는다는 뜻이고…….

이번에는 진심으로 우리를 박살 내겠다고 덤비는 거야.

저쪽은 저쪽대로 자신의 힘에 절대적인 자신감을 갖고 있겠네.

패배는 절대로 말이 안 된다며.

분명 이렇게 큰 전력을 눈앞에서 목격하면 고개가 끄덕여지겠는걸.

뭐, 결국 나한테는 못 이긴다.

인정하자.

포티머스의 전력은 나의 예상을 뛰어넘었다고…….

다만, 그렇다 해도 내가 대처 가능한 범위를 벗어나지는 못했다.

포티머스가 절대적인 자신감을 갖고 있듯이 나 또한 절대적인 자신감이 있다.

포티머스의 전력이 나의 상상 이상이었다는 말은 사실이지만 결국은 요런 수준이려나? 미리 예상했던 선에서 살짝 넘어간 것에 불과하다.

그 선은 요컨대 예상할 수 있는 최저와 최고의 사이, 평균치다.

포티머스는 평균치를 크게 넘어섰다.

다만 최고치는 넘지 못했어.

왜냐하면 내가 예상한 최고치는 결국 규리규리와 호각으로 맞상대할 수 있는 힘이었으니까.

포티머스가 그 선을 넘어섰다는 생각은 들지 않는다.

왜냐하면 그게 가능했다면 저놈 성격상 저지르지 않았을 리가 없는걸.

규리규리의 존재 때문에 비교적 얌전하게 숨어 다녔을 뿐 눈 위의 혹을 제거할 수 있다면 절대 가만있지는 않았다.

그런데 왜 가만있었을까. 필연적으로 포티머스의 전력은 규리규리 이하.

미만이 아닌 이유는 포티머스의 신중한 성격을 고려해서 승률이 비등비등하면 승부를 하러 나서기를 망설일지도 모른다고 생각했기 때문이다.

포티머스에게 규리규리는 눈 위의 혹이지만 위험을 무릅쓰면서까지 물리쳐야 할 상대는 아니다.

그 자식의 목적은 규리규리를 쓰러뜨리는 게 아니니까…….

전력을 갖춰 둔 이유는 만에 하나의 사태를 대비하려는 속셈이고 주목적하고는 많이 어긋나 있다.

그래서 더더욱 나는 포티머스의 전력을 낮은 수준으로 예측했던 셈인데 예상 이상으로 저 녀석이 소심한 인간이었나 보다.

무서웠을 거야, 규리규리가.

뭐, 덕분이라고 말해야 할까, 나는 포티머스에게 승리를 단언할 수 있었지만.

어쨌든 이제껏 쭉 나는 규리규리까지 가상의 적으로 놓고 단련해 왔거든.

시스템을 쳐부수자는 거대한 사업.

내가 숨기고 있는 목표를 알았을 때 규리규리가 앞을 가로막지 않는다는 보장은 없다.

오히려 상당히 높은 확률로 앞을 가로막을 거야.

바로 그 때문에 나는 규리규리에게도 이길 수 있도록 수련을 쌓아 왔도다!

규리규리가 무서워서 엘프의 마을 안쪽에 틀어박히는 자식한테 질 이유 따위는 없다!

전투용 분체 제군들에게 전달한다!

로봇은 방치하도록!

강화 로봇의 격파에 주력하라!

강화 로봇의 숫자는 대략 1천.

반면에 전투용 분체의 숫자는 1만.

차이는 열 배.

그러나 능력치 환산으로 말하자면 전투용 분체는 인형 거미들과 별 차이가 없는 1만 남짓의 수준.

인형 거미들이 넷이 다 덤볐다가 강화 로봇에게 아무 타격도 못 줬다는 사실을 떠올리면 숫자만 많아 봤자 전력을 뒤집을 수는 없겠다.

유감스럽게도 전력이라는 게 더하는 대로 올라가진 않거든.

능력치 환산으로 1만의 전력을 열씩 모아도 능력치 환산 10만의 상대에게 승리하지는 못한다.

강화 로봇의 위력은 아마 능력치 환산으로 바꿔 말하면 2만 정도.

퀸 타라텍트와 동등하거나 살짝 떨어지는 정도일 거야.

인형 거미들이 결사의 각오로 덤벼들면 대충 한 대는 데려갈 수 있을까 불확실한 수준의 격차.

즉 인형 거미들과 비슷한 격의 전투용 분체라면 강화 로봇 한 대당 넷 이상의 희생을 무릅써서 승리할 수는 있겠다.

뭐, 그런 큰 손해를 감수할 마음은 아예 없지만 말야.

분명 전투용 분체의 신체 능력은 능력치 환산으로 1만 정도.

그러나 그 숫자는 어디까지나 신체 능력의 이야기.

이 세계에서 대결의 우열은 능력치만 갖고 결정되는 게 아니다.

과거에 나는 능력치에서 대폭 우위에 있는 상대를 앞에 두고도 스킬의 힘으로 거듭 승리를 쟁취해왔다.

시스템에서 제외되어버린 지금, 스킬의 힘을 쓰지 못하지만 그 힘을 재현하기 위해 단련해왔던 마술이 나에게 있다.

또한 이것은 전투용 분체에게도 적용되는 말.

전투용 분체의 능력치 환산 1만짜리 신체 능력은 분명하게 말해서 장식이다.

애당초 나는 접근전 타입이 아니거든.

전투용 분체, 그리고 나 본체의 강점은 중거리에서 실과 독을 쓰는 갉아 먹기와 원거리에서 날리는 마술 공격에 있다.
신체 능력은 저런 공격을 보조하기 위한 수단에 불과하도다!
좋아! 나의 진짜 오의를 보여주마!
전투용 분체 제군들!
강화 로봇을 향해 차원참 발동!
나의 호령을 따라 각지에서 전투용 분체들이 차원참을 발사한다!
설명하지!
차원참이란 공간 마술로 적이 위치하고 있는 공간을 분단함으로써 방어 불가능의 참격을 구현하는 필살기라네!
공간 자체를 분단하기 때문에 물리적인 단단함으로 방어하기는 불가능!
예전에 오니 군을 아득한 상공으로 전이시켜서 떨어뜨린 것처럼 공간 마술은 미리 대책을 갖추지 않는 한 막을 방법이 없는 필살기로 변한다.
너무 반칙적이고 강하기 때문에 스킬로 있는 공간 마법에는 저런 즉사계 기술에 제약이 설치되어 있었지만, 지금의 나에게는 아무 제한도 없다!
즉 방어 불가능의 즉사기를 마음껏 활용 가능하지!
아무리 강화 로봇이 단단해도 이 기술에 맞는다면 무사할 수는…….
……앗.
전투용 분체들이 일제히 발사한 차원참.
그런데 막상 강화 로봇의 장갑 표면에 코팅되어 있는 항마술 결계 때문에 불발로 끝나버렸다.

……아, 아직 당황할 때가 아니야!

정신 차리게……. 정신 차리게…….

맞아.

잠깐 묘하게 흥분하는 바람에 차원참을 일제 발사했는데 곰곰이 생각해보면 강화 로봇에게 통할 리 없었다!

차원참은 공간에 작용하는 마술.

그리고 강화 로봇이 장갑에 전개하고 있는 것은 범위 내 마술의 발동을 방해하는 결계.

넵, 범위 안쪽요!

바꿔 말하자면 공간의 안쪽!

공간 안쪽의 마술 발동을 방해하는 결계가 펼쳐져 있는 곳에다가 공간에 작용하는 마술을 썼어.

응! 결과는 보는 바대로!

발동조차 안 했네!

상성 최악이네요!

끙끙.

이거 차원참뿐 아니라 공격계 공간 마술은 거의 다 통하지 않는다고 생각하는 게 좋겠네.

공간 마술은 대책을 미리 마련하지 않으면 막을 방법이 없는 불합리 공격으로 변한다.

하지만 대책이 마련되면 효과가 전혀 없어지는 극단적인 측면도 있다.

차원참처럼 공간을 분단하는 전법도, 공간째 짓누르는 전법도, 오니 군에게 했던 것처럼 전이시켜서 어딘가 위험한 곳으로 날리는 전법도 죄다~ 먹히질 않는다.

공간 마술은 공간에 작용하니까 주위 공간의 작용을 미리 막아 놓으면 그만이구나…….

강화 로봇의 항마술 결계는 공간 마술만을 의식한 스펙은 아닐 테지만 어쨌든 완벽한 대책이라고 말할 수밖에 없겠다.

그나저나 어떻게 할까…….

나의 기술 중 가장 불합리한 공격 수단인 공간 마술이 안 통한다면 다시 시도할 만한 기술이 많이 제한되는데…….

항마술 결계를 무시하려면 물리 공격이 가장 간편하겠지만 거듭거듭 말했듯 전투용 분체의 신체 능력은 능력치 환산으로 1만 정도.

동격인 인형 거미들이 저 장갑에 흠집을 못 냈다는 사실로 판단하자면 돌진시켜도 유효타는 주지 못할 것 같다.

옥쇄 각오라도 상관없다면 사멸계 공격을 써서 해치울 수 있겠지만…….

사멸계 공격은 스킬로 말하자면 부식 공격.

스킬이었던 시절부터 반동이 큰 대신에 위력은 더할 나위가 없는 자폭 공격이었다.

사용하면 예외 없이 몸 일부가 소멸했으니까.

그래도 저런 거대한 반동마저도 스킬이던 시절에는 억제된 위력이었던 것 같아.

전투용 분체로 사멸계의 힘을 사용하면 해당 분체가 소멸해버리거든.

즉 완전한 자살 공격.

그만큼 위력은 더할 나위가 없는데 사용하면 끝장이라서 분체 하나를 희생시켜야 한다.

그러면 강화 로봇들 대략 1천 대를 쓰러뜨리기 위해 같은 숫자의 분체를 소비해야 한다는 의미가 된다.

어떡해, 비용 대 효과가 심각하게 안 맞잖아? 난감한데.

예외적으로 본체라면 마이 무기인 대낫을 써서 자폭 대미지를 안 받고 사멸의 힘을 휘두를 수 있는데 강화 로봇 1천 대를 일일이 부수자면 끝이 안 난다.

분체에 의한 사멸계의 공격은 다른 수단으로는 진짜 답이 안 나오는 경우를 위한 최후의 수단이네.

일단 육탄전이나 사멸계의 능력을 쓰는 방향은 제외.

그럼 마술은 어떤가, 가장 특기인 공간 마술은 아까 다 봤고.

다음 특기인 어둠계의 마술은 어떨까?

그런고로 적당한 분체에게 강화 로봇을 목표로 암흑 창 비슷한 마술을 발사시켜보자.

강화 로봇의 장갑에 어둠의 창이 직격.

항마술 결계와 어둠의 창에 내포된 에너지가 서로 반발하는지 강화 로봇이 비틀비틀 헛발을 디딘다.

항마술 결계도 스킬 용 결계처럼 마술의 발동을 방해하고 있다.

그렇다 해도 엄연히 한계가 있기 때문에 결계의 출력 이상으로 힘을 쏟아서 밀어붙이면 그 차이만큼의 대미지는 줄 수 있는데, 있는데 말야…….

어둠의 창을 얻어맞은 강화 로봇은 직격을 당한 부위의 장갑이 살짝 흠집 났다.

……이거 안 되겠는데요.

지금 공격으로 겨우 저런 대미지라니…….

일단 대미지는 들어갔는데 도대체 몇 발을 쏟아부어야 쓰러뜨릴 수 있을까 가늠이 안 되는군요.

미련하게 맞상대하면 해가 저물겠어.

뭐랄까, 그 전에 전투용 분체 쪽에도 무시 못 하는 피해가 쌓이겠지.

그렇게 되면 난장판은 피할 수 없음.

으음. 마술에 의한 격파도 조금 어렵겠는걸…….

그렇다면 남은 것은 실이랑 독?

독은……. 기계한테 독은…….

응. 통하는 이미지가 안 떠올라.

실은, 메인 공격 수단이 아니고…….

상대의 움직임을 붙들고 묶는 함정이라서 다른 공격 수단이 더해져야 비로소 빛을 발하는 기술이니까~.

그런데 다른 공격 수단이 이래저래 다 막히고 있는 현 상황…….

……어라?

외통수?

……에이, 아니야, 아냐!

아직이다!

아직 포기하기에는 빨라!

뭐, 농담은 슬슬 관두고 강화 로봇을 쓰러뜨릴 수단은 아직 남아 있다.

게다가 무조건 끝장낸다고 장담할 수 있는 수단이…….

그게 아니면 포티머스 따위에게 질 이유가 없다는(번뜩) 식의 자신만만한 소리는 안 하거든.

다만 가능하면 애지중지 아끼고 싶은 수단이라서 말이야~.

가능한 한 이런 곳에서 노출하고 싶지는 않다.

그렇다면 어떻게 비장의 수단을 안 쓰고 강화 로봇을 쓰러뜨릴 것인가…….

으음. 살짝 아깝다는 마음도 드는데 하나밖에 없겠네.

포티머스만을 상대하기 위해 준비한 특제 탄환.

이 녀석을 쓰자.

애당초 포티머스가 항마술 결계를 적극 활용할 것이라 이미 예상했고 나 역시 대책은 빈틈없이 마련을 했단 말이죠.

가능하면 포티머스 본인에게 쏴주고 싶었는데 고집을 부릴 때가 아니다.

이 강화 로봇은 가만 방치하면 흡혈 양이랑 다른 인원들에게도 잔뜩 피해를 끼칠 테니까.

어차피 쓸 텐데 지금이 딱이지.

그런고로, 커넥트!

본체와 공간 전문 분체의 사이에 패스를 연결한다.

공간 전문 분체는 이름에서 나타나듯이 공간 마술에 특화된 분체.

평소에는 이공간을 만들어 거기 안쪽에 있다.

그리고 이번에는 공간 전문 분체가 만들어 내서 관리하는 이공간

중 하나에 볼일이 있다.

거기에서 본체를 통해 어떠한 물건을 꺼내 놓았다.

잘~ 겨냥해서 빗나가지 않게 쏴야지.

왜냐면 이 탄환은 귀중하거든!

포티머스가 탄환 소비를 되게 신경 썼던 마음을 조금 이해할 정도로 이 탄환은 준비하는 게 엄청 힘들단 말야!

뭐, 포티머스의 탄환과 이 탄환은 성격이 조금 달라서 뭐가 더 귀중한지는 살짝 아리송하지만.

그러면 얼른 특제 탄환을 써서 강화 로봇을 격파하자.

목표를 조준하고~ 발사!

내가 발사한 탄환이 눈앞에 있는 강화 로봇에게 착탄한다.

그 탄환은 강화 로봇의 장갑을 대번에 관통, 아니, 분쇄.

거기에서 그치지 않고 탄환은 재차 쭉 직진해서 진로상에 있던 약한 로봇들을 잇따라 분쇄했다.

딱히 노리지도 않았는데 우연히 진로상에 있던 두 번째 강화 로봇까지 분쇄해서 최종적으로는 저 멀리 엉뚱한 방향으로 날아갔다.

……무섭네?!

이거 발사할 때 궤도 계산을 신중하게 안 하면 위험한 녀석이다!

실수로 진로 위쪽에 아군이 겹쳤다간 대참사가 벌어져!

아니, 위력이 젠장맞게 높다는 것은 당연히 아는 사실이었는데 말이지?

그래도 이건 과잉 화력이랄까, 진짜 뭐랄까…….

사실대로 말하면 도가 지나치다?

이렇게 살짝 지나치다 싶을 정도로 화력을 발휘하는 탄환의 정체는 한 마디로 설명하면 미티어다.

응, 미티어.

운석, 아니지, 우주 공간에서 이 별을 목표로 낙하시켰던 물건이랄까?

물질적인 요소를 들어 설명하자면 신화급 마물의 소재로 만든 탄환이다.

거 뭐냐, 흡혈 양이랑 오니 군이랑 에너지 회수 및 레벨링 겸사겸사 사냥했던 녀석들.

그중에서 내구력이 높아 버텨줄 만한 부류를 선별한 뒤 탄환을 만들었다.

솔직히 모양에는 공을 안 들이고 아니, 공들여도 아무 소용이 없어서 튼튼하면 오케이.

단 튼튼하기만 하면 되는 게 아니라 대기권 돌입 때 가열에도 견딜 수 있어야 하지만 말야.

결국 몇 개는 망가져버렸고.

아무튼 간에 조건을 다 만족한 탄환을 우주에 전이시켜서 이 별로 떨어뜨립니다.

위성의 주회 궤도에 올라서지 않는 범위 안쪽이라면 전이만 시켜 놓아도 알아서 떨어져준다.

문제는 다음 과정에서 낙하하는 탄환을 잘 받아 내는 것.

이때 실수하면 탄환은 곧장 지면에 격돌할 테니까.

그럼 어떻게 잡아채야 할까 궁금할 텐데 낙하지점에서 먼저 자리를 잡고 지면에 격돌하기 직전 이공간에다가 받아 넣는 거야.

진공 상태에서 일직선 쭉, 어느 정도 나아가면 루프하는 이공간에다가 말이야.

이 루프 이공간 안에 미티어 탄환을 집어넣어 두면 받아서 넣은 순간의 속도를 유지한 채 빙글빙글 영원히 직진하는 상태가 돼요.

진공이라 공기 저항이 아예 없거든.

그리고 속도를 유지한다는 것은 즉 충돌할 때 파괴력도 고스란히 발휘된다는 의미.

이 녀석을 이공간에서 꺼내면 진짜 미티어 어택이 된단 말이죠.

예전에 포티머스에게 먹여줬던 것은 상공에서 거대 암석을 낙하시키는 공격이었다.

그런데 단순 낙하로는 위력이 살짝 부족하다는 느낌을 받고 진짜배기 미티어를 구현한 거야.

다만 떨어질 때까지 시간 지체도 있고 떨어지는 거리가 거리니까 낙하지점을 정확하게 계산 못 하면 빗나가잖아.

낙하지점도 표적이 직접 움직이면 말짱 도루묵이고.

시간 지체가 있는 만큼 도망칠 시간 확보가 쉽잖아.

이러한 가지가지 문제를 해결하기 위해서 미리 떨어뜨린 미티어를 이공간에 보존해 놓는 방법을 떠올렸던 거야.

후후, 떠올렸을 때는 좋았는데 실제 보존하는 단계는 많이 힘들었지.

아까도 말했듯이 받아 내는 게 많이 큰일이었거든.

거 뭐냐, 프로 야구 선수라도 때려서 날린 공을 쫓아가다가 받아 내는 게 많이 힘들잖아?

미티어도 떨어지기 전에 낙하지점으로 먼저 간 다음에 잡아채야 하는 데다가, 받을 때 실수하면 주위 일대가 싹 날아가니까 꽤 지치는 작업이었어.

저런 걸 탄환 수 확보를 위해 거듭거듭 되풀이까지…….

뭐, 고생한 보람이 있어 위력은 더할 나위가 없지만.

정확한 위력은 mgh로 계산할 수 있다.

m이 질량.

g가 중력 가속도.

h가 높이.

이렇게 세 개의 수치를 곱하는 값이 해당 물체에 내포된 중력에 의한 위치 에너지가 된다.

고등학교 물리 시간에 배우는 내용이야.

아직 안 배운 사람은 꼭 외워 두자.

뭐, 다만 m의 질량은 대기권 돌입으로 타서 줄었을 테고, g도 이 별에서는 지구와 질량이 다르니까 계산이 달라질 테고, h도 중력권 외의 우주에서 떨어뜨리는 과정을 거치니까 적용이 안 된다.

즉 무슨 소리를 하고 싶냐면 정확한 수치는 못 구한다는 뜻이랍니다!

그러면 왜 떠들었냐고?

……그냥 살짝 지적이에요, 어필을 하고 싶었단 말야.

어? 고등학교 물리의 기초 정도로 지적 어필하지 말라고?

어쩔 수 없는걸!

내 기억은 고등학교까지밖에 없는데!

물론 지식도 고등학생 수준밖에 안 되니까 지적 어필을 하기 위해서는 고등학교까지 배운 내용으로 때울 수밖에 없단 말이다!

그런 정도라면 지적 어필을 안 하는 게 좋지 않겠냐고 생각할 수 있는데 인간이면 가끔은 멋을 부리고 싶어지는 법이야.

너는 인간이 아니라고?

……옳은 말씀입니다.

암튼. 현실 도피도 슬슬 끝내도록 하자.

포티머스에게 딱 맞춰 준비한 미티어 탄환.

위력은 전혀 모자람이 없다.

모자람이 아예 없어서 살짝 어질어질할 지경인데 문제없이 강화 로봇도 격파 가능하다는 것을 확인했다.

그럼 끝났지.

순수한 물리 공격이라서 항마술 결계는 쓸모가 없다.

장갑으로 막을 수 있는 위력도 아니야.

내가 봐도 좀 지나치지 않나 생각이 들었는데 유비무환이지, 뭐.

포티머스의 항마술 결계에 대항하기 위해 순수 물리 공격 수단으로 차곡차곡 짬 날 때마다 탄환 제조에 힘을 써왔다.

탄환의 숫자는 대략 1만.

강화 로봇의 숫자를 보고 세계를 멸망시킬 작정이냐, 포티머스! 어쩌고저쩌고 투덜거렸는데 이 미티어로 비를 퍼부었다가는 나도 세계를 멸망시킬 수 있겠구나…….

안 하겠지만.

뭐, 어차피 천 발 정도는 지금 여기에서 써버릴 테니 세계를 멸망시키는 짓은 불가능해지겠네!

그런고로 나머지 강화 로봇을 후닥닥 청소합시다!

아, 사선에는 충분히 조심을 하고!

유탄으로 아군을 죽게 만든다거나 웃지도 못할 사고는 일으키면 안 되잖아.

별로 생각도 안 하고 첫 번째 탄환을 냅다 쏴버렸던 행동은 경솔했어.

우연히 사선상에 아군이 없었고, 우연히 두 번째 강화 로봇이 겹쳐 있었던 덕에 결과는 다 좋았지만 말이야.

뭐, 아무튼 탄환 한 발당 잘 맞히면 두 대 이상 격파 가능하다는 것을 알았다.

어디 잘 노려서 쏴보자고요!

탄환은 유한하니까.

절약할 수 있다면 절약해야지.

그런고로 강화 로봇이 두 대 이상 일직선으로 늘어서 있고, 또한 그 연장선상에 아군이 없는 코스를 골라낸다.

천리안으로 부감해서 보면 요러한 계산도 가능하다.

몇 군데 괜찮은 코스를 발견한 뒤 즉각 전투용 분체를 해당 사선상으로 전이시켜서 미티어 탄환을 발사시켰다.

굉음이 동시에 몇 개나 울려 퍼졌다.

으햐~!

어때! 지금 봤어?!

한 발에 강화 로봇이 다섯 대 박살 났어!

속이 다 시원하다아아아!

뇌수가 팍 터져 나가는 감각, 중독될 것 같아!

방금 전 일제 사격으로 강화 로봇을 상당 숫자 줄이는 데 성공했다.

한 발로 최대 다섯 대 강화 로봇을 동시에 격파할 수 있으니까 첫 출발은 아주 괜찮네.

가장 낮은 성과도 한 발로 강화 로봇을 두 대는 격파하고 있다.

강화 로봇도 현재 진행형으로 움직이고 있는 상황이지만 진행 방향은 대충 비슷하거든.

제국군 및 마족군이 있는 방향으로 가거나 퀸 휘하 타라텍트 군단이 있는 방향으로 가거나.

진행 방향을 알면 동시에 조준하기도 쉽다.

미티어 탄환은 파괴력은 물론이고 발사할 때 속도도 끝내주니까 아무리 강화 로봇이 빨라도 회피하기는 버겁다.

경계하지 않았던 원거리에서 느닷없이 필살의 일격이 날아온다면 당연히 제때 대응할 수가 없단 말이죠.

그렇다 해도 이번에는 역시 위력이 지나쳤나 봐.

금방 제국군 등등과 접전할 거리에 있는 일부를 제외하고 강화 로봇이 일제히 반전.

주위를 경계하기 시작한다.

강화 로봇들이 새롭게 목표로 겨냥한 것은 물론 전투용 분체들이다.

방금 전 일제 사격은 전투용 분체들이 발사 직전에 강화 로봇의 근처로 전이해서 기습을 날린 결과였는데, 이렇게 막 경계를 하면 기습은 어렵…… 딱히 어렵지도 않구나.

전이 이후에 즉각 발사라는 게 이미 충분히 기습이니까.

적어도 선수는 확실하게 칠 수 있으니까 반칙이야.

이런 치트 전법이 가능하기 때문에 스킬 공간 마법을 쓴 전이는 다른 마법을 미리 준비해서 전이해 봤자 다 캔슬당한다는 제한이 있던 셈이구나.

나도 몇 번을 왜 안 되는 거야! 하고 많이 아쉬워했다.

그러나~!

신화한 지금의 나는 아무런 제한이 없다!

항마술 결계를 쓰는 강화 로봇들 상대로 공간 마술에 의한 직접 공격은 안 통한다.

하지만 그 이외의 공간 마술 사용까지 제한이 걸리지는 않았다는 말씀이야.

전투용 분체가 전이를 하든 곧장 미티어 탄환을 발사하든 전부 내 마음이지.

이 전법을 막기 위해서는 포티머스의 보디처럼 광범위에 항마술 결계를 전개시켜야 할 텐데 강화 로봇에 그런 기능은 없는 것 같아.

만약 있더라도 범위 바깥에서 미티어 탄환을 발사하면 그냥 해결되는 문제니까.

미티어 탄환은 발사 순간에는 공간 마술을 써서 이공간으로부터 꺼내 오지만 다음은 전부 다 순수한 물리 공격이거든.

광범위에 항마술 결계를 전개해도 의미가 없다.

괜히 포티머스 대책으로 준비한 전법이 아니라는 말씀이야.

그런고로 제2사, 맨 처음 한 발을 포함하면 제3사인가, 쏴보자고~!

전투용 분체 전이! 곧~바~로~ 미티어 탄환 발사!

그것만으로도 상위 용마저 뛰어넘는 전투 능력을 보유한 강화 로봇이 아무 저항도 못 하며 단 한 발에 산산조각 부서져 나간다.

속이 다 시원하다아아아!

압도적 강자를 더욱 부조리한 수단으로 냅다 박살을 내는!

쾌! 감!

강화 로봇은 강하다.

틀림없이 강하다.

실제 이 세계에서는 엄청나게 강한 부류에 들어가는 인형 거미들이 꼼짝 못 하고 물러나야 했다.

나도 정면에서 제대로 맞붙었다면 꽤 고생해야 할 상대다.

포티머스가 강화 로봇을 만들기 위해 얼마나 많은 노력을 들였는가, 애를 썼는가. 이 녀석들의 강한 위력으로 조금은 짐작할 수 있다.

그 노력을 한순간에 무로 돌려보내는 이 쾌감!

못 참겠사와요~.

포티머스의 벌레 씹은 얼굴을 상상만 해도 밥을 세 그릇은 먹겠네요.

이 달성감의 대가가 숲이 살짝~ 소실되는 정도로 끝난다면 싼값이잖아.

……응.

그야 미티어 탄환 같은 무기를 다수 쏴버리면 숲에 큰일이 벌어지는 게 뻔하긴 하지…….

가로로 쏴 날렸기 때문에 진짜 미티어처럼 지면에 충돌하지 않는 만큼 지형에 주는 타격은 적겠지만, 미티어 탄환이 지나가는 자리에는 선명하게 파괴의 발톱 자국이 남아 있다.

환경 파괴, 안 좋아.

그래도, 그래도! 이거 불가항력이니까!

필요한 희생이니까!

뭐, 상위 용 수준의 녀석이 딱 하나 있어도 주변 지형이 바뀔 만큼 격렬한 전투가 벌어지는데, 그런 상위 용을 뛰어넘는 강화 로봇이 1천 대나 나타난 만큼 어쩔 수 없다는 말밖에 못 하겠다.

이 전투가 끝날 무렵에는 엘프의 숲이 공터로 바뀌어도 놀라지 않을 거야.

지금 열심히 공터를 만들고 있는 내가 할 말은 아닌 것 같지만.

현재 진행형으로 미티어 탄환을 난사해서 공터를 불려 나가고 있답니다!

강화 로봇이 상대라면 어느 정도 전투용 분체의 소모도 각오해야 할 거라 생각했던 순간은 옛날 옛적.

전이 후 미티어 탄환 강습의 콤보로 재미있을 만큼 일격 필살.

강화 로봇의 수가 쭉쭉 줄어든다.

이제는 슬슬 미티어 탄환 한 발로 다수를 동시 격파하기는 어려워졌지만 한 발로 확실하게 한 대는 파괴해 내고 있다.

아주 순조롭다고 말할 수 있겠군!

이대로 가면 당장에라도 강화 로봇을 전부 파괴할 수…… 어라?

내가 강화 로봇이랑 노는 동안에 다른 곳에서 뭔가 일이 터졌구나.

흡혈 양이랑 오니 군.

두 사람과 대치하고 있는 야마다 군 일행.

게다가?

왜 야마다 군이 엄청 괴로워하는 거야?

흡혈 양!

너 무슨 짓 했어?!

王5 배웅하는 왕

『모두들 응원 고마워~!』

텔레비전에서 친숙한 목소리가 들려온다.

텔레비전 화면에 있는 남자 아이돌은 이 고아원 출신의 키메라 중 한 명이다.

저 애는 외모는 평범한 인간이었다.

아니, 평범하지는 않았구나.

몹시도 아름다웠다.

자기 외모를 무기 삼아서 연예계에 걸음을 들여놓았다.

또한 텔레비전을 험악한 표정으로 쳐다보는 여자애가 있다.

저 애는 아이돌이 된 남자애와 싸워 사이가 틀어졌다.

연예계에 가고 싶다고 말한 남자애와 고아원을 버릴 셈이냐고 말한 여자애.

여자애의 외모는 남자애와 반대로 인간과 동떨어졌다.

주입당했던 용의 유전자가 강하게 발현되었는지 인간형의 용이라고 표현해야 할 모습을 지니게 됐다.

저런 외모로 인간 사회에 나갈 수는 없었던 탓에 고아원밖에 안식처가 없었다.

그래서 고아원을 나가버린 친구들을 용서할 수 없었겠지.

그 무렵 연예계에 들어간 남자애뿐 아니라 차츰 고아원 바깥으로 나가는 아이들이 늘어났다.

연예계에 들어간 남자아이 이외에는 훌쩍 돌아오는 날도 많았던 지라 굳이 말하자면 외박이 늘어났다는 인상이었지만…….

우리들은 이미 외박이 가능한 나이가 되어 있었다.

그러나 유감스럽게도 나는 몇 년 전부터 성장이 멈춘 까닭에 실제 나이보다 아래로 보였다.

체질적으로 어쩔 수 없이 영양이 부족했기 때문이다.

성장하든 안 하든 휠체어에서 오래 떨어져 있지 못하는 나와는 관계없는 일이었지만…….

살짝, 평범하게 성장할 수 있는 다른 친구들이 부러웠던 것은 비밀이다.

나 이외에는 나이에 어울리는 외모를 가지게 됐고 개중에서도 인간과 다르지 않은 외관, 혹은 인간과 가까운 외관을 가진 아이들은 적극적으로 바깥출입을 하기 시작했다.

그중에는 걸핏하면 싸움을 하는 2인조처럼 외모가 인간과는 다름을 한눈에 알 수 있는데도 바깥출입을 하는 아이가 소수나마 있었다.

소년 소녀들의 공통된 심정은 언제까지나 마냥 고아원에 신세를 질 수는 없다는 불안감이었다.

조금씩 독립을 목표 삼아서 자립하기 시작했다.

고아원에 남아 있었던 부류는 나처럼 달리 갈 곳이 없는 아이들이다.

나는 텔레비전에서 시선을 손안으로 되돌렸다.

내가 하고 있었던 것은 손수건에 자수 놓기다.

나도 바깥에 나갈 순 없었지만 무엇인가 할 수 있는 게 없을까 고민하다가 자수에 손을 댔다.

달리 할 만한 일이 없었던 이유도 있다.

그러나 자수를 놓거나 때로는 봉제 인형 등 소품을 만들어 판매해서 약간의 잔돈을 벌어들일 수는 있었다.

정말 새 발의 피 같은 잔돈이었지만…….

다른 친구들이 자립을 위해 노력하는 중 나만이 혼자 남겨지는 쓸쓸함을 느꼈다.

"다녀왔어."

그때 눈을 아이 마스크로 가린 청년이 고아원에 돌아왔다.

"어서 와."

"어서 오세요."

"응. 앗. 저 녀석, 나오는구나."

텔레비전에서 새어 나오는 목소리로 연예계에 간 남자애가 출연 중임을 알았나 보다.

"열심히 사는구나."

"글쎄. 베개 영업을 한다는 소문도 있던데?"

베개 영업, 보통은 여성이 많을 텐데 남성도 몸을 팔아서 일거리를 따내는 경우가 있다고 한다.

도시 전설 같은 소문이라서 진짜 사실이 맞는지는 나도 모른다.

"뭐, 저 녀석도 지킬 부분은 지키지 않겠냐."

"그럼 다행인데."

"[redacted], 말이 지나쳐."

"아리엘은 저 자식을 편드는 거야?"

"[redacted]도 우리를 위해 열심히 일하는 거야."

저 남자애는 연예계 활동으로 번 돈의 대부분을 여기 고아원에 기부했다.

나처럼 바깥에서 돈을 벌지 못하는 아이들을 위해.

더 말을 보태자면 저 남자애에게 차가운 말로 쏘아붙였던 여자애를 위해서였다고 생각한다.

왜냐하면 옆에서 봤을 때 두 사람은 서로 좋아하는 사이였으니까.

"……그런 거, 나는 바란 적 없어."

"……한번 진지하게 얘기를 나눠보는 게 좋겠네."

두 사람은 뭔가 어긋나고 복잡하게 뒤얽힌 느낌이었다.

그러니까 나는 슬쩍 조언해줬다.

"재가 연락을 해준다면. 저 녀석, 이제 여기는 거의 들르지도 않는걸."

하지만 고집이 센 여자애는 자기가 먼저 움직이려고 하지 않았다.

……결국 두 사람은 화해할 기회를 갖지 못했다.

나는 혼자서 묵묵히 자수를 놓고 있었다.

판매하려는 목적이 아니라 선물하기 위한 용도로…….

"다녀왔어."

"어서 와."

언젠가와 마찬가지로 아이 마스크를 쓴 청년이 돌아왔다.

마침 그때 자수를 놓던 것은 막 귀가한 아이 마스크 청년에게 선물하기 위한 손수건이었다.

이 친구는 눈이 보이지 않는다.

그래서 평범하게 자수를 놓은들 무엇을 그렸는지 알 수 없었다.

따라서 나는 일부러 요철이 심하도록 자수를 놓아 손의 감촉으로 무엇을 그렸는지 알아볼 수 있게 방법을 생각해 냈다.

자수를 놓는 문양은 꽃이다.

이 친구에게만 주는 게 아니다.

나는 고아원에 있는 모두에게 줄 손수건을 만들고자 했다.

모두의 몫이 다 만들어지면 한 번에 건네줄 생각이었기에 그때는 아직 누구에게도 건네주지 않았었지만…….

나는 모두에게 내가 살아 있었다는 증거를 남겨주고 싶었다.

나의 유품으로…….

나의 몸 상태는 전혀 좋아지지 않았다.

고아원에 보호된 직후에는 과거에 비해 환경이 무척 개선됨으로써 조금이나마 좋아졌다.

다만 그 후는 줄곧 변화 없음.

아무리 노력해도 휠체어에서 내려와 걸을 수 있는 거리는 달라지지 않았다.

오히려 시간이 지남에 따라 더 짧아졌다.

분명히 나는 머지않았다.

그런 실감이 있었다.

그래서 모두가 나를 기억해주길 바라며 형태가 있는 물건을 선물하고 싶었다.

"……다 만들 수 있겠어?"

"응. 아마 시간은 괜찮을 거야."

자수를 놓은 손수건을 모두에게 선물하려는 계획은 아무에게도 말하지 않았다.

그러나 아이 마스크를 쓴 청년은 고아원의 리더 비슷한 존재이고 눈은 안 보여도 모두를 잘 봐주었다.

그래서 내가 세웠던 계획도 대강 눈치를 챈 것 같았다.

그때 나의 몸 상태가 제법 안정됐었지만 환절기에 가볍게 감기만 걸려도 어떻게 뒤바뀔지 알 수 없었다.

언제 불현듯 저세상에 갈지.

그래서 가능한 한 빨리 완성시켜서 모두에게 선물하고 싶었다.

그래도 너무 서둘러서 엉성하게 만든 물건을 건네주는 건 싫었다.

한 땀 한 땀 정성을 다해.

건네주려는 상대를 떠올리며.

바느질 한 번마다 실에 내 마음이 배어들도록.

모두들 자립하기 시작했기에 나는 뒤쪽에 남겨지는 느낌을 받던 때였다.

그러나 분명 모두를 두고 떠나가게 될 사람은 나였다.

이때 만들었던 손수건은 어떻게든 모두에게 건네줄 수 있었다.

그러나 혼자 남겨지게 된 사람은 역시 나였다.

"사리엘은 있나?"

그날 고아원에 규리에가 찾아왔다.

규리에는 간간이 고아원에 얼굴을 비추곤 했다.

내가 봤을 때 규리에는 고아원이 막 만들어졌던 시기에는 아직 사리엘 님을 특별히 의식하지 않았었다고 생각한다.

다만 간간이 얼굴을 마주함으로써 차츰 마음이 쏠리게 됐다.

그런 관계로 보였다.

극적인 무슨 사건이 일어나지는 않았다.

다만 일상의 대단할 것 없는 만남이 거듭되면서 어느 틈인가 사랑으로 바뀐다.

나는 스스로 돌아봐도 좁은 세계에서 살아왔지만 이런 사랑의 방식도 있구나 싶어 꽤 감탄했었다.

"사리엘 님은 외출하셨어."

"……그런가."

쓱 봐도 낙담한 규리에는 선물로 갖고 온 과자를 내게 건넸다.

규리에는 나를 배려해서인지 가지고 오는 과자도 부드러운 젤리 쪽 간식이 많았다.

그런 배려를 사리엘 님에게도 할 수 있으면 좋을 텐데, 이 남자는 정작 중요할 때는 겁쟁이가 되는 탓에 언제나 어필을 실패한다.

"……그렇게 만나고 싶으면 만났을 때 기쁜 마음을 솔직히 표현하는 게 좋지 않을까."

"……딱히 그런 게 아니다만."

이러쿵저러쿵 둘러대는데 규리에의 마음은 고아원의 모두가 다 알고 있었다.

"이런 식이니까 사리엘 님께 전달이 안 되는 거야. 가뜩이나 사리엘 님은 그런 부분에 절망적으로 둔한데 말야."

"……딱히 그런 게 아니라니까."

나는 기가 막혀서 호들갑스럽게 한숨을 쉬어 보였다.

"음? 자수인가?"

"응."

규리에는 화제를 바꾸려는 생각이었는지 내 손에 들린 물건을 보고 물었다.

"규리에 것도 만들어줄까?"

나는 자연스럽게 제안했다.

고아원에서 나가지 못하는 나에게 있어 고아원에 간간이 얼굴을 비추러 오는 규리에는 외부인 중 가장 친근한 인물인지도 몰랐다.

그러니까 규리에한테도 손수건을 남겨주면 괜찮겠다는 생각이 들던 참이었다.

"나에게 만들어줄 바에야 먼저 사리엘에게 만들어주거라."

"물론이지. 만들어 놨어."

사리엘 님의 손수건은 맨 먼저 만들었다.

"그러면 심심할 때 대강 만들어다오."

규리에는 부드럽게 웃고는 내 머리를 톡톡 도닥였다.

"하지만, 무리하면 안 된다?"

"……이런 다정함을 사리엘 님께 보여주면 좋을 텐데."

"……딱히 그런 게 아니라고 내가 말—."

"다녀왔습니다."

그때 마침 사리엘 님이 돌아왔다.

"사, 사리엘?!"

"네. 규리에. 어서 오세요."

"바, 방금 대화를 들었나?!"

"아니요. 다른 사람의 대화를 훔쳐 듣는 취미는 없습니다."

"그, 그런가."

눈에 띄게 안도하는 규리에.

그래 봤자 사리엘 님의 성격상 대화를 다 들었더라도 규리에의 마음을 알아주지는 않았을 거야…….

"아무튼, 규리에는 무슨 용무로 왔습니까?"

"용무는 무슨. 잘 지내고 있나 확인하러 왔지."

규리에는 그렇게 둘러댄 뒤 나를 돌아봤다.

이 상황에서 왜 나한테 말을 돌리는 거야.

이래서는 사리엘 님도 규리에를 나를 병문안하러 온 사람처럼 볼 거 아니야.

솔직하게 사리엘 님을 만나러 왔다고 말하면 될 텐데…….

규리에의 연애 삽질은 가만 지켜보기에 너무 답답했다.

그래도 수명이 없는 용과 천사인 규리에와 사리엘 님이라면 서두를 필요가 전혀 없을지도 모르겠다.

나도 이후에 수명이 있으나 마나 한 처지가 됐던 터라 다소는 마음을 알겠다.

하지만 가능할 때 해치우지 않으면 나중에 쭉 후회하는 경우도 있다.

나는 지금도 규리에는 더 적극적으로 사리엘 님께 자기 마음을 표현하는 게 맞았다고 생각한다.

그 마음을 사리엘 님이 과연 받아주셨을지는 알 수 없지만 결과가 어떻게 됐든 분명히 규리에도 지금처럼 후회를 하지 않았을 테니까.
규리에는 이미 사리엘 님께 마음을 전할 기회가 없잖아.
……그러고 보니 나 역시 결국 규리에한테는 손수건을 못 만들어 줬다.
우선은 고아원의 식구들 몫부터 만들자는 생각에 뒤로 미뤘었다.
그리고 고아원 식구들 모두의 몫을 다 만들었을 때는 이미 바짝 다가왔었다.
……사리엘 님과 이별하게 되는 그날이.
또한 이후에는 시스템이 가동되며 전 세계가 혼란에 빠져들었다.
그 때문에 규리에의 손수건을 만들자는 생각은 싹 잊어버렸다.
……그래.
이게 다 끝나서 시간이 나면 규리에의 손수건을 만들어주자.
꼭…….

黑5 혼자 이야기, MA 에너지

포두이도 피해를 입은 흡혈귀화 사건.

그에 따라서 포티머스는 세계적으로 지명 수배되었다.

제아무리 신중한 녀석이라도 활동하는 규모가 너무나 컸다.

활동 전체를 끝까지 다 숨기지는 못한 결과였다.

그러나 저런 상황에서도 단지 쫓겨 다녀야 했을 범죄자 처지를 벗어났다는 게 놈의 진정한 근본일 테지.

정말 끈질긴 작자다.

포티머스는 지명 수배되는 거의 동시에 어떤 연구의 성과를 발표했다.

그것은 MA 에너지 이론.

금기 스킬 레벨을 10까지 올리면 MA 에너지라는 단어가 불쑥 튀어나온다.

저것 이외에도 어쩌면 이 단어를 본 적이 있을지도 모르겠군.

어쨌든 MA 에너지야말로 이 세계의 인간들이 범한 최대의 죄이니까.

시간이 지나 당시에 무슨 사태가 일어났었는지를 사람들이 다 잊어버렸더라도, 그럼에도 어딘가에서 구전으로 전해 내려오지 않았을까.

다름 아닌 신언교의 교황 더스틴 같은 인물도 당시를 잘 아는 한 명이니까 말이지.

은근슬쩍 교리의 안에 과거의 단편적인 정보를 새겨 넣었다 한들 이상할 게 없겠다.

음? 표현이 조금 애매한데 나는 신언교의 교리를 자세히 알지 못하는 것 아니냐고?

맞는 말이다.

나는 신언교의 교리 따위 자세히 알지 못한다.

내가 신언교의 교리를 자세히 알지 못한다는 게 그렇게 이상한가?

사실대로 말하자면 흥미가 솟질 않아서였군.

……지독한 이유라고 생각하나?

그래, 확실히.

다만 잘 생각해봐라.

신언교라는 종교는 더스틴이 오직 인족을 구하기 위해 만들어 낸 조직이다.

자질구레한 표면상의 교리를 전부 제거하면 남은 본질은 인족 지상주의.

마족도, 나아가서는 우리 신들마저도 희생시킬지언정 인족을 살리겠다는 것.

그게 전부다.

나는 그렇다 치고 사리엘을 희생시켜서라도 인족을 구원하겠다는 교리에 어찌 흥미를 가질 수 있겠는가?

더스틴이 저런 방향으로 돌아서게 된 이유는 안다.

그것이 더스틴 나름의 각오가 표출된 결과라는 것도 말이지.

그러니까 더스틴을 탓할 생각은 없다.

다만 개인의 감상으로 마음에 안 든다고 생각하는 것은 자유잖은가?

도량이 좁다 핀잔을 들을지라도 차마 양보할 마음은 들지 않았다.

일단 관리자로서 중립은 지켜주었다 생각하고 있지만…….

오히려 포티머스를 적대하고 있다는 점에서는 응원까지 제법 해줬다.

본론으로 돌아가자.

다시 포티머스의 이야기를 하겠다.

놈이 발표했던 MA 에너지 이론은 당시 세계에 격한 진동을 불러왔다.

들은 이야기에 따르면 전생자들의 세계에서 에너지 수집 방법은 물리적인 수단에 한정된다고 했지.

물리적이라는 말은 즉 마술적이 아닌 석유나 태양광 같은 자연에서 유래된 물질을 뜻한다.

당시의 이쪽 세계도 비슷했던 터라 사람들의 생활에 필요한 에너지는 물리적인 수단을 써서 확보했었다.

우리들 용과 사리엘이 존재하더라도 저런 부분은 전생자들의 세계와 다를 바가 없었던 셈이다.

거기에 파문을 일으켰던 것이 MA 에너지 이론이다.

여기까지 말하면 MA 에너지라는 것이 어떠한 물질인지 편린이나마 짐작할 수 있지 않은가?

그렇다. MA 에너지란 마술적인 방법으로 수집되는 에너지를 말한다.

그때까지 물리적으로 에너지를 확보했던 인간에게 있어 포티머스가 발표한 MA 에너지 구축 이론은 마치 무(無)에서 유(有)가 생겨나는 듯 보였을 테지.

실제 MA 에너지는 아래와 같이 평가받았다.

무에서 생겨나는 꿈의 에너지.

환경에 문제를 일으키지 않고 아무리 써도 사라지시 않는 꿈의 에너지.

……웃기지도 않군.

그딴 에너지가 존재할 리 없잖은가.

쓸수록 사라진다.

그것은 물리든 마술이든 불변의 진리이다.

인간은 알지 못했다.

아니. 깨달았던 인간은 있었다.

더스틴 같은 인물이 그중 한 명이었다.

그러나 대다수의 인간은 자기에게 유리한 주장밖에 믿지 않는다.

궁지에 몰린 인간이라면 더더욱이다.

MA 에너지에 가장 먼저 달려들었던 부류는 앞서 언급했듯 궁지에 몰린 인간들이었다.

이른바 빈곤층이라 불리는 인간, 더 정확히는 국가다.

국가 역시도 빈부의 차이가 있다.

가난한 국가는 MA 에너지에서 꿈을 꾸었더랬지.

포티머스가 발표한 MA 에너지 이론에는 MA 에너지를 획득하기 위한 방법만이 실려 있었다.

발표 당초는 반신반의했을지언정 궁지에 몰려 있었던 빈곤 국가들은 결국 손을 뻗었다.

이런 경우를 전생자들의 세계에서는 지푸라기라도 움켜쥐는 심정이라고 말하던가?

실제 움켜쥔 지푸라기에 의해 가난했던 국가는 잠시나마 경기 회복에 성공했다.

MA 에너지는 순수하게 에너지로서만 봤을 경우는 뛰어나기 때문이다.

MA 에너지에 의해 에너지 문제를 해결한 국가는 급속도로 발전해 갔다.

그런 상황을 달갑게 여기지 않은 석유 산출국 등과의 알력도 물론 있었으나, 그 부분은 굳이 설명한들 별 의미가 없는 터라 생략하겠다.

아무튼 빈곤 국가가 MA 에너지에 의해 발전하는 동안 이번에는 개발도상국이 손을 대기 시작한다.

너희가 발전하면 우리도 가만있지는 않겠다는 모양새로군.

그렇게 차츰 MA 에너지를 건드리는 국가가 늘어났다.

하지만 모든 국가가 다 똑같지는 않았다.

MA 에너지 이론을 발표했던 인물이 지명 수배된 포티머스라는 것, MA 에너지 자체가 정체를 알 수 없는 자원이라는 것, 앞서 언급했듯 석유 산출국 등은 MA 에너지의 대두를 용납하지 않았다는 것. 이렇듯 이유는 몇 가지가 있었는데 MA 에너지에 부정적인 국가도 존재했다.

더스틴이 대통령으로 있던 나라도 그중 한 곳이다.

놈의 나라는 어쨌든 간에 거대 국가였으니까 말이지.

그런 거대 국가가 부정적인 태도를 유지한다면 주춤거리는 주변국도 나오기 마련이다.

그러나 시류는 본래 멈추기가 어렵다.

시간이 흐름에 따라 인간들은 MA 에너지의 사용을 점점 긍정적으로 받아들였다.

에너지 문제의 해결이라는 눈에 보이는 성과가 있었기 때문이리라.

그뿐 아니라 한 가지 더, MA 에너지 이론과 동시에 포티머스가 발표했던 연구 성과에 의한 종용이 컸다.

그것은 MA 에너지를 이용하는 진화론.

MA 에너지를 활용하여 인간을 진화시킨다는 내용이다.

포티머스가 흡혈귀화 따위에 손을 대어서 연구했던 성과의 중간 경과 발표 비슷한 격이다.

그러나 놈에게는 중간 경과일지라도 인간들로서는 결코 무시할 수 없는 성과였다.

MA 에너지를 대량으로 소비하여 시술을 받은 인간은 새로운 스테이지로 올라설 수 있었다.

변화는 주로 두 가지.

신체 능력의 상승과 수명 연장이다.

특히 주목받은 게 수명 연장이다.

시술에는 MA 에너지가 대량으로 필요하기 때문에 부유층이 주로 실행했다.

어느 시대든 부유층이 갖고 싶어도 갖지 못하는 것이 바로 수명이다.

유감스럽게도 불로의 경지까지는 아닐지언정 돈을 지불하면 수명이 늘어난다잖은가.

달려들 게 훤히 내다보인다.

이렇듯 부유층이 MA 에너지를 요구했기 때문에 선진국에서도 MA 에너지의 사용을 풀어주는 국가가 많았다.

실제 시술을 받은 인간의 수는 전체 인구수와 비교하면 적었다.

어디까지나 당시 인구와 비교했을 때의 이야기지만…….

안타깝게도 MA 에너지의 소비량이 너무 많았다.

MA 에너지는 인간들의 눈에 무한히 솟아나는 듯 보였으나 물론 한 번에 분량이 꽉 차오르지는 않았다.

전 세계의 많은 국가가 MA 에너지만으로 운용에 쓸 만한 양은 확보를 해내고 있는 상황이었는데…….

그럼에도 모자랐다는 데서 진화에 필요한 MA 에너지의 양이 얼마나 많은 용량이었는지를 알 수 있겠다.

바로 이러한 이유로 더스틴도 놈들을 용서하지 못하는 것이다.

같은 인간이라는 종에 속하는데도 일부러 인족과 따로 나눠서 인족의 적이라 취급하고 있지 않은가.

저런 진화를 시술받은 인물들의 후손을 가리켜서 마족이라고 부른다.

MA 에너지를 대량 소비하여 결과적으로 세계의 붕괴를 앞당겼던 인물들이다.

과거에는 부유층이자 특권 계급이었던 인간들.

현대의 마족이 종족으로서 사느냐 죽느냐의 갈림길에 서게 된 것을 떠올리면 뭐라 형용하기 어려운 기분이 든다.

아마 저들에게 주어진 벌이었을 테지.

자, 마족의 성립은 대강 알았을 테고, 빈곤 국가에서 시작된 MA 에너지의 운용은 결과적으로 개발도상국 및 선진국에도 퍼져 나갔다.

여기에 쭉 반대했던 국가는 적다.

더스틴이 있던 나라 정도인가.

그러나 국가가 아닌 곳에서 쭉 반대의 뜻을 주장했던 부류가 있다.

바로 우리들 용과 사리엘이다.

MA 에너지는 마술적 방법으로 수집된다.

그렇다면 마술에 정통한 우리가 진짜 정체를 깨닫지 못했을 리 없잖나.

따라서 극구 경고했었다.

MA 에너지를 쓰지 말라고.

그 경고가 결실을 맺었는지는 현 상황이 대변해주고 있군.

그래, 인간들은 말을 들어주지 않았다.

우리들 용에게 갖는 공포가 충분하지 않았던 까닭이다.

과거에는 하나의 국가를 단 하루 만에 멸망시켰던 사례도 있었는데…….

그때는 어쩌다가 정신이 나갔는지 어느 국가에서 우리들 용의 거처에 신형 폭탄을 투하했다.

물론 우리가 폭탄 따위에 타격을 받을 리 없었다.

보복 조치로 해당 나라를 사라지게 해줬다.

그러나 그런 대사건도 역사 교과서에 기록이 있을 뿐이지 당시의 분위기를 실제 기억하는 인간은 이미 대부분 살아 있지 않다.

세대가 바뀌면 당시에 각인되었던 공포도 옅어진다.

우리들 용의 입장에서는 방금 전 사건 같을지라도 인간의 입장에서 보면 아득한 옛날 일이었던 셈이다.

그러나 사리엘을 신경 써서 자중했던 까닭에, 인간들을 대상으로 대규모 간섭을 진행했던 사례가 기껏해야 저 사건밖에 없었던 것도 어쩌면 불상사였다.

충고를 좀 무시했다고 용이 갑자기 화를 내지는 않을 것이라는 희망적 관측이 인간들에게 있었을 테지.

용의 위협과 MA 에너지로 누리는 혜택, 양쪽을 저울에 올려 MA 에너지를 선택했던 셈이다.

우리들 용의 충고는 이렇듯 허공의 메아리가 되었고 사리엘도 역시 이때는 곤경에 처해 있었다.

다른 곳도 아니고 사리엘라 모임의 하부에서 압박을 받아버린 까닭이다.

의료에 관계하는 인물에게 있어 에너지 문제는 무시할 수 없는 사안이었다.

최신 의료 기기는 에너지 없이 가동이 불가능하다.

더욱이 MA 에너지에 의한 진화론을 기반으로 MA 에너지를 사용함으로써 난치병을 극복하자는 연구도 왕성하게 진행되고 있었다.

그렇다, MA 에너지는 의료 종사자들에게도 희망의 별이었다.

더욱이 빈곤층이 MA 에너지에 의해 구원받았던 것은 앞에서도 이미 설명했다.

빈곤층의 지원을 맡아 진행했던 사리엘이 모임의 입장상 MA 에너지 사용을 중단하는 데 찬성할 수는 없었다.

포두이가 건재했더라면 이런 내부 분열 상황에도 대처할 수 있었겠지만 안타깝게도 놈은 흡혈귀화 때문에 격리당한 처지다.

그리고 사리엘라 모임은 포두이의 후원 덕분에 지나칠 만큼 성장했다.

대표를 맡은 사리엘의 의사 하나로는 방침을 결정하지 못할 만큼…….

그러한 이유로 내부에서 압박을 받게 된 사리엘은 모임 운영의 전면에서 물러나야 했다.

때마침 포티머스의 인체 실험 피해자였던 아이들을 보호했다는 이유도 있어, 그 고아원의 운영에 많은 시간을 쏟는 상황이기도 했다.

그게 좋았던 건가, 나빴던 건가…….

그 고아원 출신 아이들은 아리엘을 포함하여 훗날 다대한 영향을 끼쳤으니까 말이지.

사리엘과의 만남이 아니었다면 다른 미래도 있지 않았겠는가 생각이 들어, 좋았던 건지 나빴던 건지 판단에 고민이 된다.

그렇게 사리엘의 주장은 사리엘라 모임 내부에서 봉쇄되었다.

다만 우리들 용이든 사리엘이든 충고를 들어주지 않았다는 이유로 인간들이 저지르는 만행을 묵인하지는 않았다.

우리는 잘 알고 있었다.

충고가 받아들여지지 않는다면 머지않아 위기가 도래할 것을…….

왜냐하면 MA 에너지는 별의 생명력, 그것을 착취하는 결과로 만들어지니까.

별에도 생명력이 있다.

우리들 신은 별이 배출하는 여분의 에너지를 흡수하며 살아간다.

산소를 뱉어 내는 식물과 이산화탄소를 뱉어 내는 동물의 관계와 비슷할지도 모르겠군.

그러나 인간들이 꺼내서 쓰는 MA 에너지는 경우가 다르다.

여분을 뱉어 내는 것이 아니라 별이 살아가는 데 필요한 에너지를 강제로 끄집어내는 행위였다.

그런 짓을 저질렀다가는 장래에 별이 약해지고 붕괴할 것이 훤하게 내다보인다.

그런 사태를 막기 위해서 용도 사리엘도 그만두라고 거듭 경고했다.

물론 이유도 숨김없이 알려주면서 말이지.

……그러나 반복해서 말하지만 인간은 자신에게 유리한 주장만을 믿었다.

또한 불리하게 들리는 주장은 이런저런 이유를 붙여서 믿지 않았다.

어리석구나.

참으로 어리석구나.

그 어리석음의 대가는 인간이 상상할 수 있는 범위를 뛰어넘었으리라.

어찌하여 인간은 우리들 용의 두려움을 잊어버렸는가…….

그리고 어찌하여 용이 격노하지 않으리라는 희망적 관측을 가질 수 있었는가…….

지금도 떠올릴 수 있다.

우리들 용은 장로에게 전원 호출을 받아 소집되었다.

그 자리에서 선언이 이루어졌다.

"인간을 도태시키겠다."

그날, 용이 인간에게 엄니를 드러냈다.

Güliedistodiez

규리에

본명 규리에디스트디에스. 진정한 용. 태어날 때부터 초월종이었기 때문에 인간 자체를 하등 생물이라 우습게 봤다. 그러나 사리엘 및 포두이와의 만남을 겪어 인식을 고치게 된다. 처음에는 사리엘의 행동이 마음에 들지 않았지만 의식하는 동안에 어느 틈인가 이끌리게 됐다. 그러나 쓸데없는 자부심이 방해해서 진지하게 접근하지를 못하고 그런 모습을 본 고아원의 아이들에게 겁쟁이라고 불리게 됐다. MA 에너지를 사이에 둔 용과 인간의 대립 끝에 용으로부터 이탈. 이탈자 용이 된다.

단장 포티머스와 MA 에너지 보급

대단히 괘씸하게도 지명 수배를 당하게 됐다.

그러나 MA 에너지의 보급은 성공했다.

진화론도 물론.

기대는 별로 안 하지만 관련 논문을 활용하여 나 이상의 연구 성과를 거둔 인물이 나타날지도 모른다.

굳이 나 자신이 직접 영원의 생명을 얻는 방법에 다다라야 하는 것은 아니잖나.

그게 가장 확실하며 신뢰성이 높을 테지만 다른 누군가가 먼저 이루어 내더라도 진실된 공적이라면 기뻐해야 하리라.

나의 연구는 꽉 막힌 상태다.

진화론으로 발표했듯 수명은 연장시키는 데는 성공했다.

사실은 발표 내용과 별개로, 더욱 수명을 늘릴 수 있는 종족이 되기 위한 진화도 이미 발견했다.

나는 편의상 엘프로 이름 붙인 종족으로 진화한 상태이다.

그러나 수명은 늘어났을 뿐이다.

영원하지는 않다.

다음 단계의 연구가 필요하지만 거기에는 방대한 양의 MA 에너지가 필요하다.

개인으로 MA 에너지를 모으는 데는 한계가 있다.

그래서 보급시켰다.

MA 에너지의 정체를 알면 용이 잠자코 있지 않겠지만 알 바 아니다.

MA 에너지를 쓴 결과, 이 별이 어떻게 되든 상관없다.

연구에 희생은 따라붙는 법.

별이 멸망하기 전에 내 연구가 성취되면 그만 아닌가.

만약에 별이 멸망하기 전에 연구를 성취하지 못하면…….

그때는 멸망하기 직전의 별 따위 내버리고 떠나면 된다.

연구를 못 하는 장소에 볼일은 없다.

사람 한 명에게 영원의 생명을 내려주지도 못하는 별 따위 내쪽에서 사절이다.

이미 우주로 떠나기 위한 준비는 완료되었다.

어차피 늦든 빠르든 MA 에너지를 사용하기 시작한 단계에서 이 별은 멸망하는 미래가 결정되었다.

나의 연구를 위해 착취할 만큼 착취하면 된다.

다른 인간들이 열심히 용의 분노를 감당해줄 테지.

어차피 이 별이 멸망할 때는 함께 멸망할 녀석들이다.

열심히 내게 조력하다가 죽어라.

6 결전, 해후

야마다 군 일행이 조금 걱정되니까 얼른 달려가자, 그 전에…….

전투용 분체를 네 마리 불러내서 인형 거미들을 위에 태워줬다.

이렇게 하면 만에 하나의 사태가 벌어져도 전투용 분체의 전이로 도망칠 수 있을 거야.

그나저나, 전투용 분체, 즉 1미터 남짓의 거미 위쪽에 올라탄 여섯 팔 유녀…….

이런 게 바로 징글귀염이군!

인형 거미들은 전투용 분체에 올라탄 채 날렵하게 달려갔다.

왠지 덩실덩실하는 분위기 같았는데 아마 착각일 거야, 응.

뒷일은 걱정 안 해도 되니까 야마다 군 일행이 있는 곳으로 가자.

전이 발동!

이렇게 실제 현장에 달려와서 봤더니, 뭐야? 이 카오스 상황?

일단 야마다가 머리를 부여잡고 쓰러져 있다.

의식은 잃지 않은 것 같은데 괴로워하는 정도가 심상치 않아.

어째서인지 야마다의 옆에 나란히 하프 엘프가 쓰러져 있다.

어, 음, 이름은 아마 안나였던가?

그리고 야마다에게 가까이 붙어 있는 오오시마.

야마다를 지키기 위해 앞쪽을 막고 나서는 하이린스와 시노하라.

거기에서 살짝 뒤쪽에 있는 선생님.

게다가 타가와랑 쿠시타니가 털썩 쓰러져 있다.

이쪽의 둘은 완전히 의식이 없네.

여기까지만 해도 상당히 카오스 같은 상황인데 나츠메가 흡혈 양을 가증스럽다는 듯이 노려보고, 흡혈 양은 흡혈 양대로 살기를 숨기지 않은 채 나츠메를 엄청난 표정을 짓고 노려본다.

오니 군은 흡혈 양과 나츠메한테는 흥미가 없는지 야마다를 살짝 당황한 분위기로 쳐다보고 있고…….

저기?

이게 뭔 상황이야?

누군가 해설 플리즈!

음, 그냥 생각이고 무슨 짬을 바라냐는 듯이 사태는 쭉쭉 나아간다.

어쩔 수 없으니까 가장 위험할 것 같은 흡혈 양이랑 나츠메의 사이에 끼어들도록 하자.

끼어든달까, 나츠메의 등 뒤에 전이로 접근했지만 말야…….

일단 나츠메가 알아차리지 못하게 슬쩍 손을 뻗었다.

그리고 와락 머리를 움켜잡는다.

……슬쩍 손을 뻗었으면 조금 더 우아하게 일을 처리하라고?

그럴 짬은 없다네!

곧장 나츠메의 머릿속에 기생하고 있는 분체에 지시를 내려서 나츠메의 의식을 빼앗았다.

이 기회에 기생시켜 놓았던 분체도 회수하도록 하자.

나츠메가 꼭 맡아줘야 하는 역할은 이미 거의 다 끝났고 말이야.

이제 앞날은 내키는 대로 살아가렴.

그 결과 어떻게 되든 자기 책임이라고 하자.

이렇게 닥치는 대로 막 이용한 끝에 내버리는 게 무슨 짓이래? 혀를 내두를지도 모르겠는데 우리가 이용하기 전부터 나츠메는 못된 짓거리를 저질렀었잖아~.

뭐, 인과응보라고 달관하며 받아들여다오!

분체가 나츠메의 귀에서 기어 나왔을 때 회수.

그와 동시에 의식을 잃고 쓰러지는 나츠메.

“주인님, 방해하지 말아줄래?”

이때, 언짢아하는 내색을 감추지도 않는 흡혈 양이 말을 붙인다.

뭐라는 거야, 요것아. 내가 방해 안 했으면 나츠메를 콱 죽일 작정이었지?

무슨 일 있었는지 모르겠는데 충동적으로 사람을 막 죽이면 안 돼요.

칼슘을 많이 먹도록 하렴.

……그러고 보니 한때는 인형 거미들이 흡혈 양한테 뼈를 먹였다던데.

혹시 으득으득하는 이유가 뼈 부족인가?

흡혈귀인데 뼈를 먹는다는 게 무슨 일이래?

“어떻게, 이럴 수가?”

아차.

아무래도 좋은 생각을 하던 중 선생님이 먼저 말을 건넸다.

아니, 말을 건넸달까, 혼잣말이 새어 나왔다는 느낌이지만…….

“오랜만이에요, 선생님.”

일단 대답은 해야지.

나의 반응에 움찔 놀라며 쳐다보는 흡혈 양과 오니 군.

나, 나도 인사는 할 줄 알거든!

상대가 선생님이라는 이유도 있긴 있지만!

"와카바?"

야마다가 신음하면서 나를 알아보더니 이름을 입에 담았다.

그와 동시에 실이 끊어진 것처럼 의식을 잃는다.

죽은 것 같지는 않은데 아까 전 상태를 떠올리면 방심 못 하겠다.

아무튼 일단 용태를 확인한 뒤 치료해야겠네.

그런 생각에 한 걸음 내디뎠는데 앞을 가로막고 나서는 인물.

쓰러진 야마다를 등에 숨기며 필사적인 형상으로 내게 부러진 검을 들이대는 저 인물은 오오시마 군.

으음.

무슨 짓인가 말해보자면 야마다를 지킬 생각에 한 행동일 텐데, 죽어도 여기는 못 지나간다! 이런 느낌으로 버티고 서도 곤란하다.

어떻게든 하라고 오오시마의 바로 옆쪽에 있던 하이린스에게 힐끔 얼굴을 돌렸는데 괘씸하게도 녀석은 무시해버렸다.

그뿐 아니라 오오시마랑 나란히 서서 앞길을 막겠다는 분위기야.

이거, 규리규리로서가 아니라 이곳에서는 하이린스로 행동하겠다는 뜻인가?

음, 으음.

규리규리가 저런 태도를 취한다는 것은 야마다의 용태가 긴급을 요할 정도는 아니라고 받아들여도 오케이?

그렇다면 굳이 안 서둘러도 되겠네.

일단 이 혼란의 원흉인 녀석부터 때려눕히는 게 먼저야.

"어머나, 뭘까? 굉장히 안 좋은 오라가 주인님한테 흘러나오는 것 같은데 착각일까?"

착각이 아니란다, 흡혈 양아.

어차피 네가 무슨 사고를 친 거지!

자, 잽싸게 자백해라!

무슨 짓 했냐?!

"왜 비난하는 얼굴로 나를 쳐다볼까? 나는 아무런 짓도 안 했는데. 주인님, 무슨 일 있을 때마다 내 탓이라고 지레짐작하는 태도는 안 좋다고 봐."

거짓말이다!

"와카바, 맞지? 이게 어떻게 된 거야?! 슌한테 무슨 짓을 했어?!"

오오시마가 소리를 지르는데 지금 야마다한테 무슨 짓을 한 용의자를 취조하는 중이니까 잠깐만 기다려주렴.

"시로 씨, 우리는 정말 아무것도 하지 않았어."

흡혈 양의 목덜미를 붙잡아서 진상을 싹 다 들으려 했던 때 설마 싶었던 오니 군의 변호가 발동!

"슌이 거기에 쓰러져 있는 하프 엘프에게 뭔가 손을 쓰더니 갑자기 몸부림치며 괴로워하더라. 상황을 보자면 슌이 어떤 스킬을 썼고, 그것의 부작용이라도 나타난 게 아닐까?"

오니 군의 침착한 지적에 흡혈 양이 덩달아서 응응 고개를 끄덕거리고 있다.

"오히려 이 상황은 소피아 씨가 아니라 내 책임일 거야."

오니 군이 미안한 표정을 짓고 저러한 말을 꺼냈다.

어? 옆에서 엄청 의기양양한 얼굴로 응응 고개를 끄덕거리는 녀석이 한 짓이 아니라?

"내가 저 하프 엘프를 베었고, 슌이 나서서 치료를 한 뒤에 슌이 몸부림쳤어. 내 눈으로 봤을 땐 이런 수순이었는데."

오니 군의 단적인 상황 설명.

으음, 아주 이해하기 쉽다.

응? 치료했는데 몸부림을 쳤다?

"덧붙여서 내 눈이 잘못되지 않았다면 저기 하프 엘프는 치료하기에는 분명히 늦은 상태였어. 어떻게 봐도 치명상이었거든. 아무리 슌의 마법 능력이 뛰어나더라도 이미 늦은 시점에서 구할 순 없었는데……."

응응?

어라? 즉 야마다의 바로 옆쪽에서 정신을 잃고 쓰러져 있는 하프 엘프는 죽음을 맞이했었다는 뜻?

그런데 평범하게 숨도 잘 쉬고 단순하게 기절만 한 것 같은데?

그렇다면 뭐냐, 야마다가 자비 스킬을 써서 사자 소생을 실행했다는 건가?

"슌이 한 행동은, 사자 소생인가? 그래, 그런 능력을 대가도 없이 발동한다는 건 말이 안 되겠네. 어떤 대가인지 잘은 모르겠는데 슌이 너무나 괴로워했던 이유도 납득이 가. 카나타, 자기 판단이니까 내 탓은 안 해주면 좋겠는데."

쏘아붙이다시피, 아직껏 굳세게 부러진 검을 겨누고 있던 오오시마에게 말하는 오니 군.

그 눈에는 혼란이 섞여 있음에도 상황을 정리하고자 하는 이성의 빛이 보인다.

어떻게든 이 상황을 타파할 수는 없을까 간절하게 궁리를 하는 것처럼…….

그런데 나는 저쪽에 신경을 쓸 여유가 없단 말이지.

식은땀이 줄줄 나오는데요.

야마다가 털썩 나자빠진 게 어떤 의미론 내 탓 아니야?

왜냐, 자비 썼다가 털썩 나자빠졌다면 틀림없이 금기 10레벨을 찍어서잖아?

자비의 대가는 금기 레벨 업.

그게 전부라면 딱히 고통은 없다.

금기가 10레벨만 아니라면…….

나도 체험했었는데 무지 찝찝한 기분이라 지금도 잊을 수 없거든.

응.

정신 잃어도 어쩔 수 없어.

게다가 또 금기 레벨이 올라가게 일부러 야마다의 앞에 시체를 만들어준 범인이 이 안에 있다.

나다!

그래, 야마다가 금기 10레벨을 달성한 것은 나 때문이다!

마지막 등 떠밀기는 오니 군의 소행이지만 앞의 계획은 내가 꾸민 짓이라는 사실.

큰났다~ 흡혈 양을 못 혼내잖아~.

"그건 그렇고 카나타. 슌이 정신을 잠깐 잃었다고 너무 허둥대는 거 아닐까?"

내가 이 사실을 어떻게 감춰야 하나 고민하던 때 아주 반갑게도 오니 군이 화제를 바꿔주었다.

"슌은 아직 살아 있잖아. 죽지 않았어. 게다가 여기는 전장이지. 언제 죽어도 이상할 게 없어. 그런데 대체 왜 정신을 잠깐 잃었다고 이렇게까지 당황하고 쩔쩔매는 거야? 설마 싶기는 한데…… 너는 죽을 각오도, 잃을 각오도 없이 여기에 서 있는 것은 아니겠지?"

찌릿찌릿한 위압감이 오니 군한테서 솟아 나왔다.

그 위압감에 압도되었을까, 조금 떨어진 곳에서 싸우고 있던 제국군과 엘프군의 움직임이 멈췄다.

또한 정면에서 위압감을 감당해야 할 처지에 몰린 오오시마는 땀을 폭포처럼 흘리며 떨고 있었다.

머리에다가 물통으로 물을 퍼부은 것처럼 우스울 만큼 잔뜩 땀이 솟아난다.

부들부들 떨리는 몸.

오히려 용케 아직까지 서서 버티는구나 생각이 들 지경이야.

"혹시나 그런 어중간한 각오로 이곳에 서 있다면 실망이야. 진실도 알지 못한 채 각오도 다지지 않은 채 그런데도 자신들이 정의라며 믿어 의심치 않고 이런 곳까지 온 거야? 이러면 단지 우습다는 말은 모자라고 분노마저 솟을 지경이잖아. 나의 옛 친구가 이렇게 어리석은 녀석이라고 생각하면 불쾌하기 짝이 없구나."

오니 군이 어울리지 않게 혐오감을 숨기지 않고 상대를 매도했다.

그 분노는 위압감으로 꾸며 놓았어도 어쩐지 거짓말 같다.

뭐, 과거의 절친이 상대니까 이것저것 생각하는 게 많아졌을지도 모르겠다.

그 상대인 오오시마는 어떠냐면, 오니 군의 위압을 받아 의식이 반쯤 날아갔다.

“카나타. 최초이자 최후의 충고야. 무기를 내려놓고 투항해라. 더 반항하겠다면 설령 옛 절친이더라도 나는 베겠어. 그런 게 진짜 각오니까.”

친구를 벨 마음은 전혀 없을 텐데도 오니 군은 위압감을 가득 담아서 선언했다.

그 말이 결정타였다.

오오시마의 다리에서 쓱 힘이 빠지더니 제자리에 털썩 주저앉는다.

이미 피아의 전력 차이는 진절머리 나게 절감한 탓에 이성보다도 먼저 본능에서 굴복해버렸다.

그야 무리도 아니죠~.

지금 오오시마가 맛봤을 절망감은 과거에 내가 아라바와 처음 조우했을 때 겪은 감정과 비슷하지 않으려나?

절대로 이길 수 없음을 기세만으로 절감하게 된다.

그런 수준의 실력 차이가 있단 말이지.

오오시마가 전의 상실로 리타이어.

야마다, 하프 엘프, 타가와, 쿠시타니는 졸도했다.

남은 사람은 선생님과 시노하라와 덤으로 하이린스.

『너, 와카바, 분명 죽었을 텐데?』

남은 사람 중 한 명, 시노하라가 염화로 말을 건넸다.

뭔가 선생님은 이미 내가 죽었다고 생각했던 것 같네.

D가 말했던 선생님에게 부여된 유니크 스킬, 전생자들의 현 상황을 파악할 수 있는 스킬에서 와카바 히이로는 죽은 사람으로 나왔나 봐.

그거 아마도 내가 신화한 뒤에 시스템에서 제외된 덧이라고 생각하는데…….

즉 시스템으로 감지할 수 없어서 때문에 편의상 죽었다는 표시를 보여줬던 게 아닐까 싶거든.

음, 뭐랄까, 진짜 와카바 히이로, 즉 D는 애당초 이쪽 세계에 전생해서 넘어오지도 않은 데다가 대역을 맡은 나는 죽지 않았으니까 선생님이 가지고 있는 정보는 이래저래 틀렸단 말이지~.

선생님의 눈이 엉뚱한 허공을 쳐다보는데 아마도 지금 유니크 스킬을 확인하고 있겠구나.

"……정말, 와카바가 맞아요?"

"네."

사실은 아닌데 말이에요, 자세히 설명하려면 복잡하기도 하고 D와 나의 관계는 마왕한테도 밝히지 않았으니까.

지금은 무난하게 긍정하도록 하자.

"그래도……."

"선생님의 스킬에 지금의 저는 표시되지 않아요."

"어?!"

선생님, 엄청 놀라는구나.

그리고 또박또박 응답하는 나를 보고는 흡혈 양과 오니 군도 엄청 놀라는구나~.

나, 나도 힘내면 이 정도 대응은 가능하거든!

앗?!

“옛정을 떠올릴 겸 여러 가지를 다 설명하고 싶은 마음이지만요, 지금은 서로 간에 바쁜 몸이에요. 다시 날을 정해서 말씀드릴게요.”

좀 억지 진행이어도 일단 이야기를 마무리 짓도록 하자.

딱히 대화 자체가 힘들어서는 아니거든?

다만 쫌~ 다른 장소에서 또 문제가 발생해서 말이에요.

내가 안 달려가면 골치 아파질 사안이 발생했답니다.

그러니까 이곳은 흡혈 양, 얘는 불안하니까 오니 군에게 맡기도록 하자.

“제국군과 마족군에게 후퇴를 지시해.”

“후퇴?”

오니 군에게 후퇴 지시를 전달해 둔다.

“엘프들은?”

“후퇴가 우선이야.”

가능하면 엘프는 섬멸을 완료하고 싶은 마음이었는데 과욕을 부릴 상황이 아니었다.

그리고 야마다 군 일행은 하이린스에게 맡기자.

짧은 순간이나마 눈을 떠서 하이린스에게 시선을 보냈다.

이러면 내가 하려는 말은 전달될, 테니, 되면 좋겠네…….

어떻게든 선생님과 시노하라를 구슬려서 여기를 떠나 후퇴하게 유도해야 할 텐데.

왜냐면 얼마 뒤 여기 일대를 무사하게 둘 자신이 없거든.

"……알았어. 시로 씨도 조심해."

"잠깐. 난 아직 더 싸울 수 있거든?"

흡혈 양이 뭐라 뭐라 떠든다. 단 유감이지만 흡혈 양도 곧 치르게 될 전투는 버거울 거야.

강화 로봇 한 대쯤이야 힘내서 붙어볼 만할 텐데, 지금은 더 강한 녀석이 튀어나왔단 말야.

흡혈 양을 설득할 짬이 없으니까 오니 군한테 다 맡기도록 하자.

그런고로 전이.

전이 직후에 느끼는 공기의 진동.

이곳 엘프의 마을 각지에서 발생하고 있는 충돌 중 가장 격렬한 전투에 의해 발생된 충격파가 공기를 진동시킨 결과였다.

한쪽은 타라텍트 군단을 이끌고 있는 이 세계 최강 수준의 마물, 퀸.

한쪽은 그에 맞서 싸우는 엘프의 최종 병기.

그래, 드디어 엘프는 꺼내 놓았다.

방금 전까지 상대했던 강화 로봇과 비교가 되지 않는 병기를…….

강화 로봇도 상위 용을 뛰어넘는 전투 능력을 보유했었는데 저 녀석은 한눈에 봐도 강화 로봇까지 뛰어넘는다는 것을 알 수 있었다.

전이한 내가 목격한 것은 유린당하고 있는 타라텍트 군단.

과거의 나와 비슷하게 작은 거미가, 더 성장해서 크게 자라난 거미가, 더 많이 성장을 거듭한 왕거미가 똑같이 아무 반항도 못한 채 유린당하고 있다.

그 안에는 설마 싶었던 퀸마저 포함되었다.

공중에 떠올라 있는 저 녀석.

한 마디로 표현하자면 성게였다.

직경 10미터는 될 거대한 구체.

구체에서 뻗어 나오는 무수히 많은 가시.

응. 성게야.

금속의 거대한 성게.

뭔가 좀 반응해주기 난처한 외형의 성게인데 막상 성능은 장난 아니다.

온몸에서 뻗어 나오는 가시, 저거 하나하나가 다 포신이고 지상을 향해 융단 폭격을 계속하고 있다.

도망칠 곳은 아예 없어.

성게가 떠올라 있는 상공에서 포탄이 빗발치듯 내리쏟아지며 지상을 초토로 바꿔 놓는다.

숲이 싹 날아갔다.

거기에 있던 타라텍트 군단과 함께.

퀸마저도 저 폭격에서 벗어나지 못하고 몸이 떨어져 나간다.

퀸의 거대함이면 표적이 너무 커다래서 제대로 폭격의 먹잇감이 되어버린다.

본래 퀸은 거대한 몸에 어울리지 않는 속도로 상대의 공격을 피할 수 있는 녀석인데, 아예 피할 위치조차 안 내주고 광범위에 포탄을 흩뿌리면 대처할 방법이 없구나.

그래도 역시나 퀸은 대단했다.

여왕의 긍지일까, 포탄의 비에 맞으면서도 주둥이로 검은 빛이라

는 모순된 에너지를 집중시키고 있다.

브레스.

최강 수준의 마물인 퀸이 전력으로 쏘는 브레스.

아주 두껍고 검은 광선이 공중에 떠올라 있는 성게를 목표로 날아간다.

성게가 날려 대던 포탄을 지워 없애며 가득 넘치는 에너지로 성게의 본체까지 싹 날려버린 뒤 심지어 광선은 우주까지 솟구쳤다.

그런 환상을 목격했다.

그만큼 위력적이었다.

퀸이 날린 혼신의 일격은 직격하면 산조차 날려버리고 지형을 싹 바꿔버릴 만큼 강한 파괴력을 자랑한다.

직경이 고작 10미터밖에 안 되는 금속 덩어리 따위는 흔적까지 지울 수 있는 힘이었다.

그럼에도 불구하고 성게는 건재.

브레스는 직격했다.

피하는 시늉마저 하지 않았다.

마치 구태여 피할 공격도 아니라는 듯…….

성게의 주위에 전개되어 있는 결계가 퀸의 브레스를 지워 없앴다.

지워 없앴다.

막은 게 아니야.

저 결계는 퀸의 브레스를 지워서 없애버렸다.

마치 처음부터 아무 공격이 없었다는 듯…….

강화 로봇에도 탑재되어 있던 항마술 결계.

게다가 강화 로봇의 장치보다 상당히 출력이 높아.

퀸의 브레스라면 강화 로봇의 결계쯤이야 분명 관통할 수 있었다.

한 발로 강화 로봇을 격파하지는 못하더라도 다소 타격을 입히는 건 가능했을 텐데.

그런데 성게한테는 흠집 하나도 못 냈다.

브레스가 안 통하는 성게에게 퀸이 타격을 줄 방법은 없다.

원거리 공격은 모두 다 성게가 친 결계에 막힌다.

이제 순수한 물리 공격밖에 공격 수단이 안 남았는데 끊임없이 내리쏟아지는 포탄이 접근을 허락하지 않는다.

공간 기동을 구사해서 어떻게든 공중을 달려 올라가고자 하는 퀸은 첫 걸음을 디딜 틈조차 없이 포탄을 맞아 지면에 붙박인다.

퀸의 몸체가 포탄을 맞을 때마다 떨어져 나가고 재생할 틈도 없이 다음 포탄이 들이닥친다.

예전 마더와 동종인 퀸이 속절없이 유린당하고 있다.

뭐 이리 무시무시한 병기를 개발한 거냐.

저거 한 대만 갖고도 세계 정복이 가능하지 않나?

포탄의 잔여 숫자라든가 운용하는 데 필요한 에너지라든가 다른 문제는 남아 있지만…….

아니, 왜 포탄이 안 줄어드는데?

분명 내부에 공간 확장이라도 해서 탄환은 이공간에 수납해 놓았을 거야.

그게 아니면 앞뒤가 안 맞는걸.

아, 느긋하게 관찰이나 할 때가 아니네.

가만 놔두면 퀸이 당한다.

그 전에 개입해서 성게를 격추해주겠다!

좋아, 미티어 탄환 발사!

발사된 미티어 탄환이 성게에게 직격했다!

고막을 뒤흔드는, 그뿐 아니라 곧장 뚫어서 파괴할 것 같은 기세를 쏟아 내며 소리가 아닌 충격파가 뒤늦게 덮쳐들었다.

끄아아앗! 귀 아파아아!

이게 뭔 일이래!

강화 로봇한테 쏴 날렸을 때보다 더 엄청난 굉음인데요?!

내 의문의 답은 곧 알 수 있었다.

성게, 건재.

거짓말이지, 인마?

미티어 탄환 얻어맞고도 무사하냐…….

방금 전 굉음의 정체는 성게가 미티어 탄을 막아서 난 소리였나.

보아하니 저 성게의 결계는 2층 구조구나.

미티어 탄환은 단순히 물리적인 내구력으로 막을 수 있는 공격이 아니다.

그렇다면 결계에 물리 공격을 막아주는 방어력이 더 딸려 있다고 생각하는 게 타당하다.

아마 2층 구조의 바깥에 항마술 결계를 쳐 놨고 그 안쪽에 물리 방어 결계를 쳐 놓았을 거라 짐작된다.

반대라면 구조상 항마술 결계가 물리 방어 결계를 지워버리니까.

마술에 의한 공격은 항마술 결계에 막히고 물리 공격은 물리 방어 결계에 막힌다.

얼마나 에너지를 무식하게 퍼먹여야 이딴 병기를 운용할 수 있는 거야…….

포티머스 자식, 이딴 무기를 위해 이 세계의 귀중한 에너지를 낭비하지 마라!

포티머스에게 불평을 늘어놓은들 해결되지 않는다는 것은 잘 아는데 그래도 쏘아붙이고 싶다!

끙…….

그나저나 이거, 어떻게 하지…….

2층 구조의 결계를 관통할 방법이 없다.

아니, 아주 불가능하진 않거든?

하지만 막상 실행하려면 나 역시 무시할 수 없는 양의 에너지를 소비해야 된단 말이야.

까놓고 말하자면 아깝다.

그러니까 다른 방법을 채택하겠습니다.

사실은 이거 별로 하고 싶지는 않은데…….

지금은 상황이 많이 급하니까.

미티어 탄환을 썼을 때 수단을 사용해야 할 시기를 잘못 판단하면 안 된다고 막 배운 참이다.

지금 사용을 망설이다가 성게가 마구 날뛰는 게 훨씬 안 좋아.

그러면 나도 비장의 수단 하나를 지금 써버리자!

눈을 뜬다.

눈동자에 힘을 집중.

그리고 성게를 시야에 포착한다.

폭식의 사안 발동!

이 사안은 신이 된 이후 개발했던 새로운 사안.

지닌 능력은 마왕의 폭식 스킬과 비슷하다.

그래서 굳이 폭식의 사안이라고 이름 붙였던 거야.

암튼 능력은 직접적인 에너지 강탈.

시야에 들어오는 마술을 에너지로 분해해서 흡수해버리는 사안.

성게에 탑재되어 있는 항마술 결계, 이것도 엄밀하게 말하면 마술의 일종에 속한다.

마술을 방해해서 지워 없애는 마술.

그게 항마술 결계의 정체.

그럼 마술을 지우는 마술, 그것을 지우는 마술을 개발해버리면 되잖아.

이때 주목했던 게 마왕의 대죄 스킬, 폭식.

폭식의 능력은 무엇이든 죄다 에너지로 변환해서 먹어 치우는 것.

먼저 원리를 해명한 뒤 에너지로 변환하는 대상을 마술로 한정 짓도록 개조한 게 폭식의 사안이다.

내가 규리규리 퇴치 목적으로 개발한 비장의 수단 중 하나.

그렇기에 더더욱 규리규리한테는 보여주고 싶지 않았는데 말이야.

아무튼 진짜 신 규리규리를 퇴치할 목적으로 개발했던 만큼 폭식의 사안의 효과는 절대적이다.

잘만 써먹던 항마술 결계를 내 폭식의 사안에 잡아먹히고, 안쪽에 있는 물리 방어 결계도 잡아먹히고, 그뿐 아니라 부유하기 위해서 쓰는 마술마저 잡아먹힌 성게가 지상으로 떨어졌다.

거기에서 대기하고 있는 퀸.

성게도 포탄을 발사하며 저항했지만 지상에 떨어진 데다가 결계도 사라진 성게에게 승산은 없다.

퀸의 거대한 엄니가 강철 성게를 꿰뚫어 고철로 바꿔 놓았다.

이겼다.

그렇게 생각한 순간, 성게가 폭발했다.

그 폭발을 제로 거리에서 싹 뒤집어쓴 퀸.

상반신이 죄다 날아가며 남은 하반신이 힘없이 지면으로 나자빠진다.

제길!

최후의 최후에 자폭이야? 한 방 먹었네.

뭐, 퀸을 비롯한 타라텍트 군단이 전멸한 것은 뼈아프지만 반대로 말하자면 재네들끼리 엘프의 최종 병기를 파괴한 셈이잖아.

필요 경비로 생각하고 납득할 수밖에 없네.

그런 생각을 떠올리던 내 시야에, 공중에 떠오르는 성게의 모습이 비쳤다.

게다가 엄청나게 잔뜩.

…………뭐?

어라?

응?

응응?

응응응응응응응응?!

잠깐~ 기다려봐!

잠깐, 잠깐, 잠깐만?!

어어?!

성게 재 하나만 있는 게 아니었어?!

게다가, 왜 이리 많아?

쓱 봐도 백 대를 넘는 성게가 떠올라 있는데요?

심지어 뭔가 중심에는 성게보다 훨씬 커다란 정삼각추 모양의 물체가 떠올라 있는데.

설마 성게는 최종 병기가 아니라 단지 양산형 병기였어?

그러면 저기 중앙에 있는 삼각추가 진짜로 최종 병기야?

로봇 때도 그렇고, 강화 로봇 때도 그렇고…….

또 이런 패턴이냐!

제길!

단장 할아범과 요녀 같은 유녀들

"졸~병, 졸~병."

……어째서 내가 거미에 탄 여섯 팔 여아에게 놀림을 당해야 하나?

진정하자.

어찌하다 이렇게 됐나 처음부터 다시 떠올려보자꾸나.

나의 이름은 로난트.

출생은 음, 이런 얘기는 너무 많이 거슬러 올라간 겐가.

내가 이곳 엘프의 숲에 온 경위는 유고 왕자에게 명령을 받았기 때문이니라.

이래 봬도 제국의 필두 궁정 마도사이니 제국의 적자인 유고 왕자는 입장 때문에 거스를 수 없다.

마음은 전혀 내키지 않았거늘…….

그야 당연하잖은가.

마족과 한창 전쟁하는 와중에 느닷없이 엘프에게 선전 포고를 하고 침공한다는 게 너무나 이상하니까.

뭔가 음모가 있음이 분명하렷다.

다만 어떠한 속사정이 있든 나 개인에게 가능한 일이 도대체 무엇이겠는가.

인족 최강의 마술사라 칭송받는 입장이여도 불가능한 일이 더 많다.

그래서 이렇듯 명령받은 대로 엘프와의 전쟁에 몸을 던지지 않았던가…….

도중까지는 괜찮았지.

나는 유고 왕자와 다른 부대를 맡아 다른 길로 진군하게 되었다.

웬 요행인가 싶어서 신중하게 진군하는 척 시늉만 할 뿐 실제 이동은 늦추었지.

이딴 영문도 모를 전쟁을 위해 목숨을 내거는 게 무슨 어리석은 짓이냐는 말이지.

하나 적과 맞붙는다면 싸움을 피할 수 없는 데다가 나로서도 한 번쯤 엘프와 싸워보고 싶은 마음은 있었지.

엘프로 말하자면 마법 실력이 뛰어나다는 소문이 자자하니.

나 또한 인족 최강의 마법사라는 말을 듣는 입장인 터라 엘프와 곧잘 비교를 당했다네.

엘프족 최강의 마법사와 본인, 과연 누가 더 뛰어나겠느냐고 말이지.

공교롭게도 엘프족 최강의 마술사라는 녀석이 대체 누구인지를 모르고, 엘프 자체가 사람들 앞에서 마법 실력을 선보이는 경우가 적은 까닭에 비교할 방법이 없었네만…….

나의 마법 실력이 엘프에게 얼마나 통할 것인가.

흥미가 있었음은 분명하구나.

……설마 내가 오히려 압도해버릴 줄이야.

엘프가 마법 실력이 뛰어나다는 말은 도대체 무엇이었나.

나의 마법에 의한 저격에 제대로 대처도 못 하는 판국이잖은가!

이래서야 나의 제자들이 더 우수하겠군.

소문 따위는 믿을 게 못 되는구나 싶어 낙담한 뒤 화풀이 비슷하게 엘프 녀석들을 대충 쓸어버린 게 잘못이었다.

깨달았을 때는 유고 왕자의 부대보다 더욱 앞선 곳에 있었다.

허허, 참, 깜빡 실수를 했다니까!

그 실수 때문에 이런 처지가 될 줄이야…….

엘프에게 막 맥이 빠지는 기분을 맛본 내 앞에 기괴하고 거대한 금속 갑옷을 입은 골렘 비슷한 적이 나타나서 막아섰더랬지.

골렘이란 흙이나 바위로 만든 인간형의 마물이지만 내가 목격한 것은 여타의 사례와 달리 금속으로 만들어진 놈이었구나.

골렘 비슷하다고 말은 했어도 명백하게 다른 부류에 속했지.

엘프가 펼쳐 놓은 결계 안쪽에 있다는 것은 즉 야생의 마물이 아닌 엘프가 사역하고 있는 병력이 아니겠는가 생각도 들었고.

이때 감정을 시도했던 게 나의 운명을 판가름했군.

『감정 불가능』.

"전군 후퇴하여라!"

저 표시를 본 순간, 나는 후퇴 지시를 내렸다.

나는 이제껏 감정이 통하지 않는 경우를 손꼽을 정도만 겪었다.

애당초 감정 스킬이 레벨 10인 내게 감정이 불가능한 대상이 있다는 게 대체 웬 말이더냐.

그러한 예외이기 때문인가, 감정 불가능한 대상은 하나같이 나의 능력으로는 감당하지 못할 아득한 강자임을 예측할 수 있다.

아울러 나의 예측을 뒷받침하듯 금속 골렘이 대롱 비슷한 물체를 이쪽으로 겨누더니 뭔가를 발사했다.

나는 최대한의 경계 태세에 돌입했던 터라 회피가 늦지 않았다.

그럼에도 충격에 날려 가버렸지.

다만 나의 바로 뒤쪽에 있던 부하들은 무사하지 못했다.

나의 부하들이 터져서 피를 퍼뜨리며 날아간다.

그야말로 터진다는 단어가 딱 들어맞는 광경이었구나.

부하들의 손발이 날아가고 몸체에 구멍이 난다.

눈에 보이지도 않는 수수께끼의 무엇인가가 통과해서 갈 때마다 부하들이 무참하게 죽음을 맞이했다.

나는 즉각 금속 골렘을 향해 마법을 발사했다.

위력에 일절 사정을 두지 않는다.

한데 내가 발사한 화염의 화살을 금속 골렘은 쓱 회피해 냈다.

흥. 역시나.

저 금속 골렘, 내가 예상한 대로 만만하게 볼 상대가 아니로구나.

나 이외에는 상대가 안 된다.

내가 최후미를 지키며 부하 녀석들이 도망칠 시간을 벌어줄 수밖에 없나.

마법을 구축.

그분과 만난 이후 나의 생애를 바쳐 일심으로 연마해왔던 마법의 기초.

기초이자 오의.

만들어 낸 불꽃 화살은 수십.

그것들 전부를 제어하며 날린다.

고속으로 날아가는 불꽃의 화살.

그러나 금속 골렘은 절반 이상을 회피했다.

또한 직격한 나머지는 대미지를 입히지 못한 듯싶군.

모양새만 갑옷과 닮은 게 아니라 방어력도 높아 보인다.

더욱이 고속으로 움직이는 기동력.

수수께끼의 원거리 공격.

강하도다.

언젠가 과거에 엘로 대미궁에서 마주쳤던 지룡을 방불케 하는 강력함이구나.

식은땀이 등을 흐른다.

그러나 내가 마법을 쏟아부음으로써 약간이나마 시간은 끌었다.

살아남은 부하들은 일제히 도망치기 시작했군.

그렇다 한들 저 금속 골렘의 빠른 속도라면 따라잡기는 아주 금방일 테다.

단지 시간만 끌어서는 안 되느니라.

내가 당하게 되더라도 하다못해 다리 하나 정도는 가져가줘야겠구나.

전이.

금속 골렘의 배후로 돌아들었다.

곧장 마법을 구축.

금속 골렘의 발치를 얼린다.

그리고 추가 타격을 위한 바람 마법의 충격파.

얼어붙은 금속 골렘의 다리가 절반 부서졌다.

그럼에도 절반.

그러나 절반.

이제 기동력은 꽤 떨어졌을 테지.

금속 골렘의 팔이 관절의 움직임을 무시한 채 뒤를 향했다.

흠칫 놀란 순간, 땅을 박차고 옆으로 뛰었다.

제대로 된 생물이 아니라서 관절 따위야 아무렇게나 마구 움직이는구나.

뻔한 수법을 직접 볼 때까지 알아차리지 못했다.

그 대가는 오른팔과 두 다리.

제대로 피할 수 없었다.

아무튼 가만 당해주지는 않는다.

고통을 견디며 마법을 구축.

금속 골렘이 다시 나에게 대롱을 겨누기 전에 마법을 완성시킨다.

옥염 마법 레벨 4, 양염(陽炎).

주먹만 한 크기의 작은 불 구슬.

그것이 금속 골렘의 몸에 적중했다.

효과는 일순간.

하나 불꽃은 모든 것을 불사른다.

양염은 막대한 불꽃의 힘을 자그맣게 응축하는 마법이니라.

나의 첫째가는 특기, 불 마법 중 현재 상황에 사용 가능한 최강의 마법일지니.

저 대단한 금속 골렘도 양염 앞에서는 굳건한 몸이 불타오르다가 녹아내리며 철저하게 파괴되었다.

해치웠도다.

히죽 떠올리는 웃음은 다음 순간에 곧 굳어졌다.

시야에 똑같은 금속 골렘이 몇 대나 움직이는 것이 보였다.

……나의 운명도 여기까지인가.

슬슬 체념이 솟구치던 때, 네 개의 그림자가 내려앉더니 금속 골렘에게 덮쳐들었다.

그리고 눈 깜짝할 사이에 금속 골렘 놈들을 파괴해버리는 게 아닌가.

곧이어 개중 한 사람이 나를 돌아본다.

놀랍게도 거미에 탄 여아였다.

“졸~병, 졸~병.”

왜 놀리는 게냐…….

음.

처음부터 다시 떠올려봐도 영문을 모르겠군!

금속 골렘 놈들은 엘프가 사역하는 마물 비슷한 병력일 터인데, 그럼 저 여아들은 정체가 무엇이더냐?

팔이 여섯 개 달렸으니 인족은 아닐 터이고.

시험 삼아서 눈앞의 여아에게 감정을 걸어보았다.

그러나 여아는 퍼펫 타라텍트라는 종족임이 판명되었다.

역시 마물이었는가.

타라텍트라면 거미 마물이라 유명하지.

거미에 탄 모습을 보아 관계성은 명백하리라.

다만 더욱더 경악하게 된 까닭은 저 여아가 피엘이라는 이름을 갖고 있었다는 사실이다.

네임드 몬스터.

지성을 갖춘 강대한 마물의 부하 중 극히 드물게 존재한다고 알려져 있는 이름을 지닌 마물이니라.

이름을 가졌다는 것은 즉 더욱더 상위의 존재에게 이름을 하사받았다는 의미이다.

그러나 저 피엘이라는 녀석의 능력치는 과거에 내가 손을 쓸 엄두도 내지 못했던 지룡의 곱절 이상.

방금 전 금속 골렘이 지룡을 방불케 하는 강력한 적이었던 데 반해 피엘이라는 녀석은 골렘마저 아득히 상회하고 있다.

저런 강력한 마물을 복종시킨 존재가 있다.

도대체 얼마나 강한 힘의 소유자라는 말이더냐…….

뇌리에 스쳐 가는 것은 그분.

과거에 내가 엘로 대미궁에서 스스로의 미숙함을 깨달았던 계기가 된 미궁의 악몽이라 불리는 거미 마물.

이 녀석들도 거미와 관련이 있는 마물이다.

우연이라기에는 너무나 잘 들어맞는군.

설마, 진정으로……?

피엘이라는 녀석이 나를 쳐다본다.

어딘가 무기질적인 저 눈동자는 무엇을 생각하는가 판단이 안 서는군.

금속 골렘을 격파해주었을지언정 아군이라 단정은 못 한다.

애당초 나는 적대 행위라 받아들일 수 있는 감정을 걸기까지 했다.

이대로 베어 죽이려고 닥친들 불평은 못 늘어놓겠군.

……아까 놀리는 말을 한 것은 저 녀석이지만.

어찌 나오려는가? 경계를 늦추지 않던 나와 다르게 피엘이라는 녀석의 어깨를 다른 한 명의 여아가 두드린다.

그러고는 머리를 가로저었다.

……저 몸짓에서 입 밖에 소리 내지는 않았으나 「말은 가려서 하자……」라는 감정이 훤히 들여다보였다.

"……할아범?"

피엘이라는 녀석은 다른 한 명의 여아에게 주의를 받았기 때문인지 나를 부르는 호칭이 바뀌었다.

졸~병과 비교하면 많이 순화되었으나 저 표현은 단지 본 대로 감상을 꺼낸 게 아닌가?

"할아범……. 졸병……. 할병!"

"더했다?! 대체 왜 악화되는 게냐?!"

……어이구, 본인, 살짝 마음이 꺾일 듯하군.

어찌하여 일면식도 없는 데다가 비록 마물일지언정 외모는 여아인 녀석에게 놀림을 당하고, 동정이 안 되는 동정까지 받아야 한단 말이더냐?

내가 무언가 벌 받을 짓이라도 저질렀던가?

음, 나무들을 밀어 헤치며 재차 방금 전과 똑같은 금속 골렘이 몇 대 나타났다.

"큭!"

나는 곧바로 일어섰다.

방금 전 입은 상처는 슬쩍 치료 마법을 써서 고쳐 놓았다.

나의 실력으로는 금속 골렘 한 대만으로도 버거운 상대지만 바닥에 뒹군 채 당해줄 수는 없지 않겠는가.

나에게도 자부심이라는 게 있단 말이다!

"할~병……."

……무리하지 마라, 달래는 느낌으로 말을 건네는 피엘이라는 녀석.

"예끼! 나는 결단코 할병 따위가 아니다~!"

나에게도 자부심이라는 게 있단 말이다!!

마법을 구축!

선택한 것은 옥염 마법 레벨 1의 마법, 초토(焦土)!

넓은 범위의 지면을 화염으로 뒤덮는 범위 공격 마법이었다.

다만 범위는 넓을지언정 위력은 레벨 4의 마법 양염에 몹시 떨어진다.

금속 골렘에게 치명상을 주기는 어림없을 터.

그러나 이제부터 진짜 공격일지니!

곧바로 두 번째 마법을 구축!

선택한 것은 빙옥 마법 레벨 1의 마법, 동토(凍土)!

넓은 범위의 지면을 동결시키는 범위 공격 마법이니라.

옥염 마법에 의해 급격하게 가열된 금속 골렘 놈들에게 반대로 저온을 강제하는 빙옥 마법을 쏟아부으면 어찌 되는가?

급격하게 가열되었다가 급격하게 냉각된 물체는 무시무시할 만큼 물러진다.

초토에 견딘 금속 골렘 놈들도 곧장 발사된 동토에는 견디지 못했다.

금속 골렘 놈들은 몸체에 균열이 발생하며 허물어졌다.

"으핫하하! 어떠냐! 보았느냐!"

나는 여아들을 돌아보며 가슴을 쭉 폈다.

솔직히 말하자면 이런 수준의 마법을 연발하기는 나도 버거워서 한계 가까이 혹사당한 머리가 아팠고, MP가 급속도로 줄어서 현기증까지 나는 지경이다.

그러나 사내에게는 끝내 지켜야 할 집념이 있는 법!

“오~.”

여섯 개 팔로 박수를 치는 피엘이라는 녀석.

훗. 내가 졸병 따위가 아님은 이제 증명되었을 테지.

“할~병!”

“아니, 거 나는 절대로 할병이 아니라니까! 내게는 로난트라는 멋진 이름이 있느니라!”

피엘이라는 녀석과 말다툼하는 나를 쳐다보는 다른 여아들 셋.

그 녀석들의 눈 세 쌍을 인식한 순간, 나 같은 인물이 어른스럽지 못한 대응을 저질렀다는 데 생각이 미쳤다.

“졸~병?”

“어찌 또 반대로 돌아가느냐?!”

다만 잠깐의 멋쩍음은 피엘이라는 녀석이 다시 나를 졸병이라 부름으로써 싹 날아간다.

게다가 나의 고함을 듣고 들이닥친 듯 또다시 금속 골렘 놈들이 나타났다.

여아 녀석들이 또 나타난 금속 골렘과 싸우기 위해 무기를 들어 올리는군.

이미 나 따위 안중에 없다는 태도 아니더냐.

방금 전 커다란 기술을 연발하느라 MP는 불안하다.

더 이상 금속 골렘을 상대하기는 버거운 처지.

여기에 있는 여아들이 모두 피엘이라는 녀석과 동격이라면 나의 손을 빌리지 않더라도 금속 골렘 놈들을 상대할 수는 있을 것이다.

한데 이 상황에서 물러나도 되는 것인가?

졸병 소리를 들은 입장이거늘 고분고분 물러나란 말인가?

"에잇! 잘 지켜보거라! 나는 결단코 졸병이 아닐지니!"

나에게도 자부심이라는 게 있단 말이다!!

방금 전처럼 큰 기술은 더 이상 못 쓰겠지만 여아들의 엄호 정도는 가능할 테지!

내가 결단코 졸병이 아님을 몸소 증명해주마!

……어? 나는, 무엇을 하러 여기에 왔었더라?

王6 고독해지는 왕

"……사리엘에게, 할 이야기가 있다."

그날, 진지한 표정을 짓고 규리에가 찾아왔다.

돌이켜보면 이날부터 평온이 무너졌다.

"……드디어 고백하는 거야?"

"그런 분위기는 아니었던 것 같은데……."

두근두근하는 모습의 귀가 살짝 뾰족한 여자아이와 불안해하며 사리엘 님과 규리에가 들어간 방의 방향을 쳐다보는 녹색 피부의 남자아이.

사리엘 님은 규리에와 단둘이 이야기를 하고 있었다.

목소리가 새어 나와서 들리는 것도 아니라, 이때 두 사람이 어떤 대화를 나눴는지 나는 알지 못한다.

그래도 대강 내용은 예측할 수 있다.

왜냐하면 두 사람이 이야기를 나누는 동안 속보가 하나 나왔으니까.

『방송 도중입니다만 긴급 뉴스입니다.』

온종일 켜 놓던 텔레비전에서 흘러나오는 긴급 뉴스.

『용의 습격이 있었습니다.』

어딘가 당황한 듯한 캐스터의 낭독.

너무 단적이라서 뉴스로 전달하기에는 지나치게 정보가 적고 모자랐다.

그러나 자세한 정황은 자질구레한 문제이고 곧바로 전환된 영상에서 부족했던 정보가 전부 채워졌다.

한눈에 봐도 무엇이 어떻게 된 일인지 이해하는 데 충분한 내용이었다.

이해가 되어버리는 내용이었다.

휴대 전화로 서둘러 찍었는지 거친 영상.

화면 안쪽에 비치는 것은 대도시였던 지역의 잔해.

빌딩이 무너지고, 차가 나뭇잎처럼 하늘을 날고, 고가 도로가 뒤집어진다.

그리고 그 파괴의 와중에서 사람들은 너무나 작아 화면에 비치지도 않았다.

그러나 사람은 안 보이더라도 하늘을 날고 땅을 짓밟는 용의 군세는 저절로 눈에 들어왔다.

그리고 영상은 갑자기 부예지다가 뚝 끊어졌다.

"……이럴, 수가."

어느 틈인가 영상을 주시하던 우리의 뒤에 규리에가 망연자실하며 서 있었다.

옆쪽에는 사리엘 님도 계신다.

사리엘 님이 말없이 현관 방향으로 걸음을 뗐다.

"사리엘! 어디에, 가나?"

"당연히."

이렇다 할 문답도 없는 짤막한 대화.

그럼에도 규리에는 사리엘 님이 어디로 가려 하는지 깨달은 것 같았다.

나는 그때 텔레비전에서 흘러나온 영상의 충격 때문에 아직 사태를 다 이해하지 못했고 규리에와 사리엘 님의 대화에 담긴 의미도 알아차리지 못했다.

영상 속 광경이 너무나 현실과 동떨어졌던 탓에 진짜로 이 세상에서 일어난 사건이라는 것을 받아들일 수 없었다.

"사리엘……."

"막지 마십시오. 나는 당신을 적이라 판단하고 싶지 않습니다."

"……."

규리에가 사리엘 님께 내밀었던 손이 저 한마디에 어중간하게 멈췄다.

사리엘 님은 곧바로 돌아보지도 않은 채 떠나갔다.

"……내가 인질을 잡을 수 있다는 생각은 안 하는 건가. 그 정도의 신뢰는 있다는 의미인가."

규리에는 그대로 힘없이 비어 있는 의자에 걸터앉았다.

텔레비전에서는 줄곧 긴박한 분위기의 뉴스가 흘러나오고 있었다.

그 이후로 사리엘 님은 돌아오지 않았다.

텔레비전은 어느 채널이든 뉴스만 진행하며 내내 용 관련의 보도가 이루어졌다.

보도진도 취재를 제대로 할 수 없었는지 정보가 왔다 갔다 할 뿐 무엇이 진실인지는 알지 못한다.

현장 영상은 아예 최초의 생방송이 고작이었고, 그것도 우연히 현지에서 촬영을 하던 사람이 있었기에 거둔 결과였던 것 같다.

또한 촬영을 한 사람의 안부는 불명.

상황이 상황인 만큼 생존은 절망적이라고 생각된다.

규리에는 그날부터 고아원에 눌러앉았다.

당시에는 왜 규리에가 고아원에서 숙식을 하는지 이유를 잘 알 수 없었다.

다만 규리에 나름대로 사리엘 님께 의리를 지키려는 행동이었다는 것을 지금이라면 알 수 있다.

사리엘 님의 소중한 것, 이 고아원을 지키기 위해…….

그런 행동은 분명히 용에 대한 배반이었다.

규리에에게 있어 무거운 결단이었을 텐데도 딱히 부담을 느끼지 않게, 사리엘 님의 귀가를 기다리는 우리가 불안을 덜 수 있도록 다정하게 대해주었다.

하루, 이틀, 일주일, 한 달…….

우리는 사리엘 님의 귀가를 기다렸다.

고아원의 식구들은 사리엘 님을 제외하고 전원이 돌아와서 함께 있었다.

연예계에 발을 들였던 남자아이도 억지로 휴가 처리를 하고 여기에 왔다.

"연예계도 지금 활동을 할 때가 아니잖아. 개점휴업 상태라서 휴가 내는 것도 간단하더라."

말은 시원스러웠는데 어디까지 진심인지는 알 수 없었다.

그러나 저 남자애 나름대로 고아원의 안부를 걱정해서 돌아왔다는 것은 느껴졌다.

우리가 할 수 있었던 것은 사리엘 님이 무사히 돌아오기를 바라는 기도뿐이었다.

하지만…….

사리엘 님이 고아원에 돌아오는 날은 끝끝내 오지 않았다…….

그로부터 머지않아서 용의 습격은 멈췄다.

사리엘 님이 용과 싸워서 물리쳤다는 사실을 나는 뉴스에 나온 뒤에야 알았다.

어떤 방법을 써서 촬영했는지 알 수 없지만, 용과 싸우는 사리엘 님의 모습을 찍은 영상이 뉴스에서 흘러나왔다.

영상은 단 하나뿐이었는지 뉴스에서는 같은 영상만 자꾸 방송됐고 해설자는 사리엘 님을 절찬했다.

개중에는 합성을 의심하는 목소리도 있었으나 용이라는, 인간은 어떻게 할 방법이 없는 위협이 격퇴되었다는 사실은 뒤집어지지 않는다.

더욱이 많은 국가의 정부에서 공식적으로 사리엘 님의 공적을 칭송했기에 트집을 잡는 목소리는 점점 사라졌다.

그러나 용을 물리친 기쁨으로 세계가 들끓지는 않았다.

용이 격퇴되는 때와 거의 동시에 전 세계에서 이상 기후가 발생했기 때문이다.

그것을 이상 기후라고 불러도 되는지 모른다.

이상 기후라는 한 마디로 표현하기에는 변화가 너무 지나치게 현저하고 격했다.

대지가 갈라졌고, 바다가 말라붙었고, 하늘은 푸른색을 잃었다.

마치 이 세상에 종말이 온 것 같았다.

온 것 같았던 게 아니라 사실은 진짜 세상의 종말이었다.

『더즈톨디아 더스틴 대통령의 기자 회견이 곧 시작됩니다. 현지에서 중계해드립니다.』

『반갑네, 제군. 일단 본론부터, 먼저 용의 습격에 관해 이쪽에서 파악한 정보를 모두 설명하겠네. 용에게 습격당했던 지역, 국가는 너무 방대해서 일일이 이름을 다 열거하자면 끝이 없으니 생략하도록 하지. 우리나라의 군대가 현지에 진입했지만 피해 상황의 전모는 아직껏 다 파악되지 않았네. 또한 용의 서식권에 위력 정찰도 수행했는데 용의 모습은 발견되지 않았지. 용이 어디로 사라졌는지는 여전히 조사 중이지만 현지에서는 아득한 상공으로 사라져 가는 복수의 빛을 목격했다는 이야기가 나왔네. 용들은 우주로 떠나간 것이 아닌가 추측되는 상황이군.』

『정숙하게! 용이 습격을 한 이유 말이네만, 거듭되었던 충고를 듣지 않았다는 것이 발단이었다고 추측되네. MA 에너지의 사용 중지와 관련된 문제다. 용의 주장은 쭉 일관되게 MA 에너지란 별의 생명력이며 억지로 꺼내 쓴다면 별이 쇠약해진다는 것. 따라서 몇 번이고 MA 에너지의 사용을 중지하라 요구했었는데, 모두 알겠지만 많은 국가는 MA 에너지의 사용을 장려하며 저런 경고를 부정해왔네.』

『정숙하게! 나는 지금 특정 국가를 비판하자는 게 아닐세! 확인된 사실을 설명할 뿐! 그래! 맞고말고! 용이 사라진 이후 이 이상 사태는 MA 에너지를 남용했기 때문에 별이 쇠약, 아니! 붕괴로 향하고 있기 때문이다!』

더즈톨디아 더스틴 대통령의 회견은 여기부터 엉망진창이 됐다.

욕설이 난무하고 기자들 중 대통령에게 덤벼드는 사람도 나타나서 경비원에게 제압당하는 등 회견장이 폭동의 현장으로 전락하는 꼴이었다.

중계는 경비원들에게 보호를 받아 퇴장하는 대통령의 뒷모습을 마지막으로 보여주며 중단됐다.

많은 사람들은 회견에서 나온 내용을 차마 인정할 수 없었을 것이다.

왜냐하면 많은 국가가 MA 에너지의 혜택을 누렸으니까.

예외는 더스틴 대통령이 통치하는 더즈톨디아 등 소수인데 그런 나라에서도 밀매라는 형태로 MA 에너지는 은밀히 사용되었기에 완전하게 단속이 이루어지지는 못했었다.

또한 MA 에너지의 사용을 금지한 나라에서도 사용을 장려하던 나라와 무역을 아예 중지할 수는 없었다.

무역으로 수입되는 제품의 생산에는 MA 에너지가 사용되었다.

즉 크든 작든 사람들은 MA 에너지의 혜택을 받고 있었다.

우리 고아원도 건설된 곳이 더즈톨디아라서 MA 에너지의 사용은 금지되었지만, 저런 수입품 등 간접적인 혜택은 적게나마 분명히 받고 있었다.

용은 갑작스럽게 흉행을 저질렀던 것이 아니다.

죄는 오히려 인간에게 있다.

다만 분명한 사실이라도 순순히 인정하는 인간은 많지 않았다.

더스틴 대통령이 회견 때 설명했던 내용은 엉터리라며 비난하는 논조의 회견이 다른 국가에서 다수 진행되었다.

혹은 어디어디 국가가 잘못했다, 오로지 용이 잘못했다 등등 책임을 서로 떠넘긴다거나.

아무튼 인정하든 인정하지 않든 세계가 멸망을 향해 나아가고 있는 현실을 막을 방법은 없었다.

사람들이 현 상황에서 눈을 돌리거나 책임을 서로 떠넘기는 동안에도 세계가 끝날 순간은 시시각각 가까워졌다.

치안이 악화됐다.

아니, 고작 악화라는 안이한 표현으로 다 설명할 수는 없다.

세계가 곧 멸망할 것을 실감했던 사람들의 행동은 대체로 나쁜 방향을 향한 폭주였다.

얼마 안 남은 시간을 내키는 대로 아무렇게나 보내고자 했던 사람들이 전 세계를 무법 상태로 만들어버렸다.

폭동, 상해, 절도, 자살…….

저런 폭주를 단속해야 할 경찰마저도 소동에 가담하는 불상사가 발생했다고 한다.

고아원의 주변도 평온하다고 말하기는 어려웠다.

사람은 무엇인가 안 좋은 일이 벌어지면 그것을 다른 누군가의 책임인 양 몰아붙이고 싶어 한다던가.

우리 고아원의 키메라는 저런 감정을 쏟아붓는 데 절호의 표적이었나 보다.

「저 자식들이 있기 때문이다」, 「저 자식들만 없었다면」.

이때 근거는 딱히 필요하지 않다.

오직 자신들과 다르다는 이유 하나로 불길함을 토로하고 자신의 폭력을 정당화하고자 했다.

다행히 사람들이 잔뜩 폭도로 화해 들이닥치는 사태는 일어나지 않았다.

그러나 돌이 날아든다거나 총탄이 박히는 경우는 몇 번이나 있었다.

직접 들이닥치지 않았던 까닭은 사람들의 마음 구석에 우리 키메라에 대한 공포가 적잖이 있었으리라는 것과, 사리엘 님의 존재가 제동 장치의 역할을 했기 때문이었을 듯싶다.

사리엘 님이 용을 물리쳤다는 게 널리 알려졌고 여기 고아원은 사리엘 님이 직접 운영하는 곳이라는 사실도 주변 주민들은 잘 알았다.

따라서 사리엘 님께 감사하는 선량한 사람은 고아원에 화풀이를 할 생각이 아예 없었을 것이다.

그럼에도 총탄이 박혔던 것은 세상에는 선량한 사람만 있지는 않다는 증거일 테지.

이런 때 의지할 수 있는 규리에는 유감스럽게도 용의 습격이 사리엘 님에 의해서 격퇴되었다는 보도가 나왔을 즈음 자취를 감춰버리고 말았다.

가장 중요할 때 있어주지 않는다고 당시는 토라졌었는데, 규리에는 그때 필사적으로 사리엘 님을 구하기 위해 분주히 돌아다녔다는 것을 나중에 알았다.

나는 나중이 되어서야 아는 게 너무나 많다.

당시의 나는 매사에 마냥 무력하고 무지했던 단순한 짐덩이에 불과했다…….

어쨌든 간에 규리에의 도움은 바랄 수 없었다.

우리는 고아원에서 농성하며 어떻게든 버틸 수 있었지만 상황이 정 급박해지면 치고 나가는 방법도 검토했다.

하지만 어디까지나 상대를 물리치기 위한 목적이 아니라 우리가 도주하기 위한 계획이다.

나 같은 일부를 제외하고 키메라의 능력은 무척 뛰어났다.

혹시 상대가 무장했더라도 정면 돌파로 도망치는 정도는 가능하다고 자신했다.

그때 다 같이 탑승할 대형 차량도 있었다.

용 습격 사건 이후에 귀성했던 한 친구가 타고 온 차량이다.

무엇 때문에 저렇게 큼지막한 차로 돌아왔냐고 어이없어했는데 이런 사태가 벌어지리라는 것을 상정한 선택이었는지도 모르겠다.

선견지명이었던 셈이네.

어이없어했던 자신이 느낀 부끄러움을 지금도 잘 기억하고 있다.

그렇게 어딘가 긴장감을 품은 나날이 지나갔다.

언제 깨질지는 알 수 없었다.

바깥의 주민들도 발단이 될 수 있었고, 우리들 중 누군가도 발단이 될 수 있었고, 어쩌면 세계 자체가 먼저 무너질지도 몰랐다.

그러나 그렇게 되기 이전에 사태는 움직였다.

"사리엘 님을 만나러 갈 거야."

고아원 안에서 나의 다음으로 건강이 안 좋았던 남자아이가 어느 날 갑자기 그런 소리를 꺼냈다.

그 아이는 체질적으로 잠을 못 잤다.

그 때문에 눈 밑에는 항상 큼지막하고 거뭇한 자국이 눈에 띄었고 패기가 없이 지친 모습을 하고 다녔다.

그런데도 뇌 내에서 분비되는 성분이 특수하기 때문에 항상 뭔가를 하지 않으면 진정이 안 된다고 했지.

본인은 늘 「아무것도 하기 싫어」라고 말하는데도 뭔가를 쭉 하지 않으면 못 버티는 체질이었다.

평소에는 방에 틀어박혀서 뭔가를 하던 아이가 나가겠다고 말하는 것은 별일이었다.

그뿐 아니라 아마도 이게 처음이었을 것이다.

평소에는 죽은 물고기 같은 눈빛을 하고 다녔는데 이때만큼은 어쩐지 눈에 형형한 빛이 있었다.

그 분위기에 압도된 사람이 나 혼자는 아니었는지 그 아이의 말대로 고아원 식구 전부가 대형 차량에 올라타서 떠나기로 했다.

시간이 없기 때문에 자세한 설명은 이동 중 하겠다면서…….

여차할 때 탈출하기 위한 수단이었던 대형 차량은 습격을 받는 일 없이 평화롭게 발진했다.

도중에 이야기할 시간은 잔뜩 있었다.

더즈톨디아는 대륙 하나가 하나의 국가로 뭉쳐 있었다.

넓이도 광대해서 덕분에 이동하는 데 걸리는 시간은 길었고 그만큼 이야기할 시간도 잔뜩 있었다.

그러나 설명에 필요했던 시간은 막상 적었다.

도중에 듣게 된 설명은 단적으로 말하면「사리엘 님은 이 궁지를 벗어나기 위해 자신의 몸을 희생하려고 한다」라는 짤막하고 단순한 내용이었다.

이때 사리엘 님의 행동 이유나 어떤 방법으로 완수하려는가 등 여러 설명을 들었지만 고아원 식구들에게 중요한 것은 그런 게 아니었다.

사리엘 님이 스스로의 몸을 희생하고자 한다는 사실 하나뿐이다.

어째서 그 아이가 이런 사정을 알게 되었는지도 별로 중요시되지는 않았다.

방에 틀어박힌 채 수상쩍은 활동을 한다는 것은 다들 알았고 분명 이래저래 수상쩍은 루트를 뒤져 가면서 정보를 확보했을 테니까.

또한 설명에 필요했던 시간은 적었는데 그 후 차내에서 나눈 대화는 길게, 무척이나 길게 이어졌다.

"사리엘 님을 말려야 해."

"말려서, 어떻게 할 거야?"

마음은 모두가 같은 뜻이었다.

사리엘 님이 희생하게 두고 싶지는 않다.

하지만 그렇게 하지 않으면 이 세계는 멸망한다.

"당장 자기가 살아야 하니까 사리엘 님이 희생하란 소리냐?!"

"그런 말이 아니야! 이건 사리엘 님 스스로 결정한 길이잖아?! 그런데도 막을 자격이 우리한테 있는 거냐?!"

시끌벅적.

나는 어차피 오래 살지는 못하리라 체념했었던 처지다.

조금 죽는 시기가 빨라졌지만 미리 각오도 할 수 있었다.

……나 하나만 생각한다면.

나는 괜찮다.

다만 고아원의 식구들까지 죽어버린다면?

그것을 막을 방법이 있다면?

나는 모두가 살아주기를 바랐다.

그리고 사리엘 님도 똑같은 마음이 아니었을까, 그렇게 생각하면 사리엘 님을 막는 게 옳다는 생각이 들지 않아서…….

그러나 하필 사리엘 님이 희생한다는 것을 허용할 수가 없어서…….

다들 나와 머릿속에 있는 생각은 비슷했던 것 같다.

결국 올바른 정답은 존재하지 않는다.

따라서 의견이 갈라지고 어느 쪽의 주장도 다 틀리지는 않기에 이야기는 평행선을 그었다.

"에잇, 꼬맹이들아! 꼴사납게 떠들지 좀 마라!"

원장님의 일갈에 소란이 멎었다.

"여기서 이러쿵저러쿵 말할 바에는 아예 사리엘 님 본인에게 직접 쏟아내버려!"

원장님의 말이 맞았다.

우리는 결국 아무런 힘도 없는 아이라서 이래저래 떠들어 봤자 무엇 하나 달라지는 것이 없었다.

원장님의 일갈 덕분에 떠들썩했던 소리가 멎은 뒤 이후에는 차내가 살짝 섬뜩할 만큼 고요해졌다.

그럼에도 아직은 이동 시간이 한참 남아서 결국은 더 견디지 못하고 띄엄띄엄 말소리가 나오기 시작했다.

두서없는 잡담부터 앞으로 어떻게 될까 걱정하는 이야기도…….

이것저것 이야기했던 것 같은데 내용은 잘 떠오르지 않는다.

분명 이야기 나누면서도 머릿속으로는 이런저런 생각이 마구 뒤섞였던 탓이 아니었을까.

그렇게 막 뒤섞이도록 떠올렸던 생각의 내용도 기억나지 않아.

머릿속에서 잘 정리할 수가 없는 상황이었으니까 당연한 결과인지도 모르겠지만…….

다만 마구 뒤섞였던 갖가지 생각 중 유일하게 기억하는 것이 있다.

그것은 사리엘 님을 만나면 손수건을 건네드리자는 마음이었다.

이런저런 사건이 터지는 통에 자수를 놓고 완성하는 게 늦어졌지만, 마침내 고아원의 식구 모두에게 줄 손수건이 전부 다 만들어졌다.

이후 어떻게 상황이 뒤바뀔지 알 수 없어도, 사리엘 님께 손수건을 건네드릴 기회는 다음에 만날 때를 제외하면 더는 없을 것이라 예감했었다.

나의 예감은 맞아떨어졌다.

도착했던 곳은 더즈톨디아의 정치적 중심지라 말할 수 있는 장소.

대통령부.

어떤 수단을 썼는지 알지 못하지만 일반인은 분명 들어갈 수 없는 곳인데 우리는 입장을 허락받았다.

어떻게 대통령부의 사람에게 교섭을 성공시켰는지 상세 과정은 지금까지도 수수께끼다.

그러나 사리엘 님과 면회를 할 수 있다는 것이 우리에게는 반가운 오산이었었던 터라 사소한 문제이겠다.

그렇게 우리는 사리엘 님과 면회를 할 수 있었다.

"잘 지냈나 봐요, 다행입니다."

오랜만에 만난 사리엘 님의 첫 번째 말이었다.

우리가 대체 얼마나 걱정했었는지 전혀 개의치 않는 생뚱맞은 말투는 몹시 사리엘 님다웠다.

그 이후 우리는 시간이 허락하는 한 사리엘 님과 이야기했다.

생각을 고치도록 사리엘 님을 말려보기도 했다.

그러나 사리엘 님의 의사는 견고했다.

"그것이 나의 사명이니까요."

뭐라 설득해도 마지막에는 저 말에 막혀야 했고 사리엘 님의 의사를 뒤집기는 결국 불가능했다.

어떤 말로도 사리엘 님의 의사를 뒤집기가 불가능함을 깨달은 뒤 자연히 화제는 추억 이야기로 바뀌어 갔다.

보호된 직후 잠들지 못하는 밤에 다 같이 가까이 붙어서 사리엘 님이 책을 읽어주었던 것.

포티머스의 실험으로 트라우마가 생긴 아이가 옛 기억을 떠올리며 덜덜거리자, 떨림이 가라앉을 때까지 사리엘 님이 줄곧 꼭 안아주며 머리를 다정하게 쓰다듬어주었던 것.

학교를 다닐 수 없었던 우리에게 사리엘 님이 교사처럼 수업을 해주었던 것.

저녁 식사 때 싫어하는 음식이 나와서 몰래 옆자리 아이에게 떠넘기려다가 사리엘 님께 들켜서 「편식은 안 됩니다」라며 억지로 입속에 집어넣어야 했던 것. 덧붙이자면 그 아이는 편식하던 음식이 더욱 싫어져버렸다는 결말을 맞이했다.

여자애들 치마를 들추는 것이 남자들 사이에서 유행했을 때 사리엘 님이 남자들의 바지를 전부 몰수해버리는 바람에 남자들은 팬티 한 장만 입고 하루를 보내야 했던 것. 그 이후 치마 들추기는 사라졌다.

유소년기를 지나 사춘기에 접어들려고 하던 시기, 우리에게 보건체육 수업이라는 명목으로 부끄러움도 없이 성인 비디오를 보여주었던 것. 담담하게 남녀의 성교에 대해 해설하는 사리엘 님과 「애들한테 대체 뭘 보여주시는 거예요?!」라며 허둥지둥 수업 중 방에 돌격했던 원장님. 그 후 사리엘 님은 원장님에게 긴 설교를 당했다.

우리는 생일을 알지 못하기 때문에 고아원의 개설일을 모두의 생일로 결정했다. 그날은 다 같이 성대하게 축하 자리를 가졌다. 사리엘 님은 한 사람 한 사람에게 선물을 주었다.

연애라거나 인간관계 문제를 상담했던 대상은 사리엘 님이 아니라 원장님이었다. 왜냐면 저런 부분에서 사리엘 님은 도움이 안 됐으니까. 그래도 사리엘 님은 상담을 안 하러 온다는 것에서 살짝 풀이 죽은 듯 보였다.

좋은 추억이 있으면 부끄러운 추억도 있고 괴로운 추억도 있다.

그래도 추억 이야깃거리는 절대 바닥나지 않았다.

우리의 인생에는 줄곧 사리엘 님이 있었다.

포티머스의 실험 시설에서 우리를 구출하여 실험동물이 아닌 인간으로 만들어준 은인은 다른 누구도 아닌 사리엘 님이었다.

사리엘 님과 쌓았던 추억을 이야기하는 시간은 우리 모두의 인생을 돌이켜보자는 것과 거의 같은 뜻이었다.

그렇기에 이야깃거리가 바닥날 리 없었다.

"슬슬, 시간이 됐습니다."

그리고 마지막 시간이 왔다.

이별의 때가 왔다.

"사리엘 님, 이거."

그래서 나는 마지막 기회가 될 이때에 손수건을 나눠 줬다.

사리엘 님께 먼저 드리고 그 자리에서 고아원 식구들에게 차례차례.

고아원의 식구 모두가 똑같이 나의 손수건을 가져줌으로써 우리는 언제나 당신과 함께하겠다는 마음이 전달되어주기를 바라며…….

내 마음이 과연 전해졌는지는 알 수 없었다.

사리엘 님은 사람의 마음에 대해서는 무지하니까.

그럼에도, 전해졌으리라 믿으며…….

"다들. 행복하게 살아주세요. 그저, 평온하게."

마지막으로 사리엘 님이 남겼던 말이다.

당신이 없는데 행복해질 수 있을까?

그렇게 생각했던 건 분명 나만은 아니었을 거야.

가지 말라고 붙들고 싶어 했었던 건 분명 나만은 아니었을 거야.

그래도 사리엘 님은 고개 돌리지 않고 떠나가버렸다.

사리엘 님이 떠나간 뒤 모습이 완전히 안 보이게 되었을 때 누가 먼저였는지 모르지만 모두가 울기 시작했다.

어쩌면 가장 먼저 울기 시작했던 건 나였을지도 모른다.
다른 누군가였을지도 모른다.
아무튼 구별을 할 수 없었을 만큼 다 같이 엉엉 아이처럼 울었다.
단지 무작정 울고 울었다.

『들리는가? 인간들이여.』
울고 울던 우리의 머릿속에 직접 말을 건네는 듯한 목소리가 들려왔다.
그것은 익숙하게 들었던 규리에의 목소리였다.
『나의 이름은 규리에디스트디에스. 이미 알아차린 부류가 있을지도 모르겠지만, 지금 이 순간, 세계는 변화했다.』
세상모른 채 울고불고하던 우리는 알지 못했는데 아마도 그 순간 세계가 변질됐었나 보다.
『이제부터 이 별은 시스템의 관리하에 놓인다. 나는 관리자가 되었음을 알린다.』
그래, 이 순간, 시스템이 구축되었다.
『다들 알다시피 인간의 어리석은 행동 때문에 이 별의 생명은 끝을 맞이하기 직전이다.』
다만 저 말이 어떠한 의미를 가지는지 이때 우리는 알 도리가 없었다.
『그 대책으로 사리엘을 희생시켜서 별의 생명을 회복시키고자 했다. 스스로 초래했던 위기인데 타인의 목숨을 써서 해결하려고 한 것이다.』

우리는 줄곧 대형 차량으로 이동을 하던 처지여서 알지 못했었지만 더스틴 대통령은 사리엘 님을 희생시켜서 별을 되살리겠다는 발표를 진행했었다고 한다.

그리고 그날이 바로 실행일이었다.

이것은 나중이 되어서야 안 사실이지만 더스틴 대통령은 우리를 사리엘 님의 최후에 입회시키기를 꺼려했다.

더스틴 대통령도 우리에게 사리엘 님을 배웅할 마지막 기회를 줘야 하는가 상당히 고민했었다는데, 아이들인 우리에게 부모 대신이었던 사리엘 님의 임종을 보여주는 것은 잔인하다는 판단을 최종적으로 내렸다고 했다.

『인간이 범한 죗값은 인간이 치르는 것이 마땅하다고 생각하지 않나?』

그러나 이때까지 그런 사정을 몰랐던 우리들은 어째서 규리에의 목소리가 머릿속에 들리는 걸까, 하고 오로지 신기하게 느꼈다.

『따라서 우리는 너희 인간에게 기회를 내려주기로 했다. 이 별을 뒤덮은 시스템은 속죄를 위한 술식이다.』

다만 규리에의 이야기를 듣는 동안에 점점 이유를 알 수 있었다.

『너희 인간은 싸워야 한다. 그럼으로써 혼의 에너지를 불릴 수 있도록 여건을 갖춰주었다. 너희는 싸우고 승리하여 에너지를 불리는 장치가 되어주어야 한다. 그리고 죽음을 맞이했을 때 축적된 에너지를 회수해서 별의 재생에 보태겠다.』

그것은 시스템의 목적에 대한 설명.

『단, 죽어서 끝나기를 바라지는 마라. 너희는 시스템의 안에 있는 한 끝없이 이 별에서 윤회전생이 이루어지도록 속박되었다. 죽는다면 또 언젠가 이 별에서 탄생할 테고, 아울러 또 싸워서 에너지를 벌어들여야 한다.』

싸우다가 죽어서 다시 태어난 뒤에 또 싸우다가 죽고…….

울다가 지친 우리에게는 저 지옥과 같은 시스템의 설명도 좀처럼 머릿속에 들어오질 않았다.

『지금 이 별은 사리엘의 힘 덕분에 붕괴를 모면했을 뿐이다. 너희가 손수 제물로 바치고자 했던 사리엘을 구출하여라. 사리엘에게 하려던 짓을 너희가 직접 할 뿐이다. 간단하지 않나?』

그러나 사리엘 님을 구출하라는 한 마디만큼은 또렷하게 머릿속에 남았다.

사리엘 님을 구출할 수단이 있다.

우리에게는 분명 희망이었다.

『너희 인간의 죄다. 속죄하라. 속죄하라. 속죄하라. 속죄하라. 속죄하라. 속죄하라. 속죄하라. 속죄하라. 속죄하라. 속죄하라.』

저 말은 사람들에게 자신의 죄를 자각시키기 위한 목소리, 귀를 막고 싶어지는 목소리였음이 분명하다.

『싸워라. 싸워라. 싸워라. 싸워라. 싸워라. 싸워라. 싸워라. 싸워라. 싸워라. 싸워라. 그리고, 죽어라.』

그러나 우리에게는 마치 복음처럼 울려 퍼졌다.

그리고 이날부터 우리의 싸움이 시작됐다.

사리엘 님을 구출하기 위한 싸움이.

길고 긴 싸움이.

……너무나 길고 길었던 가혹한 싸움이.

"아."

여기에서 문득 눈이 뜨였다.

지금 한순간 의식이 날아갔었다.

……안 되지, 안 돼.

이게 주마등이라는 현상인가.

"으앗?! 위험해라?!"

의식이 또렷해지는 순간, 바짝 들이닥치려던 공격을 피했다.

위험해라, 위험해라.

주마등에서 사망 코스로 떠날 뻔했다.

그래도 아직은 죽을 수 없어.

백 스텝으로 상대와 크게 거리를 벌렸다.

다행히 상대가 곧장 따라붙지는 않았다.

거리가 벌어진 김에 한숨 돌린다.

머리를 살짝 만지면 미끈거리는 감촉.

제법 적잖은 피가 머리에서 흘러나오고 있었다.

의식하고 머리 부위의 치료를 시작한다.

이것 때문에 한순간 의식이 날아갔었구나.

곧이어 새삼 상대를 주시했다.

저 녀석의 모습은 심플한 인간형의 금속 덩어리다.

두 손이 드릴이라는 점을 제외하면 심플하기만 한 등신대의 구체 관절 인형.

분명하게 말해서 이 녀석은 포티머스의 최종 병기가 맞다.

글로리아 타입 Ω.

이 녀석의 정식 명칭이다.

대결 전 포티머스가 굳이 가르쳐줬다.

문득 오메가라는 자식이 사라진다.

눈을 떼지는 않았다.

오히려 깜빡이지도 않고 주시했었다.

그런데도 나는 오메가를 시야에서 놓쳐버렸다.

순간, 나는 감에 의지해서 곧장 옆으로 뛰었다.

그 행동은 정답이었다. 내가 뛴 반대쪽 옆에서 오메가가 드릴을 쭉 내밀고 있었다.

불과 소수점 몇 초라도 회피가 늦었다면 나는 저 드릴에 꿰뚫렸을 테지.

심장이 바짝 수축한다.

"이놈의 자식!"

카운터를 선사하기 위해 다리를 치켜들었지만 나의 돌려 차기는 맥없이 허공을 갈랐다.

내가 발차기를 날린 순간에 이미 오메가는 나의 공격 범위 바깥으로 피한 상태였다.

"……제법인데."

스스로도 억지인 줄 알면서 말을 해버렸다.

아무튼 억지라도 안 부리면 버틸 수가 없다.

얼마 만이지?

내가 눈으로 못 좇아가는 게.

저 외형 때문에 딱히 얕보지는 않았다.

……완전히 아니라고 말하면 거짓말이겠지만 포티머스가 굳이 이름까지 가르쳐준 병기다.

방심해도 될 만한 상대가 아니라는 것은 잘 알았다.

그럼에도 불구하고 나는 오메가의 움직임을 눈으로 좇지 못해서 첫 공격을 머리에 제대로 맞아버렸다.

그 탓에 주마등을 보는 처지가 됐고…….

오메가의 속도는 이상하다는 말밖에 안 나온다.

아마 전력을 다하는 나와 동등하거나 더 빨라.

이 예상은 딱히 오기를 부리자고 하는 말이 아니다.

지금의 나는 전력 상태보다 대폭 약체화되고 말았으니까.

항마술 결계.

포티머스가 곧잘 써먹는 결계가 이곳에 전개되어 있다.

그야 오메가를 딱 배치해서 이렇게 나를 기다리고 있었잖아.

함정이 있는 게 당연하지.

이곳은 포티머스의 킬 존.

나는 감쪽같이 속아 들어온 입장이다.

뭐, 뻔히 알면서 오긴 했지만…….

나는 포티머스를 단순히 쓰러뜨리고 싶은 게 아니다.

함정이든 최종 병기든 뭐든 포티머스의 대비를 전부 분쇄해서 절망시킨 다음에 쓰러뜨리고 싶다.

그러니까 함정인 줄 알면서도 기꺼이 뛰어들었는데 살짝 후회 중.

오메가 녀석, 자칫이 아니라 진짜 전력을 발휘하는 나와 동등 이상의 힘이 있다.

어지간한 상대라면 항마술 결계 안쪽이어도 제압할 자신이 있었는데 저 오메가 상대로는 버겁다.

외양은 약해 보여도 터무니없는 성능이야.

……아니, 다른가.

저 외양은 불필요한 요소를 극한까지 절제한 결과 저렇게 된 거야.

외양의 좋고 나쁨과 같은 괜한 부분을 일절 개의치 않고 성능에만 중점을 둔 병기이기에 저렇게 됐다.

미의식 높은 포티머스가 외양의 집착을 버리고 성능에만 주력한 역작.

그야 강할 수밖에.

대충 파악은 끝났고 의식을 전환한다.

이 녀석은 어중간한 각오로 도전해도 될 상대가 아냐.

그래, 도전이다.

내가 오히려 약자야.

그런 생각으로 싸워야 한다.

진짜 이런 상황이 얼마 만일까.

떠올릴 수 없다.

강자와 싸우는 게 도대체 얼마 만인가 떠올릴 수 없을 만큼 긴 시간이 지났다는 말이구나.

그때, 아무것도 할 수 없도록 최약이었던 내가.
그래도 지금의 나는 더 이상 최약이 아니다!
기합과 함께 걸음을 뻗었다.
오메가의 속도에 휘둘리면 안 좋아.
항마술 결계 때문에 체내에서 발동하는 마술 이외에는 무효화되고 있다.
즉 체외에서 발동하는 스킬, 방출계 공격은 전멸이라는 뜻.
마법도 실도 못 쓴다.
따라서 남은 선택지는 접근전뿐.
아무튼 오메가의 속도에 의한 어드밴티지를 죽이기 위해서라도 찰싹 달라붙어야 한다.
"칫!"
이쪽이 접근하기를 기다리고 있었던 오메가를 향해 주먹을 날린다.
오메가는 그 공격을 훌쩍 간단하게 회피해 냈다.
그러나 저런 반응은 상정 내.
나는 재차 오메가를 쫓아가며 연타를 퍼부었다.
오메가가 카운터를 날릴 틈조차 안 주는 노도의 연타!
다만 오메가는 모든 연타를 전부 꿰뚫어 보다가 나의 작은 빈틈을 찔러 품으로 뛰어들더니 드릴을 배에 박아 넣었다.
"으각?!"
드릴의 칼날이 회전하며 내 배의 살점을 헤집는다.
거리를 벌리는 게 좋지 않다는 줄 알아도 이러면 물러날 수밖에 없다.

드릴에서 벗어나기 위하여 뒤로 물러났다.

아야야야……. 항마술 결계 때문에 통각 무효가 작동을 안 하는구나, 어우…….

자연히 호흡이 거칠어졌다.

그러나 숨을 쉬고 쉬어도 편해지지 않는다.

편해지기는커녕 숨을 쉴 때마다 머리가 어질어질했다.

그만큼 상처가 깊어, 아이고, 그냥 다친 게 아니구나…….

아마도 독.

과학적인 독물은 시스템의 영향으로 일정 이상의 농도를 넘어가면 분명 알아서 분해되어버릴 텐데, 포티머스라면 또 뭔가 샛길을 발견했더라도 놀랍지 않다.

난처한데.

항마술 결계뿐 아니라 독이라니…….

설마 자신의 특기 분야에서 궁지에 몰리게 될 줄이야…….

배에 난 상처를 재생시키는데도 속도가 평소보다 많이 느렸다.

평소였다면 반신이 싹 날아가든 말든 순식간에 회복되었을 텐데.

그런 평소의 감각으로 싸우면 위험하겠다.

평소보다 신중하게 피격을 회피해야 한다.

대부분의 속성에 내성을 만든 이후로 쭉 적의 공격을 피한다는 습관이 사라져 가던 입장이었거든.

맞아도 대미지가 안 들어오는 데다가 대부분은 폭식으로 맞기도 전에 포식해서 무효화해버렸고.

너무 강해졌기에 발생하는 폐해, 더 정확하게는 자만일까.

동급 이상의 상대와 싸우면 자신에게 부족한 부분을 이렇게 자각할 수 있구나.

그런 감각도 오랜만이다.

그러면 잠깐, 평소에는 안 하는 도박 비슷한 시도도 저질러볼까.

그렇게라도 안 하면 오메가를 못 이길 것 같아.

오메가가 달려든다.

정면에서 쭉!

속도는 무시무시한데 물론 정면에서 곧장 달려드는 상대를 못 보고 놓치지는 않는다.

우직한 드릴 지르기를 나는 일부러 방어하지 않고 가슴으로 받아냈다.

"아아아아아!"

가슴에 큰 구멍이 뚫린다.

"붙잡았, 다."

대가를 치러서 나는 오메가의 몸을 왼손으로 단단하게 붙들었다.

또한 오른손을 굳세게 쥐어 잡는다.

이 일격에 전력을 담아서!

회심의 오른 스트레이트!

나의 전력 오른 스트레이트를 제대로 안면에 얻어맞은 오메가는 머리가 아예 파열되었고 충격으로 상반신까지 통째로 날아갔다.

그뿐 아니라 하반신조차 대부분 터져 흩어졌다.

"어떠냐. 봤지?"

신중하게 피격을 피하자는 결의는 무엇이었을까.

그러나 아마도 이게 오메가를 상대하는 정공법이다.

피격을 두려워해서 쩔쩔맸다면 오메가의 속도에 농락당할 뿐 이렇다 할 반격도 못 한 채 당해버렸을 거야.

그럼 일부러 피격당하며 오메가를 붙잡은 뒤 일격에 쓰러뜨려야지.

단기 결전.

이게 가장 소모가 적은 방법이다.

상처는 깊어도 시간만 들인다면 낫는다.

찔끔찔끔 시간을 들여 상처가 낫는 속도보다 상처를 입는 속도가 더 빨랐다면 오히려 힘들었을 거야.

"유감스럽게도 아직 끝이 아니다만?"

그러나 승리의 여운을 맛보던 내게 포티머스가 무자비한 선고를 내렸다.

산산이 부서졌던 오메가의 몸이 마치 액체 금속처럼 흘러 다니며 한데 모이더니 순식간에 본래의 모습으로 돌아와버렸다.

"제2 라운드를 개시해야겠군."

어리둥절하는 나를 놓아둔 채 어딘가 즐거워하는 포티머스의 목소리가 울려 퍼진다.

그리고 오메가가 다시 나에게 덮쳐들었다.

黑6 혼자 이야기, 라그나로크

인간과 용의 전쟁이 시작됐다.

그것 자체는 예측할 수 있었던 사안이다.

용에게 있어 인간 따위야 티끌이나 다름이 없다.

지적 생명체일지라도 용이 보았을 때 여타의 동식물과 별반 차이가 없다.

하물며 별의 생명력인 MA 에너지를 거듭된 경고에도 불구하고 마냥 착취하는 종족이잖은가.

용이 인간에 대하여 별을 좀먹기만 하는 해수라 인식한들 어쩔 수 없다.

또한 해수를 퇴치하는 데 주저할 리가 없지 않겠나.

만약에 용의 비호하에 있는 종족이었다면 이야기가 달라졌을 테지만 이 세계의 인간에게는 해당 사항이 없었다.

일부나마 용을 신앙하는 인간이 있었는데 그 숫자는 세계의 인구와 비교하여 극히 소수에 불과했다.

그러한 극히 소수에게는 최종 국면에서 구원의 손을 뻗어줄 작정이었을지도 모르겠으나 유감스럽게도 그리되지는 않았다.

당시의 나는 결국 하부에 속한 일개인에 불과했던지라 상층부가 어떤 생각을 갖고 있었는지 알 만한 입장이 아니었다.

상층부가 미래에 어떤 전개를 그리고 있었던가 알 방법은 더 이상 없다.

내게 주어진 지령은 사리엘의 설득이다.

더 이상 인간의 행위를 간과할 수 없으니 인간을 말살하겠다.

사리엘은 저 죄를 묵인해주길 바란다.

그러한 내용의 교섭이다.

내가 보았을 때는 성립할 리 없는 교섭이었다.

사리엘과 지기의 관계에 있다는 이유 때문에 교섭자로 선발되었는데 솔직히 말하자면 마음이 무거웠다.

누가 결렬될 줄 뻔히 아는 교섭을 담당하고 싶겠나?

게다가 교섭 상대는 일방적으로 마음을 주고 있는 상대인데?

……내키지는 않는다 한들 맡아볼 수밖에 없는 처지였지.

그러나 상층부가 이 교섭을 어떻게 생각했었는지는 결국 수수께끼다.

교섭이 성립하리라 생각했을까, 나와 마찬가지로 결렬되리라 생각했을까.

도무지 알 수가 없다.

일단 일반적인 용의 사고방식으로 말하자면 교섭이 성립할 가능성도 없지는 않았으니까.

사리엘의 사명은 재래종의 보호다.

인간들이 MA 에너지를 계속 사용한다면 머지않아 별이 붕괴될 것은 분명한 사실이었다.

별이 멸망하면 재래종도 전멸이다.

그렇다면 잠시나마 용의 행동에 눈을 감아주고 인간의 배제를 묵인한다는 전개도 바랄 법했다.

물론 사리엘이 지키고 싶어 했던 대상은 재래종이 아닌 인간들이었던 만큼 전제 조건이 잘못되었지만…….

하지만 상층부가 미처 파악하지 못했을 가능성은 있다.

그렇다면 교섭 성립의 가망이 있다 생각했어도 이상하진 않다.

다만 처음부터 교섭이 결렬되리라 생각했었다면?

그러면 내가 교섭을 하는 와중에 먼저 인간에 대한 공격이 실행되었던 이유도 설명된다.

요컨대 나는 교섭자라는 명목의 발목 붙들기 요원, 시간 지연 담당으로 파견되었다는 뜻이다.

뭐, 버리는 말과 다름없는 취급인만큼 너무 진지하게 고민하고 싶지는 않은 부분이다.

내가 교섭을 하는 와중에 불쑥 공격이 개시되었던 것은 교섭이 성립되리라 예측해서 앞서 나갔던 결과일 가능성이 없지는 않다.

……스스로 한 말인데도 불구하고 무척 쓰디쓴 변명이군.

어쨌든 간에 그 후 나는 용의 일파에 합류하지 않았던지라 상층부의 의도를 알 수는 없었지만 말이다.

지금 와서는 진상을 알아낸들 별 의미가 없겠군.

나의 예상대로 사리엘과의 교섭은 결렬됐고 사리엘과 용은 적대했다.

그게 전부다.

양측의 전투는 격렬했을 것이다.

나는 현지에 없었지만…….

어디까지나 추측에 불과할 뿐.

다만 혼자인 사리엘과 다르게 용은 다수다.

또한 일국을 멸망시킬 때 용은 하나만 나서도 충분했다.

아무리 사리엘이 방어를 위해 돌아다니고 용을 각개 격파하더라도 그 틈에 다른 용이 나라를 이곳저곳 멸망시킨다.

인간을 멸망시키려 하는 용과 쫓아다니며 섬멸하는 사리엘.

요란한 술래잡기가 벌어졌던 셈이다.

당연히 전쟁은 장기화됐다.

상황이 이리되면 인간도 우리 용에게 대비하기 시작한다.

설령 얼마나 절망적인 전쟁일지라도 인간 또한 호락호락 죽어줄까 보냐, 이렇듯 기운을 내기 마련이었다.

바로 얼마 전…… 음, 인간의 감각으로는 제법 과거의 일에 해당되는가.

풍룡 휴번이 다스리는 땅의 지하에서 출토된 병기, 포티머스가 설계했고 어딘가의 나라에서 만들었다는 물건 말이다.

그것도 우리 용에게 대항하기 위해 인간이 만든 무기다.

물론 우리와 싸울 때까지 완성시키지는 못한 듯하군.

애당초 완성시켰어도 인간이 용과 맞서서 대항하기는 불가능했을 테지.

용의 습격을 받아 인간들의 군대도 물론 저항했으나 결국은 하나마나 한 발악이었다.

오산이었던 것은 군대로 인하여 인간들이 더욱 MA 에너지를 착취했다는 부분이다.

병기를 만들기 위해, 병기를 운용하기 위해.

MA 에너지의 소비를 중단시키기 위한 전쟁인데 오히려 MA 에너지의 소비가 늘어나버렸던 만큼 얄궂은 결과였다.

그 뒤에서 포티머스가 병기의 설계도를 팔아 치웠다는 것도 마음에 들지 않는다.

놈은 지명 수배를 당한 이후에도 MA 에너지의 제1인자로 은밀하게 보호받고 있었다.

연구 성과를 침 질질 흘리며 원하는 인간은 분명 산처럼 많았을 테지.

은신처 마련에 곤경을 겪지는 않았으리라.

그렇게 숨어 지내며 놈은 유유자적하게 연구에 몰두할 수 있었다.

어째서 당시의 나는 놈을 방치했었던가, 이보다 더 후회되는 일은 없다.

포두이가 포티머스의 음모에 휘말려서 흡혈귀화되었을 때, 고아원의 아이들을 만나며 포티머스의 깊은 죄악에 분노를 느꼈을 때…….

이렇게 될 줄 알고 과거의 어느 순간에 충동적으로 놈을 처단했다면…….

적어도 이렇게까지 상황이 비틀리지는 않았을 텐데.

인간 범죄자는 인간의 손으로 심판하는 게 옳다며 앞뒤 도리를 따지는 것이 아니었다.

보통 실수라는 행위는 감정에 휘둘려서 이성적으로 대처하지 못한 까닭에 발생하는 경우가 많지만, 때로는 감정을 따라 움직였을 때 오히려 좋은 결과가 올 수 있다는 교훈이겠군.

그렇다 한들 여타의 사정은 대개 나중이 되어서야 좋고 나쁨을 판단할 수 있는지라 그때그때에는 무엇이 최선인지 가늠할 수 없는 경우가 훨씬 더 많다.

미리 알 수 있었다면 나는 가장 먼저 포티머스를 죽였을 테지.

지금도 포티머스라는 작자는 죽이고 싶다.

다만 그 역할은 내 몫이 아니었다.

나에게는 자격이 없다.

내심 부끄러운 마음은 들지언정 저 역할을 일임하는 데 이의는 없다.

인간 범죄자의 심판은 역시 인간의 손에서 이루어져야 할 테지.

꽤나, 심판하는 데 많은 시간이 걸려버렸다만…….

그만큼 죄상은 썩어나도록 쌓여 있다.

어떤 심판을 내릴지라도 용납될 테지.

적어도 나는 용납한다.

마음껏 저질러라.

돌이켜보면 이 세계에서는 많은 죄악이 태어났고 각자가 죄를 짊어져왔다.

개인적으로 이 세계에서 살아가는 인간들은 이미 상당한 죄를 청산했다는 생각이 든다.

이 말을 듣는다면 아리엘 등은 화낼 것 같군.

그럼에도 인간들은 분명 충분한 벌을 받았다.

생각해봐라.

올바른 윤회의 고리로 돌아가는 것도 허락받지 못한 채 끝없이 이 세계에서 전생을 되풀이하며 혼의 힘을 착취당해오지 않았나?

전생하면 전세의 기억을 이어받지 못하기에 본인에게는 자각이 없을지라도 옆에서 보고 있는 나의 입장에서는 충분히 괴로운 벌이었다.

줄곧 혼을 혹사당한 결과 전생마저도 위태롭게 된 처지이니까.

애당초 인구수가 적었던 마족으로 말하자면 수명이 긴데도 인족과의 전쟁 때문에 태어나서 죽는 사이클이 빨라졌고 혼의 소모도 더욱 심각해졌다.

과거에 진화를 위해 MA 에너지를 다량 소비했던 벌일 수도 있으나, 그럼에도 종족의 성립 자체가 위태로운 지경에 처한 상황을 보면 속죄로서는 충분하지 않나 생각한다.

인족도 또한 모든 인간이 MA 에너지의 혜택을 누린 것은 아니니까.

개중에는 괜히 불똥이 튀어 이 세계에 붙들려버린 인간도 많다.

더스틴도 마찬가지, 본래는 저리 심각하게 스스로를 몰아붙이지 않아도 되는 입장이었다.

더스틴의 마지막 선택은 분명 납득할 수 있는 내용이 아니었다.

다만 놈에게는 달리 선택지가 없었다는 사정도 있다.

그렇게 생각하자면 몹시 괴로운 역할을 자처했던 격이다.

뜻하지 않게 괴로운 역할을 자처했어야 했음에도 본인의 의사였다는 이유를 들어 아직껏 자기 책임을 완수하고자 하는 대단한 녀석이지.

얼굴을 마주하며 이런 소리를 하진 않을 테지만…….

당연하다.

어떤 의미로 대단한 녀석이라는 생각은 들어도 나는 신언교의 방침을 절대 인정하지 않는다.

그것은 그것, 이것은 이것이 아니겠나.

물론 이 부분은 나 역시 더스틴에게 다소의 부채감을 느끼고 있기 때문이리라.

더스틴의 마지막 선택, 그것을 강하게 비난할 수 없는 까닭.

저런 선택을 하게 압박했던 것은 틀림없이 우리들 용이었으니까.

나 자신이 직접 가담하지는 않았을지언정 그럼에도 같은 종족으로서 다른 용들이 저질러버렸던 행동에 대해 죄책감을 느끼고 있다.

이 세계의 인간들이 이렇듯 오랜 세월에 걸쳐 죄의 청산을 하고 있는 가운데 용들은 자신들끼리 벗어나버렸다는 것도 나의 죄책감을 들쑤신다.

용은 최후의 최후에서 터무니없는 만행을 저지르고 말았다.

이 세계의 MA 에너지를 한계 근처까지 뽑아내어 가지고 도망쳤던 것이다.

인간들의 손에서 이미 상당한 양의 MA 에너지가 소비되었던 상황에 저런 만행까지 더해지면 어찌 되는가?

굳이 생각하지 않아도 안다.

이 세계는 끝장이다.

결코 뒤집을 수 없는 종언의 개막이었다.

사리엘과 용의 전쟁이 종식됐을 때 급격히 세계가 붕괴를 향해 나아갔던 것은 그런 이유 때문이었다.

용이 노려서 한 행동이었던 만큼 당연하잖은가.

이 세계에 사는 인간들은 용의 행동을 두고 「도대체 무슨 짓을 저지른 거야」라며 분개할 테지.

나 또한 비슷한 심정이다.

그러나 용의 관점으로 보았을 때는 이상한 행동이 아니었다.

인간들의 입장에서는 더없이 부조리한 만행이었을 테지만 용의 입장에서는 대단히 합리적인 행동이라고 말할 수 있겠다.

대놓고 말하자면 용은 이 세계를 단념한 뒤 내버렸다.

인간들도 진흙이 차서 가라앉는 배에 끝까지 타고 싶다는 생각은 아니할 테지?

진흙 가득 찬 배에서 일찌감치 탈출할 수 있다면 어서 떠나가는 것이 당연하다.

그때 꺼내서 가져갈 만한 짐이 있다면 여력이 허락하는 한 가져갈 테지.

어차피 가라앉을 배니까 최대한 많이 가져가자.

그런 논리다.

한 가지 더.

확실하게 침몰시킴으로써 두 번 다시 떠오르지 못하게 손을 쓰겠다는 의미도 있다.

용이 보았을 때 이 세계의 인간들은 거듭된 충고를 무시한 채 세계를 파멸로 몰아넣었던 해수다.

그런 녀석들이 이 세계를 떠나서 다른 곳으로 퍼져 나가지 못하도록 손을 쓰는 것은 당연했을 테지.

해수를 먼저 일망타진해서 후환을 없애자는 의도다.

그렇게 말살당해야 하는 인간은 유쾌할 수가 없다만 용이 본 인간의 진면목은 저것이다.

용 역시 거주 가능한 별을 하나 잃어버린다는 게 뼈아파도 그곳은 사리엘이라는 거주자가 먼저 있었기 때문에 지배할 수 없었던 땅이다.

애당초 손에 넣었던 곳이 아니니 손에서 놓아도 아쉽지가 않다.

손에 넣었던 적이 없었는데 손에서 놓는다는 표현은 조금 어색한가.

지배하기를 포기한 뒤 멸망시키기로 했다는 말이 되겠군.

단어가 좀 과하다는 느낌은 있군…….

아주 잘못된 표현은 아닐뿐더러 용이 마지막에 저질렀던 만행에는 나 또한 분개하는지라 고칠 마음은 없다.

용의 관점으로 말하자면 분명히 타당하고 바른 판단이었다.

용에게 이득은 있고 손해는 없었으니까 말이지.

지배하지 못했던 별이 하나 사라지는 대신에 그 별에 남아 있었던 에너지를 손에 넣었잖은가.

거듭 언급했다만 그 별에 살던 인간들이 결과적으로 절멸하는 것은 용에게 있어 해수가 말살되는 것이라서 마땅한 결과라는 생각이었다.

지적 생명체일지라도 자비는 존재하지 않는다.

오히려 지적 생명체이기에 더더욱 용의 가치관으로도 용서하기 어려웠을 테지.

아무리 주의해도 알아듣지 않는 아이가 결국 돌이킬 수 없는 우행을 저질렀다면.

소식을 들었을 때 분노와 함께 체념이 솟구쳐도 어쩔 수 없는 일 아니겠는가?

……너는 누구의 편을 들 셈이냐고?

당연한 것을 묻는군.

나는 사리엘의 편이다.

아울러 사리엘의 편일 뿐 인간의 편은 아니다.

나도 이탈자가 되기 전에는 용의 시점으로 인간을 보았었다.

인간의 어리석음에 화를 냈었다.

이 세계가 붕괴하는 마지막 방아쇠를 당겼던 것은 용이지만 거기까지 다다른 여정을 만들어 낸 죄업은 틀림없이 인간이 쌓아 올렸다.

따라서 용인가 인간인가 묻는다면 나는 용을 옹호하겠다.

그렇다고 딱히 용의 편이라는 말도 더 이상은 못 하는 신세다.

……나 또한 용 나부랭이잖은가.

지금은 이미 이탈자 신세가 되어버렸어도 태어났던 종족을 나쁘게 말하고 싶지 않은 마음이 있다.

최후에 용이 MA 에너지를 갖고 도망쳤던 만행은 용서하기 어렵지만 용의 입장에서 보고 그것을 권장하는 자신도 있다.

어느 한쪽에 서지 못하는 우유부단함이라며 웃을 텐가?

……옳은 말이다.

나는 결국 어느 한쪽으로 결단을 내릴 수 없었다.

그 때문에 이렇듯 지금까지 우물쭈물 고민하는 게 아니겠나.

…….

……지금은 부정해줘도 괜찮지 않은가?

……뭐, 되었다.

내가 한심하다는 것은 어제오늘 일이 아니니.

알고말고.

다만 한심한 나에게 있어 D에게 애원하는 행위는 일생일대의 결단이었다.

용케 그토록 과감한 행동에 나설 수 있었다고 스스로도 신기할 정도다.

애당초 나는 D와 특별히 면식이 없었다.

그야 당연하다.

D는 너무나 강대한 신이다.

신들 중에서도 일대 세력을 쌓아 올렸던 용들마저 손 뻗치기를 자제했던 상대다.

사리엘에게도 용은 손쓰기를 망설이지 않았느냐고?

사리엘과 D는 대응에서 너무 차이가 난다.

확실히 사리엘도 강력한 이탈자 천사였기에 손쓰기를 주저했었다.

그럼에도 같은 세계에 살면서 장기적인 관점으로 보아 서서히 수중으로 거두어들이자는 계획을 갖고 있었다.

아예 손쓰기를 포기한 것이 아니라 조금씩 포위망을 넓혀 나가려는 심중이었다.

하지만 D에게 하는 대응은 다르다.

접근조차 하지 않는다.

건드리지 마라, 얽히지 마라, 만약에 저쪽에서 접근한다면 망설이지 말고 도망쳐라.

용에게 전해지는 D는 그런 존재이다.

자부심 강한 용이 저리도 간곡하게 잘라 말한다.

용이 얼마나 D를 위험시하는지 알 수 있으리라.

애당초 D의 이야기는 용들 사이에서도 금구와 같은 취급이었다.

입에 담기도 꺼려지는 대상이로군.

사실 젊은 용 중에는 D의 존재 자체를 모르는 부류도 있었다.

나 역시 용 중에서는 젊은 축이었는데 공간 능력에 우수했던 이유도 있어 저 존재를 알게 되었을 뿐이다.

공간 능력을 사용하면 어디에든 갈 수 있지만 그렇기에 가서는 안 되는 장소를 들어서 알게 되었다.

그중 한 곳이 D의 관할이었고.

용의 일파는 신들 중에서도 꽤 대단한 세력을 자랑하고 있으나 그럼에도 무적의 강자는 아니라는 뜻이 될 테지.

괜히 손썼다가는 상응하는 보복이 돌아올 신들이 이 세계에 다수 있다.

우리들 용의 정점에 선 용신님도 아주 옛날에 한 번 지옥을 다스리는 신에게 중상을 입은 경험이 있다고 한다.

용신님이 상처다운 상처를 입은 것은 이전에도 이후에도 저때 한 번뿐이었다고 알려져 있다.

음?

용신님과 만난 적이 있냐고?

내가?

만났을 리 없잖은가.

말해 두겠는데 이 세계는 용에게 있어 변경이나 마찬가지다.

변경 시골의 오지 비슷한 곳이다.

반면에 용신님은 왕도에서 생활하는 임금님 같은 분이잖은가?

변경 시골의 오지에서 태어나 자랐던 내가 저토록 높은 곳에 계시는 분을 배알할 기회가 있었겠나.

그런 관점으로 이야기하면 D는 타국의 왕이라고 말할 수 있겠군.

자국의 왕과 만났던 적도 없건만 타국의 왕에게 도움을 청하러 갔던 셈이다.

스스로 돌아봐도 너무 대담한 아니, 비상식의 극단이었다.

용케도 행동으로 옮겼다는 게 솔직한 생각이다.

나 역시 지푸라기를 붙잡는 심정이었을 테지.

붙잡은 것은 지푸라기같이 가녀린 물건이 아니었다만…….

……과연 D에게 의지했던 것은 올바른 판단이었는가.

지금도 나는 마음속에서 결론을 내지 못했다.

그때 내가 D에게 애원하고 D가 이 세계에 개입하지 않았다면 사리엘의 생명은 스러졌다.

생명은 물론이고 혼의 소멸, 존재 자체가 사라졌을지도 모른다.

혼이 무사하면 윤회를 거쳐 어딘가에서 다른 삶을 나아갈 수도 있잖은가.

어떠한 삶을 누리게 될지 알 수는 없으나 그곳에서 전부를 잊어버린 채 행복하게 살아가준다면…….

다만 혼이 사라져버리면 저 가능성도 깨진다.

나는 사리엘의 생명을 구하고 싶었다.

최악의 경우여도 혼이 사라지는 사태를 막고 싶었다.

나의 바람이 이루어져서 D가 만들어 냈던 시스템에 의하여 사리엘과 이 세계는 연명할 수 있었다.

한데 그것은 내가 바라고 상상했던 구원과는 다른 형태다.

무엇인가를 이루기 위해서는 대가가 필요한 법.

나의 바람대로 원만하게 사리엘과 이 세계를 구원하는 편리한 전개는 없었다.

D는 충분히 가능했을 테지만 D에게는 굳이 은혜를 베풀 이유도 없다.

내가 D를 만족시킬 수 있는 대가를 제시했다면 좋았겠지만, 결국 애송이 용에 불과했던 내게는 딱히 대단한 것이 없었다.

결과적으로 D는 사리엘과 이 세계를 구할 방법을 제공해주는 대신 이 세계를 장난감으로 만들고자 했다.

능력치, 스킬, 여러 게임의 요소를 현실에 도입시켰다.

현실 세계를 게임으로 만들어버렸다.

게임 놀이에 휘말려버린 이 세계의 인간은 웬 봉변인가 싶을 텐데 결국 자업자득이잖나.

이 게임을 플레이하는 것밖에 세계를 구할 수단이 없는 만큼 속죄의 의미도 겸하여 해낼 수밖에 없겠다.

그러나 이러한 생각도 든다.

사리엘이 목숨을 걸고 지키고자 했던 인간들을 D의 여흥을 위하여 갖다 바쳤던 것이 아니냐고.

그리고 사리엘에게도 긴 고통을 주어버렸던 것이 아니냐고.

사리엘은 분명 생명을 부지했다.

이 세계도 상황은 몹시 변화했으나 아직껏 존속하고 있다.

그러나 양쪽 다 쓸데없이 괴로운 처지에 갇혀 있기만 한 것은 아닌가?

나는 어쩌면 무의미한 짓을 저질렀던 게 아닌가?

도저히 그런 부정적인 생각을 떨칠 수 없다.

오래도록 세상의 뒤에 숨어서 이 세계를 지켜볼 수밖에 없었던 폐해일 테지.

울적함이 쌓인들 어쩔 수 없잖나.

그것도 내게 주어진 하나의 벌이 아니겠는가.

단장 대통령의 결단

"상황은?"

"각지에서 이상 기후를 비롯하여 이변이 발생하고 있습니다."

"시민들 사이에서는 폭동이 일어나고 살인 등 범죄가 빈발하고 있습니다."

"자살자도 늘어나고 있습니다. 특히 용신교의 교도 다수가 집단 자살을……."

"식량 배급이 지체되고 있습니다."

차례차례 보고되는 심상치 않은 현 상황.

심상치 않은 것이 당연하다.

바로 눈앞까지 종말이 닥쳐들었으니까.

"……이제, 얼마나 시간이 남아 있나?"

나의 질문에 곧장 대답하는 인물은 없었다.

마치 대답을 말하기를 두려워하는 분위기로 누구 한 사람 입을 열고자 하지 않는다.

그러나 마냥 입 다물고 버틸 수는 없었다.

"포티머스 하이페너스의 견해로는 1년이나 버틸까 말까입니다."

대신 중 하나가 머뭇머뭇 입을 열었다.

포티머스의 이름을 듣고 나는 얼굴에 불쾌감이 번져 나오는 것을 자각했다.

이 사태를 초래했던 모든 책임은 포티머스에게 있다며 주장할 수는 없다.

그러나 발단은 틀림없이 포티머스였다.

한 사내의 망집이 별을 붕괴로 인도했다.

하지만 이 상황을 타개할 수 있는 가능성을 가진 인물도 역시 포티머스뿐이었다.

그런 까닭에 제아무리 혐오할지언정 포티머스를 처형할 수는 없었다.

"게다가 이 기한은 어디까지나 별이 원형을 유지할 수 있는 한계 시간일 뿐, 생물이 생존 가능한 한계 시간은 더욱 짧을 것이라는 견해입니다."

"더 보태자면, 시간이 지나면 지날수록 상황은 악화될 겁니다."

넌지시 결단을 할 테면 서둘러라, 라고 압박을 한다.

이때까지 나와 함께했던 인물들은 나의 의사에 따르겠다고 결정을 마쳐 주었다.

설령 제아무리 불합리한 결단일지라도 세계 제일의 현군이라 불린 나의 결단이라면 받아들이겠다던가.

그러나 결정권을 넘겨받은 나는, 좀처럼 입을 열지 못했다.

MA 에너지의 사용을 금지했었기 때문일까 우리 더즈톨디아에서는 용의 습격 빈도가 낮았다.

타국이 괴멸적인 피해를 입는 와중에 비교적 경상으로 버틸 수 있었다.

그러한 이유 때문에 MA 에너지의 유혹을 물리치며 줄곧 금지해왔던 나는, 세계 제일의 현군이라는 황당한 찬사를 받게 되었을 뿐 아니라 지금 와서는 더즈톨디아를 거역하는 나라가 거의 사라졌다.

따라서 더더욱 신중하게 판단을 내려야 한다.

더즈톨디아에서 무죄를 주장하면 어떤 범죄자도 무죄가 될 상황이기에…….

"후우."

거하게 한숨을 내뱉는다.

고민하고 고민해봐도 마침내 도착하는 결론은 매한가지.

대통령으로서, 사람들의 위에 선 인간으로서 아무리 받아들이기 어려울지라도 결단을 해야만 한다.

"달리, 방법이 없단 말인가?"

그 말은 질문이라기보다는 자신의 마음속에서 확인하기 위한 혼잣말.

그리고 누구 한 사람도 나의 물음에 대답하지 않았다.

대답할 수 없었다.

긴, 길디긴 침묵이 회의실을 감쌌다.

"포티머스 하이페너스에게, 준비를 진행시키게."

"……넷!"

말했다.

말해버렸다.

현재 인류의 대표를 자처한들 과언이 아닌 더즈톨디아의 대통령, 내가 결단을 내린 순간이었다.

결단의 순간, 회의실에 있던 인물들은 자연스럽게 머리를 숙였다.

나는 홀로 자리에서 일어났다.

그리고 창가까지 걸어간다.

두꺼운 방탄유리 너머로 보이는 하늘은 밤도 아닌데 빛을 잃어서 어둡다.

둔탁한 소리가 울려 퍼졌다.

내가 창문에 머리를 부딪치는 소리였다.

"누가, 누가 세계 제일의 현군인가. 단지, 단지 철면피가 아닌가!"

부르짖으며 다시 한 번 머리를 부딪친다.

곧이어 다시 한 번 더.

거듭, 거듭거듭.

"대통령님! 대통령님!"

이마가 깨져 피가 떨어지는 것을 보고 말리러 온 대신들.

그러나, 그럼에도 나는 계속해서 머리를 부딪쳤다.

세 명이 같이 창문에서 떼어 놓은 다음에야 나는 자해를 멈췄다.

"쓰레기 자식! 쓰레기 자식!"

그러나 말은 멈추지 않는다.

자신을 향한 욕설은 멈추지 않는다.

"대통령님! 대통령님! 당신은 훌륭한 분입니다! 절대 쓰레기가 아니란 말입니다!"

대신은 진심으로 한 말일 것이다.

그러나 내 마음에는 아무 반향이 없었다.

"받은 은혜를 원수로 갚으려는데. 이러고도 감히 쓰레기가 아니라 말할 수 있겠나?! 제길, 제기랄!"

나는 어깨를 들썩이며 부르짖다가 문득 힘을 잃고는 의자에 주저

앉았다.

“나의 이름은 미래영겁 욕을 들어야 할 테지.”

“그렇지 않습니다.”

“그렇게 될 거라네. 그러자면 먼저 그 미래를 만들어야 하지.”

내 말에 대신들은 입을 다문다.

“나는, 더 이상 수단을 가리지 않겠네. 쓰레기는 쓰레기답게 어떤 수단을 써서라도 사람들을 지키겠다. 나의 혼이 영영 사라지게 될 그때까지. 그것이 후안무치한 내게 주어진 유일한 책임이다.”

핏발 선 눈으로, 다만 흔들림 없는 신념을 담아서.

나는 선언했다.

“용의 습격에서 인간을 구원해주신 여신 사리엘. 그 고귀한 분을 제물로 바쳐서 이 세계를 존속시키겠다.”

나의 선언에 대신들이 머리를 수그렸다.

“지옥 밑바닥까지 함께하겠습니다. 더스틴 대통령님.”

Dustin Eabehighnam

더스틴

본명, 더스틴 에베하이남. 부친, 조부, 증조부까지 더즈톨디아의 대통령을 역임했던 명문, 에베하이남 가문에서 출생. 선조들과 구별하기 위해 패밀리 네임이 아닌 이름으로 불렸다. 결단력이 뛰어나고 공약을 반드시 지키며 강한 리더십을 발휘했던 대통령. 단호한 품행으로 인기를 독차지했다. 세계를 구원하려고 단장(斷腸)의 심정으로 사리엘을 제물로 바치자는 방침을 진행시킨다. 이런 만행까지 저지른 이상은 어떻게 하든 기필코 세계를, 인족을 구원하겠다는 굳은 각오를 가슴에 새겼다. 본인의 선언을 지키기 위해 지금도 여전히 활동을 계속하고 있다.

단장 포티머스와 제물이 되는 신

용의 습격이 대강 마무리되던 때와 동시에 나는 더즈톨디아에 구속되었다.

……그래 봤자 그것은 나의 클론이었지만.

훗. 놈들, 체포한 클론이 나 본인임을 믿어 의심치 않더군.

얼빠진 것들.

클론을 통해 더즈톨디아 대통령에게는 이 세계를 구원할 방법을 제시해줬다.

그것은 여신이라 불리는 사리엘을 제물로 바치는 방법이다.

이때 필요한 장치도 지금 클론이 제작 중이다.

용마저 물리칠 만큼 강력한 여신이 보유하고 있는 방대한 에너지.

그것을 여신을 분해함으로써 추출하고 세계에 흘려 넣는다.

이미 잃어버린 MA 에너지를 대체하자는 계획이다.

……이런 과정이라 둘러댔는데 그딴 방법으로 세계가 되살아날 리 없잖나.

에너지라는 한 마디로 표현해도 종류가 다르다.

원자라는 한 마디로 표현해도 각각 성질이 전혀 다른 것과 마찬가지다.

여신의 에너지를 곧장 별에 흘려 넣어도 MA 에너지를 대체할 수는 없다.

그뿐 아니라 반발해서 붕괴가 가속될지도 모른다.

하지만 얼간이들은 아무것도 알지 못한다.

그렇다면 붕괴의 순간까지 속여 넘겨서 여신의 에너지를 가로채 주겠다.

여신의 에너지인가.

연구할 보람이 있겠군.

MA 에너지로는 결국 영원의 생명에 다다르지 못했었는데, 여신의 에너지라면 혹여…….

다만 여신의 에너지를 가로챈다면 아무래도 더 이상 이 별에서는 지낼 수 없겠군.

별의 붕괴도 이런 상태라면 곧 발생할 테지.

가능하면 내가 생존 가능한 근방의 별을 찾을 때까지 이 별에서 머무를 계획이었지만 어쩔 수 없다.

우주선의 항행 중 찾아낼 수밖에…….

이주한 곳에서 나를 아는 용과 마주치지 않기를 기원한다.

거참, 용들도 마지막에 쓸데없는 짓을 저질러줬다.

놈들이 가져가버린 MA 에너지는 내가 쓰고 싶었던 건데.

뭐, 이미 가져가버린 이상은 어쩔 수 없나.

포기하도록 하자.

7 결전, 팔백만의 거미 눈

하늘에 떠올라 있는 무수히 많은 성게.

그 중심에 있는 큼지막한 삼각추.

뭔가 갑자기 우주에서 놀아라, 따지고 싶어지는 광경이구나.

맙소사~.

미안, 이 세계를 살아가는 제군들.

자네들은 열심히 했어.

저거 봐, 저따위 것들을 띄워 놓고 기뻐하는 변태랑 같이 살려면 쌓일 에너지도 안 쌓이겠네.

성게 한 개만으로도 대체 얼마나 많은 에너지를 횡령했냐고 황당한 심정이었는데 이렇게 잔뜩 만들어 놨었다면 세계 한 개, 두 개쯤은 벌써 구원했겠네.

오히려 이따위로 마구 착취당했는데도 용케 버텨왔구나, 이 세계.

그만큼 이 세계의 주민들이 열심히 살았다는 증거 아닐까.

와아~ 칭찬해, 칭찬해!

……뭐, 열심히 살았든 아니든 내가 할 일은 달라지지 않겠지만 말이야.

아무튼 다 이번 전쟁을 끝내고 살펴볼 문제다.

우선 하늘에 떠올라 있는 저 성게 무리와 삼각추를 어서 해결해야 한다.

미리 오니 군한테 후퇴 지시를 내려 놓아서 다행이야.

나의 도움이 아니었다면 퀸마저도 대항하지 못했던 성게가 헤아리기도 귀찮을 만큼 잔뜩 떠 있는 상황이니까 도망치는 게 상책 아니겠어.

성게는 광역 섬멸이 특기 같거든.

저딴 것들이 이렇게 잔뜩 떠다니면 주변 일대가 싹 초토화잖아.

저항군이나 마족군이야 단순히 표적밖에 안 됐을걸.

오니 군이랑 흡혈 양도 저 성게 무리의 상대는 무리다.

전략적 후퇴가 딱 좋았어요.

메라는 그런 점에서 우수해.

능숙하게 엘프들의 공격을 버텨 내며 군대를 후퇴시키더라.

미리 불의의 사태가 발생하면 무리하지 말라고 당부는 했었는데 아무튼 참 멋진 후퇴전이었어.

적에게 등을 보이는 후퇴가 어려웠을 텐데 막상 어렵지 않게 해내더라.

이러니저러니 해도 우리들 중 장군의 자질이 가장 뛰어난 사람은 메라가 아닐까 싶어.

반면에 오니 군이랑 흡혈 양은 어떻게 했냐면 말야, 오니 군이랑 흡혈 양이 최후미에서 엘프들을 마구 베어 넘기며 후퇴하더라니까.

……저게 후퇴가 맞나?

후퇴의 정의를 따져봐야겠다.

그리고 또…… 뭔가 인형 거미들이 낯익은 할아범이랑 같이 협력해서 로봇과 싸우고 있네.

뭐하는 거야?

아니, 진짜로 뭔데?

대체 뭘 어쩌다가 저런 상황이 됐나 도무지 알 수 없어.

……뭐, 넘어가자.

인형 거미랑 겸사겸사 할아범도 회수해야지.

인형 거미들이 탄 전투용 분체를 통해 전이를 발동시킨다.

그렇게 인형 거미와 할아범을 안전한 곳에 피난시켰다.

응. 이제 걱정은 다 사라졌다.

어디, 이제 성게 무리와 보스 삼각추만 남았네.

로봇, 강화 로봇, 다음에 나타났던 게 성게, 그리고 삼각추.

전력의 순차적 투입은 어리석은 계책이지만 성게를 꺼내는 시기가 늦어진 이유는 알겠다.

저 무수히 많은 포신으로 날리는 융단 폭격이 성게의 진면목.

그때는 지상에 있는 로봇이나 강화 로봇도 피해를 받게 된다.

그래서 곧장 꺼내 놓을 수 없었던 거야.

엘프 놈들은 자기들 딴에 로봇만으로 충분하다고 생각했을지도 모르고…….

막상 로봇만 내보내니까 제압이 안 돼서 강화 로봇을 내보냈더니 강화 로봇도 미티어 탄환에 박살 났잖아.

……역시 별생각 없는 전력의 순차적 투입이 맞았던 건가.

뭐, 어쨌든 간에 로봇이나 강화 로봇과 성게는 같이 협력해서 싸울 수 있는 디자인이 아니어서 별 방법이 없던 탓인지도 모르겠지만…….

그러나, 그렇다 해도!

이번에는, 이번에야말로 진짜! 이게 엘프들의 최종 병기라고 생각된다!

더 이상 다른 병기는 안 나올 거야! 아마도!

뭐랄까, 슬슬 짜증나니까 자중해라!

이제는 나도 따지는 게 힘들어!

강화 로봇이 잔뜩 나왔던 시점에서 이미 배 터지는 기분이었는데 걔네보다 훨씬 센 성게가 튀어나오고, 나중에는 성게까지 잔뜩 튀어나오는 게 대체 뭐하자는 수작인데?! 엉?!

게다가 저기 중심에는 여봐란듯이 보스 행세를 하는 삼각추가 있고 말이야!

저 삼각추가 마지막 카드 맞겠지!

맞잖아?! 맞다고 말해!

또 삼각추까지 나중에 잔뜩 튀어나오면 아무리 온화한 나도 돌아버린다!

후욱~! 후욱~!

아, 불만을 잔뜩 쏟아부었더니 좀 진정됐다.

아니, 진짜 좀…….

어우, 맙소사…….

포티머스, 너 진짜 대단해…….

이렇게까지 일을 벌이면 아무래도 인정할 수밖에 없다.

진짜 대단한 인간이야.

그래, 이래저래 자신만만했던 이유도 납득이 되네.

이만한 전력을 준비했었다면 물론 패배는 꿈도 안 꿨을 테니까…….

실제로 얘네, 내가 아니었다면 어떻게 할 방법이 없단 말이지…….

뭐, 나라면 어떻게 할 방법이 있단 소리지만.

자, 이제부터 진짜로 붙어볼까요.

아아~.

가능하면 솜씨를 전부 노출시키는 짓은 피하고 싶었는데 괜히 고집부릴 때가 아니잖아~.

포티머스.

너는 자랑해도 좋아.

내게서, 엄연히 신의 경지에 오른 내게서 진짜 실력을 끌어냈으니까.

더 편하게 이길 것이라 예측했던 내게서…….

내가 가만히 진짜 실력을 쏟아 내겠다고 결의하는 와중에 먼저 움직인 것은 오히려 삼각추였다.

삼각추의 뿔이 발광하기 시작한다.

○동포입니까?

파○포로군요!

나의 예상대로 일순간 뒤에 빛이 두꺼운 레이저가 되어 나를 목표로 발사되었다.

네 네에, 이공간으로 쏘옥~.

곧~바로~ 똑같이 돌려주기!

매섭게 날아오던 두툼 레이저가 내 앞에 출현한 이공간행 게이트로 빨려 들어갔다.

그리고 다시 옆쪽에 출현한 게이트의 출구에서 삼각추를 향해 레이저가 날아갔다.

공간 술사라면 누구든 떠올릴 기술이지!

원거리 공격을 똑같이 공간 연결로 상대에게 돌려주는 수법!

스스로 쏜 레이저가 삼각추를 덮쳤다.

하지만 역시나라고 말해야 할까, 삼각추에다가 결계를 설치해 놓은 듯 눈부신 빛을 방출하며 레이저가 튕겨 나갔다.

아마 항마술 경계와 반사를 더한 결계일까?

레이저가 결계에 튕겨 사방팔방으로 갈라지고 흩어져 날아간다.

흩어져 날아간 레이저가 엉뚱한 방향으로 확산했고, 또한 착탄 지점이 소멸됐다.

……위력이 너무 높잖아.

저거 도대체 뭐야?

착탄점의 지면이 싹 소실됐는데요?

뭔가 크레이터랄까, 구멍이 뻥 뚫렸는데요~.

물리적으로 이 별을 쳐부술 작정인가요?

○동포인 줄 알았더니 ○스 스타의 슈퍼 레이저였던 사건.

저거 한 발 날리는 데 얼마나 많은 에너지를 낭비한 거야.

괜히 버텨서 막아 내자는 생각을 안 해서 다행이다.

저딴 걸 어떻게 방어하라는 거야.

훗, 그러나 원거리 공격은 내게 통하지 않는다!

전부 다 반사해드리리다!

뭐, 2차 사격이 날아오기 전에 침몰시키겠지만.

한 번만 힐끔 하이린스를 훔쳐봤다.

하이린스는 오니 군에게 연행되고 있었다.

내 시선을 알아챘는지 고개를 돌리더니 곧 다시 앞을 향하며 피난을 재개했다.

일단 이 전투에 개입할 마음은 없는 것 같아.

딱히 상관은 없는데 내 비밀 무기를 보여줘야 된다는 게 유감이구나.

어쨌든 재를 진짜 힘 숨긴 채 잡을 수 있냐고 묻는다면 아마도 좀 어렵거든.

아니, 시간을 많이 들이면 불가능하지는 않을 텐데, 쓸데없이 여유 부리고 잡는 동안에 이 주변이 초토화를 넘어서 싹 소멸되어버릴 거야.

후유.

자, 가볼까.

괜히 한 마디 보태며 나 자신은 이공간으로 안녕.

흐흥.

아무리 파괴력이 높은 빔을 쏘아도 공간을 넘어오지 못하면 나를 맞힐 수 없다!

공간 술사는 뭐가 비겁하냐고?

공간 능력을 보유하지 못한 상대에게는 일방적으로 뭐든 다 저지를 수 있다는 거야.

뭐, 이런 이유로 신이라면 공간 능력은 필수지만…….

그중에서도 나는 공간 능력에 특화된 것 같고.

그러면 지옥 솥단지의 뚜껑을 열어볼까.

삼각추와 성게가 떠 있는 공중.

거기에서 더 상공에 공간의 균열이 발생한다.

그 균열은 거미집 같은 문양을 새기며 점점 넓어지다가 엘프의 마을이 있는 상공을 온통 뒤덮었다.

그리고 균열에서 지상을 들여다보는 무수한 눈.

팔백만의 눈이 지상을 내려다본다.

나의 분체들이 모두 동원되는 폭식의 사안.

우글우글 북적거리는 분체들이 일제히 발동한 폭식의 사안은 삼각추와 성게들의 에너지를 모조리 먹어 치웠다.

삼각추도 성게도 대공 포화를 날렸지만 거미집 형상의 공간에 가로막혀서 분체들에게는 공격이 적중되지 못한다.

그야 공간이 아예 차단됐는걸.

적중될 리 없지.

이러저러하는 동안에 에너지를 싹 강탈당한 성게들이 지상으로 떨어졌다.

이것이 내 비장의 무기.

공간 능력을 작정하고 활용하는 수단으로, 무수히 많은 분체를 이공간 「마이 홈」에 가득 넣어 둔 상태로 폭식의 사안을 써서 일방적인 에너지 착취를 감행하는 것.

신이든 뭐든 에너지가 바닥나면 단순한 생물이다.

통상의 생물이라면 말도 안 되는 에너지의 양이야말로 신을 신답게 만들어주니까 그 원천을 빼앗아버리면 신은 신이라고 말할 수 없다.

어중간한 신출내기 신인 내가 규리규리에게 대항하기 위해 강구

한 전법.

뭐랄까, 달리 방법이 없단 말이지~.

왜냐면 정면에서 치고받으면 확실하게 질 테니까.

그러니까 원래 갖고 있었던 수단을 철저하게 갈고닦을 수밖에 없었다.

솔직히 나는 이것밖에 못 하거든.

신이라기에는 실격이라고 평가해도 무방할 만큼 재주가 적다.

아무튼 더 우위에 있는 신인 규리규리를 타도하려고 쭉 갈고닦았던 게 나의 신규 마이 홈 전법이다.

엘프의 병기 따위에게 깨질 리 없지.

마이 홈에 있는 분체, 숫자는 백만.

그리고 여덟 개의 눈으로 쏘는 폭식의 사안, 도합 팔백만.

전투용 분체를 풀가동할 수 있는 한계 숫자는 1만이지만 폭식의 사안만 발동시킨다면 이런 전법도 구사 가능하다.

하는 행동은 완전 심플해도 그래서 더 막아 내기가 어렵다.

그렇다 해도 결국은 심플하기 때문에 내가 떠올리지 못한 방어법이 있을지도 모른다…….

그러니까 가능하면 이 수법을 노출하는 경우는 피하고 싶었는데…….

다시 한 번 하이린스의 상황을 확인하자.

와아~ 뚫어져라 쳐다보는구나.

이러지 마, 쳐다보지 마.

나는 이것밖에 못 하니까 여기에 대책이 마련되면 외통수라고.

이래서 쓰고 싶지 않았던 거야.

부탁이니까 대책은 마련하지 말아주렴?

슬며시 내가 기도하는 동안에 성게가 전부 지상으로 추락했고 마지막 삼각추도 힘없이 추락했다.

엘프의 최종 병기가 허망하게 침몰한다.

퀸이 성게한테 꼼짝도 못 하고 당했던 결과를 떠올리면 더욱 고성능이리라 짐작되는 삼각추의 힘은 분명히 마왕이라도 손쓸 방법이 없는 수준이었을 거야.

실제 폭식의 사안으로 싹 강탈한 에너지의 양을 생각하면 터무니없는 힘을 보유했었다고 역산이 가능하다.

그럼에도 침몰할 때는 허망하구나.

포티머스가 자신만만하게 엘프의 전력을 갖춰 놓았던 것과 마찬가지로 이쪽도 역시 어떠한 적이 나타나든 분쇄할 수 있게 힘을 길러 놓았다.

그러니까 이 승리는 당연한 결과.

……이런 생각을 하면서도 제가 마음이 살짝 조마조마하군요.

왜냐!

더는 안 나오겠지, 더는 안 나오겠지, 숨을 돌리려는데 자꾸자꾸 딴 놈이 튀어나왔잖아?!

이번에는 삼각추가 떼 지어서 둥실~ 날아올라도 이상할 게 없잖아?!

아니, 이상한 건 맞지만 말야?!

아무튼 경계하게 되는 내 심정을 이해해줘!

더 이상 추가는 없길 바란다!

나의 기원을 배반하며 지면이 갈라지더니 거기에서 거대한 무엇인가가 떠올랐다.

…….

…………….

……………………….

작작 좀 하란 말이야~!!!!

진짜 돌겠네!

진짜 돌아버리겠네!

아주 온화한 나를 돌아버리게 만들다니, 배짱 참 좋구나으아?!

각오는 해서 저지르는 짓이지? 이 짜식아?!

맨 처음부터 용서할 마음 없었는데 진짜로 용서 안 해줄 테다, 어으아아!

앗, 방금 튀어나온 UFO 비슷한 저거, 도망치려는 것 같은데?

짜샤, 꿈도 꾸지 마라~?!

王7 원수를 갚는 왕

"아리엘! 저것은, 저것은 뭐냐?!"

포티머스의 다급한 목소리가 울려 퍼진다.

동시에 이제껏 격렬하게 공세를 펼치던 오메가의 움직임이 멈췄다.

"저거, 저거, 무슨 말이야? 어디의 누구? 구체적인 표현이 없으면 나는 이해를 못 하는데~."

놀리듯이 호들갑스럽게 어깨를 으쓱거리고 머리를 절레절레 흔들었다.

평소였다면 나의 이러한 태도도 가볍게 받아넘겼을 텐데 아무래도 상당히 절박한 상태였는지 스피커 너머로 이를 가는 소리가 들려왔다.

"저 시로라는 녀석을 말하는 거다! 저것은 뭐냐?!"

그렇겠죠~.

응, 알고 있었다.

저게 뭐냐고 되물었지만 당연히 알고 있었죠.

저 자식, 포티머스가 이렇게까지 허둥댈 만한 사태를 일으킬 수 있는 사람이면 시로 말고는 안 떠오르거든.

그나저나 포티머스의 허둥거리는 정도가 장난 아니야.

이렇게 감정을 뻔히 노출하며 소리 지르는 포티머스의 목소리를 듣는 것은 언젠가 시로한테 엉덩이를 뚫린 이후로 처음 아닐까?

포티머스는 항상 타인을 내려다보기에 감정다운 감정을 드러내지 않는다.

아랫사람으로 보는 상대에게 무슨 짓을 당하든 반응해줄 필요가 없잖아.

다른 사람을 깔보니까 자연히 남 때문에 자기 감정이 흔들리는 모습을 수치스럽게 생각하는 거야.

그런데도 불구하고 지금 이렇게 당황하는 모습은…….

포티머스에게 있어 상정을 아득하게 뛰어넘은 사태가 발생했다는 뜻이겠네.

응, 시로라면 저질렀을 거야.

"뭔데, 뭔데? 시로가 뭔가 저질렀어?"

대답해주리라는 기대는 안 했지만 조금 궁금해져서 물어봤다.

"질문을 한 사람은 나다! 어서 저것이 무엇인지 대답해라!"

아예 비명같이 부르짖는다.

으음~.

도대체 뭘까~.

저런 목소리는 가능하면 내 손으로 뽑아내주고 싶었는데 말이야~.

시로한테 추월을 당해버린 걸까~.

"무슨 일이 일어났는지는 잘 모르겠는데 아마도 시로한테 한 방 먹었다는 느낌이네? 아이고, 참 안되셨어요. 꼴좋다."

비웃어주자 이제껏 움직임을 멈추고 있던 오메가가 갑자기 또 달려들었다.

분노 가득한 거창하기만 한 공격을 백 스텝으로 피한다.

"화났어? 화딱지 났어? 성질 급하네~. 칼슘이 부족한 게 아닐까? 이래서 방구석에 처박혀 사는 미숙아는 못 써먹는다니까."

도발하자 오메가가 멍청하게 똑바로 덤벼들었다.

"제길! 제길! 제길! 어디에서 계산이 어긋났지? 저따위 것, 이론적으로 말이 안 되잖아!"

혼자 떠드는 욕설이 험악하게 울려 퍼졌다.

나약하다.

이미 알았던 사실이지만 이 남자는 약하다.

포티머스가 강했던 이유는 이제까지 자신보다 약한 존재밖에 상대하지 않았으니까.

포티머스가 강한 게 아니라 상대가 더 약했을 뿐.

그래서 강자 행세를 할 수 있었다.

그러니까 보란 듯이 여유를 부릴 수 있었다.

하지만 나는 알았다.

이 남자는 사실 누구보다도 약하다고…….

누구보다도 약했기 때문에 누구보다도 힘을 갈구했다.

그 말로가 지금의 포티머스.

강하다고, 강해졌다고 착각했을 뿐 여전히 나약한 남자.

시로라는 자신보다 강한 존재를 상대하며 껍질이 벗겨지자 본래의 나약함이 드러났다.

"약하구나."

"뭐라?"

가만히 중얼거린 말을 주워들은 포티머스가 나지막한 목소리로 되물었다.

"포티머스, 너는 약해."

별로 들으라고 한 말은 아니었던 혼잣말이지만 되물어줬으니 분명하게 대답해주자.

"시스템의 거짓된 힘에 만족하는 네년이 할 말은 아니군."

그런 의미에서 강하고 약하다는 게 아닌데 말야.

말해도 이 남자는 알아듣지 못할 거야.

"그래, 시스템이다. 뭐가 신에 이르기 위함이냐. 신이 될 가망은 보이지도 않는데! 그런데, 저것은? 그렇다면 어째서? 아아, 제기랄! 제길!"

이미 무슨 소리를 하는지도 못 알아들을 지리멸렬한 욕설을 되풀이하는 포티머스.

주인의 영향을 받은 탓인지 오메가의 움직임도 엉망진창이다.

드릴이 나의 안면으로 다가들었다.

그 끝을 이빨로 물어 막았다.

아득아득 소리가 울려 퍼져도 개의치 않고 턱에다가 힘을 넣어서 드릴을 물어뜯었다.

"잠깐. 잠깐, 잠깐, 잠깐! 그렇다, 어째서냐? 어째서 네년이 아직껏 살아 있나?"

오?

이제야 눈치챘구나?

"왜 상처가 회복되지? 항마술 결계 안쪽인데 어째서 글로리아 오메가와 대등하게 싸울 수 있지? 어찌 된 영문이냐?!"

눈치채는 게 느리잖아.

나는 오메가의 드릴에 몸이 만신창이가 됐었다.

배가 도려지고, 가슴을 관통당하고, 팔이 날아가고, 다리가 찢어지고…….

그런데 모든 상처가 이미 회복되어 있다.

“설마, 설마 네년까지?! 설마 네년도 신이 되었다는 말인가?!”

포티머스가 절규한다.

이제까지 실컷 우습게 봤던 내가 자신이 추구했던 신의 경지를 향한 계단에 먼저 올랐다면…….

물론 포티머스한테는 최대의 굴욕일 거야.

“아니야.”

다만 유감스럽게도 아니었다.

나는 신이 되지는 못했다.

신이 되지는 못한다.

그렇게 쉽게 신이 될 수 있었다면 포티머스도 옛날에 신이 되었을 테니까.

“나는 신이 된 게 아니야. 하지만 일시적으로 신과 대등하게 맞붙을 만한 힘을 발휘할 순 있어. 너도 방법은 잘 알고 있잖아?”

오메가가 뒤로 물러났다.

그 모습은 포티머스가 주춤거리는 듯 보였다.

“설마.”

“설마가 맞아.”

“제정신인가?”

불쑥 막말을 하네.

뭐, 포티머스의 입장에선 제정신으로 할 짓이 아니겠네.

그래서 네가 약하다는 거야.

나도 어지간히 약한 사람이지만 목적을 위해 목숨을 거는 정도의 용기는 갖고 있거든.

"겸양."

내가 새롭게 획득했던 7대 미덕 스킬.

그 효과 덕택에 나는 일시적으로 신에 필적하는 능력을 가지고 있다.

시로에게 받은 신의 파편, 전직 몸 담당과 나의 혼이 융합했을 때 나의 혼은 그만큼 용량이 불어났다.

이미 내용물이 꽉꽉 들어차서 파열 직전의 균열투성이 용기와 비슷했던 나의 혼.

그 균열을 보수해주는 것처럼 시로의 혼이 스며들었다.

덕분에 나는 더 이상은 스킬을 습득할 수 없는 상태였는데도 새로운 스킬을 습득할 수 있었다.

염화라든가 이제껏 혼자였기 때문에 별 필요가 없던 스킬을 습득한 뒤 마지막으로 습득했던 것이 이 겸양 스킬.

시로를 빼고 다른 사람에게는 비밀로 했던 이 스킬이 나의 마지막 수단.

마지막 수단을 사용하는 데 망설임은 없다.

설령 그 결과로 혼이 불타서 스러지더라도.

『겸양: 신에 이르기 위한 n%의 힘. 자신의 혼을 소비해서 신에게도 필적하는 힘을 일시적으로 획득할 수 있다. 또한 W의 시스템을 초월하여 MA 영역의 간섭권을 획득한다.』

부서진 드릴을 재생시키고자 하는 오메가의 머리를 붙잡아서 대뜸 물어뜯었다.

금속의 쓴맛이 입속에 퍼져 나간다.

그것도 일순간의 감각일 뿐 입속에서 물어뜯은 물체가 분해되며 순수한 에너지로 변환됐다.

내가 보유한 폭식 스킬의 효과는 입속 한정으로 이상 없이 작동하고 있다.

일단 입안에 넣을 필요가 있지만 입속에 넣기만 하면 어떤 대상이든 에너지로 분해해서 흡수할 수 있었다.

한입으로 빼앗을 수 있는 에너지는 미미하지만 끝없이 치고받기보다는 효율이 좋을 거야.

이미 오메가의 설계 개념은 대강 파악했다.

밑바탕의 목적은 신을 물리치는 것, 즉 규리에를 적으로 두고 제작된 결전 병기다.

좌우간에 에너지를 듬뿍 쏟아부은 지구전 타입.

에너지의 양에 의지해서 당하고 또 당해도 순식간에 재생하는 터프함을 갖추고 있다.

쓸데없는 기능을 없애버리고 한 분야에만 특화된 성능.

공격 수단이 드릴인 이유는 포티머스의 취미인가?

……아니, 일단 물리적인 파괴력으로 말하자면 드릴은 분명 효율이 좋잖아.

여기에 더해 항마술 결계와 독가스로 상대를 소모시킨다.

신이란 결국 에너지가 많은 생물을 가리키는 말이다.

그 에너지야말로 신을 신답게 만들어주니까 에너지가 바닥날 때까지 주야장천 싸울 수 있는 병기를 내보내면 된다.

오호라, 오호라.

좀 멀리 돌아가지만 사용 가능한 수단으로 신을 쓰러뜨리겠다는 생각이라면 제법 일리가 있고 앞뒤가 맞는 방법이잖아.

실제로 나는 겸양을 발동하고도 고전을 면치 못했다.

진짜로 규리에한테 통용될지 아닐지는 알 수 없어도, 포티머스가 고민하고 고민을 거듭한 끝에 이 포진을 완성시켰다는 사실만큼은 알겠다.

그런 까닭에, 상대가 하필 나였기에 패배를 맞이하게 된다.

오메가의 몸체에 관수를 꽂아 넣었다.

그리고 오메가의 몸 안쪽에서 마법을 발동.

항마술 결계도 만능은 아니다.

결계 안 생물의 몸속, 특히 마술의 발동을 방해해서는 안 되는 아군의 몸속에는 효력이 적용되지 않는다.

그야 오메가가 재생하는 데 필요한 마술이니까 그것을 방해하면 단순한 금속 덩어리가 되어버리는걸.

그러니까 마법을 발동할 수는 있다.

오메가의 몸속이라면…….

발동한 것은 외도 마법 레벨 10의 마법.

그 이름은 파혼.

외도 마법은 상대의 혼에 직접 영향을 준다.

그리고 파혼은 상대의 혼을 파괴하는 마법.

그런 마법을 오메가에게 때려 박았다.

오메가가 몹시 싫어하며 버둥거리다가 나의 볼을 냅다 후려쳤다.

광대뼈가 부서지는 아찔한 소리와 함께 떠밀려 날아가며 오메가를 놓쳐버린다.

곧바로 다시 자세를 잡고 오메가의 추가 공격을 경계했다.

하지만 추가 공격은 오지 않았고 반대로 오메가는 경계 태세처럼 철저하게 방어 자세를 취하고 있었다.

효과가, 있네.

뭐, 아는 사실이기는 했지만 말야.

에너지는 혼에 깃든다.

혼이라는 그릇이 없으면 에너지는 금방 새어 나가버린다.

그 혼의 그릇이 극단적으로 큰 존재가 신.

신을 죽이려면 혼이라는 그릇을 부수거나 그 안쪽에 든 에너지를 전부 소비시켜야만 한다.

포티머스가 선택한 것은 에너지를 소비시키는 방법.

선택했다? 더 정확하게는 달리 방법이 없는 입장이었겠지만.

내가 했듯이 파혼으로 혼을 부수는 방법도 가능하다.

다만 이때는 시스템의 힘을 꼭 빌려야 한다.

파혼은 시스템의 보조가 없다면 쓰지 못하니까.

시로조차 아직껏 파혼은 재현을 못 했거든.

포티머스도 파혼을 시스템의 보조 없이 재현하지는 못한다.

그러니까 포티머스는 다른 방법을 택할 수밖에 없었다.

포티머스도 분명 파혼을 못 쓰지는 않아.

작정만 하면 엘프들에게 외도 마법을 익히게 해서 사용할 수 있잖아.

그러나 저 방법을 포티머스는 선택하지 않는다.

왜냐하면 포티머스는 엘프조차 신용하지 않으니까.

포티머스에게 엘프는 편리한 도구일 뿐.

도구는 안전하게 사용해야만 한다.

따라서 조금이라도 해가 될 만한 스킬은 허락하지 않는다.

외도 마법은 포티머스에게도 양날의 검이니까.

내 외도 마법이 오메가에게 먹힌 게 좋은 증거다.

포티머스의 최종 병기인 이 오메가에게 외도 마법이 유효하고, 포티머스 본인에게도 분명 유효할 거야.

규리에를 상대로 싸워야 할 경우에도 한두 사람이 외도 마법을 사용해 봤자 언 발에 오줌 누기.

진짜 작정하고 몇백 단위의 인원에게 습득시켜서 쓰지 않으면 분명 유효타를 줄 수 없다.

그렇게 많은 인원에게 외도 마법을 습득시켰는데 혹시 자신을 배반하면?

그런 불안 때문에 이 같은 수단을 선택할 수 없었다.

왕은 고독하다는 말을 곧잘 하던데 포티머스의 경우는 조금 다르구나.

자기가 원해서 혼자가 됐다.

닫아 놓은 비좁은 모형 정원으로 만족하고 있다.

그 모형 정원의 안쪽에서는 최고가 될 수 있으니까.

그 모형 정원의 안쪽에서는 무슨 짓을 저질러도 용납되니까.

진짜 옹졸한 녀석이다.

그리고 또한 비열한 놈이다.

"포티머스. 이 오메가라는 놈을 만드는 데 **몇 사람의 혼을 쓴 거야?**"

중얼중얼 스피커 너머로 신음하고 있던 포티머스에게 제대로 된 대답은 기대하지 않았다.

하지만 목소리를 내서 물어볼 수밖에 없었다.

에너지는 혼에 깃든다.

에너지를 보유했다는 것은 이 오메가에게도 혼이 있다는 뜻.

그리고 혼에는 비축 가능한 에너지의 한계치가 있다.

나와 포티머스가 뛰어넘지 못했던 한계치가…….

오메가에게는 애당초 규리에를 상대로 제작했을 만큼 방대한 에너지가 주어졌다.

그 많은 에너지를, 한 사람 몫의 혼으로 보유 가능할 리 없다.

그게 가능했다면 포티머스도 벌써 예전에 신이 되었겠지.

그러니까 이 오메가에게는 몇 명, 아니, 수십 명, 어쩌면 수백 명 몫의 혼이 주입되어 있다.

이따위 금속 덩어리로 몸을 개조당한 사람들의 혼이…….

동정은 한다.

다만 자비는 없다.

파혼으로 혼을 부수는 행위는 윤회의 고리에 되돌리지 않고 무로 만들겠다는 뜻.

글자 그대로 외도에 속한 마법이다.

그럼에도 손수 행사하는 데 망설임을 갖지 않는다.

나에게도 여유가 많지는 않으니까.

폭식과 파혼, 그리고 시간제한이 딸린 겸양.

이대로 강행한다.

"미안해."

가엾은 병기로 전락하게 된 혼들에게 딱 한 마디를 사죄한 뒤 나는 한 걸음을 내디뎠다.

그 이후 공방을 주고받으며 대체 얼마나 시간이 흘렀을까.

나의 감각으로는 상당히 긴 시간을 내내 싸웠던 것 같다.

사실은 체감 시간을 길게 늘어뜨린 나의 주관에 불과할 뿐 실제는 의외로 짧은 시간이었을지도 모른다.

이제 몇 번째인지도 알지 못하는 공격을 선사했다.

나의 관수가 오메가의 가슴에 콱 꽂히고 외도 마법이 발동되며 기체에 깃든 혼을 파괴했다.

오메가는 딱 한 번 경련하듯 몸을 떨다가 움직임을 완전히 멈췄다.

손을 빼내도 꿰뚫린 구멍은 다시 재생되지 않았고 지지하는 힘을 잃게 된 신체가 맥없이 바닥에 쓰러졌다.

의외로 가벼웠던 딸각 소리가 혼이라는 무게를 잃은 빈 껍질이 연주하는 소리처럼 생각됐다.

끝났다.

아니, 아직이야.

이 오메가는 포티머스의 최종 병기였지만 포티머스 본인은 아니다.

포티머스 본인을 진짜 죽음으로 인도할 때까지는 끝이 아니야.

그나저나 좀 힘드네~.

나의 겉모습은 상처 하나 없이 깔끔한 상태인데 정작 알맹이는 너덜너덜하다.

겸양의 효과로 혼을 갉아먹었기 때문이지.

오메가에게 빼앗은 에너지를 완충재로 쓸 수 있어도 없는 것보다는 나았다는 정도.

지금 겸양의 효과를 해제하면 어떻게 될까.

초의 불빛은 다 타기 직전에 가장 반짝인다잖아.

제발 부탁이니까 포티머스를 끝장낼 때가지만 버텨줘.

—끝났으면 밖으로 나와—.

머리에 직접 울려 퍼지는 듯한 목소리.

시로가 보낸 메시지인가?

항마술 결계가 아직 발동되어 있는데 아무렇지도 않게 이런 재주는 안 부려주면 좋겠어.

자신감이 사라지는걸~.

어쨌든 시로가 불러줬으니 바깥으로 나가보는 게 좋겠네.

들어왔을 때 닫혔던 문을 완력으로 대강 비틀어 연다.

과연 신을 가두어 놓겠다고 만든 공간답게 여는 데 고생을 많이 했다.

끼끼거리며 문을 연 다음은 재차 끼끼거리며 긴 오르막을 올라서 바깥으로 나갔다.

그곳에서 목격한 것은 뭐라고 할까, 상상을 훌쩍 뛰어넘는 광경이었다.

여기저기 죄다 불타오르는 숲.

불길이 치솟는 장소에는 뭔지 잘 모르겠는데 둥글고 거대한 물체가 굴러다니고 있다.

저 지옥 같은 광경 속에서 한층 더 눈에 띄는 거대한 실루엣.

하늘을 온통 뒤덮을 듯한 거대한 원형 물체가 비상하고 있었다.

언제였더라, 황야에서 기적적으로 나와 포티머스와 교황이 함께 협력하며 침몰시켰던 고대 병기를 방불케 하는 모습이다.

저것도 똑같이 포티머스가 설계한 병기라면 외형이 대충 비슷해도 어쩔 수 없지 않을까.

저것을 한 마디로 표현하자면 UFO.

우주인이 타고 다닌다는 꽤 진지한 소문이 돌았던 물체다.

아무튼 이 표현이 아주 어긋나지는 않았다.

하늘에 떠 있는 원형의 물체는 진짜 우주선이니까.

포티머스가 이 별의 상황을 알지 못할 리 없잖아.

사상누각 같은 이 별에 포티머스가 고집을 하는 이유는 시스템이 있기 때문에.

방금 전까지 시스템을 이래저래 막 헐뜯고 욕한 이유는 사실 기대를 배반당했다는 반발 때문일 거야.

포티머스는 시스템에 기대를 갖고 있었다.

자기 자신을 신으로 만들어줄 것이라고…….

하지만 포티머스는 신이 되지 못했다.

그럼에도 한 줄기 희망을 품고 포티머스는 이 별에 머물렀다.

어쩌면 나중에라도 신이 될 수 있다는 바람으로…….

그러나 포티머스 본인도 엷은 기대에 불과하다는 자각은 있었을 것이다.

그러니까 미리 준비하는 게 당연했다.

이 별에서 탈출할 방법을…….

포티머스는 이 별을 언제든지 떠날 수 있었다.

그래서 별이 멸망할 수 있는 만행도 태연하게 저지른다.

그 탈출 수단이라는 게 지금 공중에 떠올라 있는 저 우주선이겠네.

고이고이 숨겨 놓았을 탈출 수단은 현재 하얀 실에 꽁꽁 옭아매여서 붙들려버렸지만 말이야.

저 광경은 마치 거미집에 붙들려서 포식당하기를 기다리는 날벌레 같아.

음.

실제 딱 들어맞는 말이라서 웃음이 나오네.

시로야, 너 진짜 대단해.

내가 오메가와 노는 동안에 무슨 짓을 벌인 거야.

너무 굿 잡이라서 말도 안 나오는걸.

저 안에 포티머스가 있다는 건 분명하다.

전황이 악화되는 걸 보고 더 이상 만회는 불가능하다는 판단에 오메가를 내버린 채 후닥닥 도망쳤던 거야.

오메가도 꽤 수고를 들여서 만든 병기였지만 어차피 포티머스의 입장에서 봤을 때 도구 중 하나에 불과하다.

자기 생명과 저울에 걸어서 어느 쪽을 선택할지는 포티머스가 굳이 고민할 필요도 없는 문제였겠지.

우주선을 꽁꽁 포박한 실들 한 가닥이 나의 바로 옆 지면에 붙어 있었다.

실의 두께는 사람 한 명이 올라타서 걸어도 문제없을 정도.

가볍게 주위를 둘러봐도 시로는 보이지 않고.

다만 이렇게 명백하게 따라가라고 말하듯 실이 놓였다는 것은 뭐, 대충 의도를 알 수 있잖아.

실 위에 올라타 발을 디디며 올라간다.

뭔가 아까부터 오르막길만 잔뜩 다니네.

우주선에서 요격이나 뭔가 공격이 날아올까 봐 경계했는데 아무 일 없이 곧 우주선에 도착했다.

이미 시로가 손을 써서 무력화를 끝낸 걸까.

휙, 우주선 위에 올라서 해치 비슷한 곳을 찾는다.

머지않아 찾아낸 문을 역시 완력으로 떼어 내고 안으로 들어갔다.

선내는 놀랍도록 어두웠다.

조명이 없다.

뭐, 밤눈 스킬이 있는 나에게는 아무 상관도 없지만.

걷는다.

거대한 만큼 통로도 무식하게 길다.

걷는다.

유리 너머로 공장 비슷한 시설이나 농원 비슷한 시설 등등이 보였다.

이 우주선의 안에만 머물러도 사람의 삶이 온전하게 이루어질 수 있도록 설계되었을 거야.

상황에 따라서는 수백 년 단위로 우주를 헤매게 될 수도 있을 테니까.

단지 시스템에만 기대했던 것이 아니라 앞이 보이지 않는 불안감 역시 포티머스가 이 별을 떠나지 못하게 했던 이유 중 하나가 아니었을까.

이 별에는 규리에밖에 신이 없다지만 다른 별에는 더 많은 신이 있을지도 모른다.

그렇게 생각하면 섣부른 행동은 불가능하지.

걷는다.

방어용으로 배치했을 로봇이 우글우글 튀어나왔지만 아까 전까지 지하에서 싸웠던 개랑 비교가 안 될 만큼 약했다.

박살 낸다.

다른 로봇을 상대해보면 아까 전까지 지하에서 싸웠던 오메가가 특별했다는 사실을 잘 알 수 있었다.

걷는다.

기성을 발하며 포티머스의 분체가 덮쳐들었다.

단정한 용모가 초조함과 공포로 비뚤어져서 심한 몰골이 되어 있었다.

이제껏 포티머스는 분체가 살해당하든 말든 천연덕스러운 얼굴을 이런 모양새로 비뚤어뜨린 사례가 없었다.

분체는 얼마든지 쓰고 버려도 상관없지만 본체가 살해당하는 사태는 그만큼 난처하다는 뜻이겠지.

당연하지만…….

쓱싹, 막 덮쳐들었던 분체를 정리했다.

이제 와서 기계를 달아 강화했더라도 분체 따위로 대처 가능한 단계는 옛날에 지나갔다.

"즉 외통수야."

걷고 걸어서 도착한 곳에, 있었다.

투명한 통 안에 들어간 엘프 노인의 몸.

그 몸에는 무수히 많은 관이 연결되어 있다.

통 안쪽은 특수한 소재인지 뭔지를 써서 응고시켰는지 노인은 꿈쩍도 하지 않는다.

"멈춰라! 멈춰라 멈춰라 멈춰라! 끝나고 싶지 않아! 이렇게 끝나서는 안 된다! 나는 앞으로도 영원히 살아가야 할 몸이다! 부탁한다! 제발 멈춰라!"

뭐, 움직이지 않는 대신에 스피커에서는 절규가 쏟아졌지만…….

스피커에서는 끊임없이 멈춰달라는 애원과 의미 없는 부르짖음이 뒤섞여서 흘러나오고 있다.

호흡을 하지 않으니까 줄곧 소리칠 수도 있구나.

포티머스에게 육체는 살아가기 위한 그릇에 불과하기에 살아 있기만 하면 아무 문제가 없다.

움직이고 싶을 때는 분체를 쓰면 그만이고.

고작 통 안쪽에서 움직이지도 못하며 단지 살아 있기만 한 육체, 이것이 바로 포티머스의 본체.

이런 몰골이 되어 있지 않을까 대충 상상은 했었는데, 직접 눈으로 봐서 확인하니까 참 딱한 모습이다.

엘프의 수명은 길다.

그러나 영원하지는 않다.

포티머스가 살아왔던 햇수는 엘프의 수명을 크게 넘어섰다.

그러니까 이렇듯 상당히 무리해서 연명하고 있는 게 아닌가 예상은 가능했다.

살아 있음에 집착하며 오직 삶만을 추구했던 남자의 이러한 말로.

"죽고 싶지 않다! 죽고 싶지 않다! 싫다아! 죽고 싶지 않다아아아아아아!"

"유감이지만 포티머스, 너는 죽음보다 더 가혹한 처지가 될 거야."

끊임없이 외치는 포티머스에게 동정은 하지 않는다.

다만 꼴좋다는 느낌도 들지 않았다.

더욱더 뭔가 감정이 복받칠 줄 알았는데 스스로도 놀랄 만큼 아무것도 느끼지 않는다.

"심연 마법."

나의 중얼거림을 들은 포티머스가 더욱 광란하며 소리 질렀다.

심연 마법은 특수한 마법이다.

혼을 파괴하는 외도 마법과 달리 심연 마법은 혼을 분해해서 시스템으로 환원한다.

그냥 죽이기만 해서는 안 된다.

이 남자는 혼마저도 이 세계에 속죄하게 만든다.

심연 마법의 준비에 들어갔다.

외도 마법과 달리 심연 마법에는 고도의 마법 구축이 필요하다.

분명 D님은 일부러 이렇게 만들어 놓았을 거야.

신에게 대항하기 위하여 설정된 것이 외도 마법.

이 세계의 주민들끼리 심판을 내리기 위하여 만들어진 것이 심연 마법.

언젠가 다시 태어난다는 선택지를 빼앗아 시스템으로 환원시키는 심판을 내린다.

그것은 다시 태어나 삶을 살아가는 것보다 이 세계에 더욱 보탬이 되리라는 판단에서 이루어지는 결과.

발동까지 시간이 제법 걸려서 실전에 어울리지 않는다는 것이 증거가 아닐까. 나는 남몰래 그렇게 생각하고 있다.

이렇게 오래 살아온 녀석이잖아.

잔뜩 모았을 에너지의 양은 꽤 많을 테고, 혼 전부를 환원시키면 분명 다소나마 보탬이 될 거야.

적어도 이 자식은 불사 스킬은 무조건 가지고 있을 테니까.

영원의 생명을 바라는 이 자식이 불사를 안 갖고 있을 리 없다.

불사 스킬은 습득하기 위해 무시무시한 분량의 스킬 포인트가 필요하니까 그만큼 에너지는 가득하다.

그 에너지도 유효하게 활용해줘야 덜 아깝다는 말이지.

그것만으로 이 남자가 저질러온 죄를 되갚을 수 있다는 생각은 전혀 안 들지만…….

"제길! 제길! 제길! 네 녀석, 네 녀석을 잡아 불로의 비밀만 해명했더라면! 네가! 네가아아아아!"

포티머스가 원독이 담긴 절규를 내뱉는다.

나는 어떻게 된 영문인지 불로였다.

포티머스의 실험이 성공해서인지 시스템의 영향인지 이유는 알지 못한다.

그러나 포티머스가 추구하는 영원의 생명에서 첫 단계의 목표였던 불로를 나는 이미 완수했다.

그래서인지도 모르겠다.

이 남자는 몹시도 내게 매서웠다.

질투, 아마도 맞을 거야.

단지 육체가 아무리 불로여도 별 의미는 없다.

왜냐하면 나는 육체가 아닌 혼의 수명이 한계에 가깝거든.

또한 그것은 나에게만 적용되는 이야기가 아니다.

……아마 포티머스도 나와 비슷하게 혼의 한계를 느끼고 있었을 테니까.

육체는 무리해서 연명시키는 데 성공한 것 같지만 혼의 수명은 끝내 조작할 수 없었겠지.

내가 겪었듯이 과하게 비대화된 스킬과 능력치의 무게를 본래의 혼은 더 이상 견디지 못하게 되었을 거야.

어쩌면 육체적으로 한계가 다가왔을지도 모르겠는데, 어느 쪽이든 간에 포티머스는 죽음이 가까워졌음을 깨달았겠지.

그래서 초조해졌다.

최근 들어서 유난히 활동이 활발해졌던 것은 그런 이유 때문이었을 거야.

전생자들의 확보에 나선 이유도 자기 수명을 늘리기 위한 힌트를 얻기 위해서.

잘하면 전생자의 유니크 스킬 중 소원을 이루어줄 능력이 있지는 않을까 기대했을지도 모르겠네.

유감이지만 딱 소원을 이루어줄 만한 스킬은 없었나 본데.

그럼에도 포기할 수 없어서 발버둥친 끝에 맞이하게 된 말로가 이런 몰골이다.

죽음으로부터 도망치고 도망치고 도망치고…….

"……."

문득 물어보고 싶은 의문이 떠올라서 입을 살짝 열었다.

그러나 스피커에서 끊임없이 의미가 없는 절규를 내뱉는 포티머스에게 물어본들 분명 제대로 된 대답은 돌아오지 않는다.

애당초 물어봐도 의미가 없는 질문이었을 거야.

『죽지 않으려고 살아온 너의 인생에 어떤 의미가 있었어?』

이게 다 뭐람…….

"잘 가, **아버지.**"

더 이상 의미가 있는 말소리를 내지 못하고 단지 절규를 내지르는 포티머스의 본체를 향해 심연 마법을 발동시켰다.

그리고 정적만이 남았다.

Potimas Harrifenas

포티머스

본명, 포티머스 하이페너스. 죽고 싶지 않다는 단 하나의 망집에 사로잡혀서 영원의 생명을 추구하는 남자. 목적의 달성을 위해서라면 수단을 가리지 않는 무도함을 가지고 있다. 생명에 집착하면서도 타인의 생명은 아무렇게나 쓰고 버리는 악인. 이자의 인체실험에 당한 피해자는 몹시도 많다. 본인의 연구 성과로 MA 에너지의 발견과 그것을 이용하는 인간 진화론을 발표. MA 에너지를 인간들의 손으로 수집하도록 유도해서 자신의 연구 환경을 마련했다. 그것이 세계의 파멸을 초래함을 뻔히 알면서도. 연구의 끝에 본인은 더욱 수명을 연장시키는 방향으로 발전시킨 진화종, 엘프로 진화를 이루었다.

黑7 혼자 이야기, 그렇게 또 역사가 움직인다

시스템의 구축은 이 세계에 있어 커다란 역사의 전환점이 되었다.

……시스템이 구축될 때 나는 D에게 대본을 받아 낭독하는 처지가 되었었지만 전 세계의 인간들이 나의 말을 들었지.

그 문구는 딱히 내가 생각해서 한 말이 아니라 D의 지시였음을 해명해 두겠다.

으흠! 그 부분에 대해서는 더 자세하게 말하지 않겠다.

시스템이 구축됨으로써 이 세계는 크게 변화했다.

사리엘과 용, 그리고 인간.

미묘한 균형 위에서 성립되었던 이 세계가 D의 개입에 의해 단박에 변모되었다.

D의 장난감, 듣기에는 안 좋은 표현인데 D의 소유물이 되었다는 것은 분명하다.

그에 따라서 다른 신들은 이 세계에 간섭할 수 없게 되었다.

D의 영역을 건드리는 기괴한 신이 어디 있겠나.

장난감이 되는 대신에 비호를 받은 것이다.

그 일련의 소동에서 인간들은 MA 에너지를 남용하며 별을 붕괴로 이끌었다.

용은 이 세계에 큰 상흔을 남긴 뒤 떠났고 사리엘은 자기 몸을 희생하며 세계를 구원하고자 했다.

결국 포티머스가 준비했다던 세계를 구하기 위한 장치는 사실 아무런 효력이 없었지만 말이다.

음? 뭐라?

사리엘은 왜 꿰뚫어 보지 못했느냐고?

사리엘은, 굳이 분류하자면 전투 특화여서……

사실을 말하자면 근육 뇌였다…….

포티머스가 만든 장치에 각인되어 있는 마술의 정체가 무엇인지 사리엘은 알아보지 못했을 것이다.

어쨌든 간에 사리엘이 그 장치를 쓴 순간, D가 개입하여 사리엘을 시스템의 핵으로 쓰기 위해 납치하지 않았더라면 사리엘은 헛되이 죽음을 맞이했다는 소리다.

그리고 포티머스만이 홀로 이득을 챙겼겠지.

……진정 용서할 수 없는 만행이다.

사리엘이 어떤 심정으로 자기 몸을 바치고자 했고 고아원의 아이들이 어떤 심정으로 사리엘을 배웅했었던가.

더욱 말하자면 더스틴의 각오도 말이다.

포티머스의 만행은 모든 각오를 조롱하는 최악의 짓거리다.

용서할 수 없다. 결코 용서할 수 없다!

……그러나 나는 포티머스에게 간섭을 금지당해버렸다.

"우리 관리자가 할 일은 감시와 조정이에요. 진정 신이라 할 수 있겠죠. 그러니까 특정 인물을 죽인다거나 나쁜 짓을 하면 안 돼요. 사리엘도 아마 바라지 않을걸요?"

D가 다짐을 놓았는데 어찌 반항하겠는가…….

D의 입장에서 포티머스는 살아 있어야 더욱 재미있어지는 인재였

을 테지.

D에게 이 세계란 어디까지나 결국은 장난감에 불과하잖나.

그런데 내가 포티머스 말살을 강행한다면 사리엘과 시스템이 어떻게 될지 장담할 수 없다.

결국에 나는 아무것도 하지 못했다.

물론 포티머스에게 분명하게 못은 박아 놓았지.

눈에 거슬리는 짓을 저지른다면 죽이겠다.

이 별에서 떠나려고 하면 죽이겠다.

이렇게 말이다.

이 협박은 의외로 제법 효과가 있더군.

덕분에 놈은 엘프의 마을 결계 안쪽에 틀어박힌 채 대규모 계획은 진행하지 못하게 되었으니까.

나도 D가 다짐을 놓은 까닭에 포티머스 본인을 건드리지 못했지만 그 사실을 놈이 알 리가 없잖은가.

게다가 본인은 건드리지 못해도 눈에 거슬리는 기계 병기를 운용하면 철퇴를 휘두를 수 있었다.

모든 악의 근원을 배제하지 못한다는 안타까움은 있었으나 놈의 활동을 방해하는 것은 가능했다.

포티머스도 작정하면 이 세계를 붕괴로 몰아넣을 수 있는 존재다.

놈의 억지력으로서 나 또한 다소는 도움이 되었을 테지.

……그런 생각이라도 안 한다면 버틸 수가 없다.

관리자라는 입장은 스트레스가 쌓이니까 말이지.

그러니까 때때로 기분 전환을 하고 있다.

분체를 준비해서 인족의 생활에 섞여 들어가는 식이다.

지금은 하이린스가 되어 생활하고 있는 그런 방식이지.

실제 인족이 되어 생활해보면 거리를 두고 관찰만 할 때는 깨닫지 못했던 문제가 많아 신선했다.

관리자로서가 아닌 단순한 인족으로서 뜻하는 대로 살아가면 꽤 괜찮은 해방감이 느껴진다.

게다가 애써 인족과 가까이 지내면 나 또한 인간들을 용서할 수 있다는 기분이 들었다.

인간들도 아주 열심히 살아간다는 것을 깨달았으니까.

어떠한 때는 농가, 어떠한 때는 모험가, 어떠한 때는 상인.

이런저런 인간이 되어보았는데 어떤 인생에서도 제법 괜찮은 만남이 있었다.

물론 때로는 악랄한 인간과 마주치기도 했다. 그러나 어떤 인생이라도 한 사람은 진심으로 신뢰할 수 있는 인간과 우의를 맺기에 이르렀다.

하이린스의 삶에서는 율리우스와의 만남이 해당될 테지.

야나와 지스칸, 호킨.

그 녀석들과의 만남도 귀한 인연이지만 먼저 율리우스가 있었기에 이어졌던 인연이다.

하이린스의 소꿉친구였던 율리우스가 용사로 선택된 것은 정말로 우연이다.

나 또한 평소였다면 용사처럼 이 세계에서 영향력이 큰 인간에게 접근하는 행동은 하지 않았을 텐데, 얼떨결에 자꾸 끌려가다가 참

견을 하고 말았다.

가만히 놓아둘 수가 없더군.

그렇게 사람을 끌어들이는 힘이 율리우스의 최대 강점이었지.

……정말로 좋은 녀석이었다.

그래서 더더욱 그 녀석은 행복해지기를 바랐건만…….

인간의 행복을 바라게 될 줄이야, 옛날의 나였다면 믿지 못했을 것이다.

하지만 분노를 지속시키기가 어려워질 만큼 긴 시간이 흘렀다.

슬슬 나도, 이 세계도, 인간들을 용서할 시기가 왔을 터.

아리엘은 이러니저러니 말은 시끄러워도 마음속으로는 더 이상 인간들을 심각하게 원망하고 있지는 않을 테니까.

……이게 결국은 나의 바람일지도 모르겠군.

아리엘도 줄곧 이 세계를 조용하게 관찰했던 녀석이다.

포티머스 정도는 아닐지언정 아리엘에게도 인간들을 유린할 만한 힘은 있었다.

그럼에도 실행하지 않았다는 것이 대답이라고 나는 생각한다.

아리엘은 원래 파격적인 녀석이 몹시 많았던 고아원의 출신 중 가장 얌전하며 상식적이었다.

아무리 강한 힘을 가지더라도 당찮은 행동을 저지를 수 없는 마음씨 고운 소녀다.

그런 소녀에게 마왕이라는 큰 역할을 떠넘기고 말았다…….

아리엘 또한 편안한 마음으로 살아가주기를 바랐는데…….

뜻대로 되질 않는다.

사리엘, 율리우스, 아리엘.

내가 행복을 기원하는 대상들 모두, 끝내는 어려운 책임을 떠안게 된다.

……그러나 이런 반복도 슬슬 끝이 보이는 것 같구나.

오랜 세월간 손을 대지 못한 채 단지 지켜보기만 했던 나와 다르게 저것은 고작 몇 년 동안 이 세계에 극적인 변화를 불러왔다.

이 흐름은 이미 멈출 방법이 없다.

그 결말이 어떠한 형태가 되어 나타날지는 알 수 없다.

모든 생명들 전부가 구원받는 꿈같은 대단원은 감히 바라지 않는다.

바랄 수 없다.

이미 그런 조건을 달성하기에는 많은 생명이 지나치게 사라졌다.

다만 바라건대 조금이라도 구원받는 생명이 많아지기를…….

나는 기원한다.

기원만으로 혹여나 부족하다면, 그때는…….

나도 각오를 다질 때가 오는구나.

줄곧 움직이지 못한 채 붙박여 있었던 못난 나에게도 움직여야 할 때가 마침내 오려는가 보다.

이제껏 움직이지 않은 주제에 이제 와서 뒤늦게 나설 자격이 있는가?

떳떳하지 못한 마음이 있음은 차마 부정할 수 없으나 이제라도 여타의 책무를 일단 잊도록 하자.

아리엘과, 여러 친인들이 줄곧 어려운 책임을 떠안아왔다.

나 혼자 책임을 외면할 수는 없지 않겠는가.

그 결과로 내가 어떻게 되더라도 말이지.

8 종전, 왕에게 다가서는 자

시스템을 감시하고 있던 분체가 근면의 자리가 비워졌다는 것을 감지했다.

지배자 권한의 공백을 메우기 위해 곧바로 손을 써서 시스템의 가동에 영향이 발생하지 않도록 조정.

곧이어 비워지게 된 지배자 권한의 자리에 내 존재를 억지로 틀어박았다.

이제 필요한 자리는 나머지 하나.

근면의 자리가 비워졌다는 것은 즉 포티머스가 진짜 죽었다는 뜻이다.

죽었다? 더 정확하게는 소멸한 거야.

죽고 싶지 않다며 버텼던 포티머스가 단순하게 죽는 결말보다 더욱 비참한 말로를 맞이한 것은 어떤 인과였을까.

인과가 너무 많아서 오히려 난처해지네.

그만한 짓을 거듭거듭 저질렀던 작자도 최후에는 꽤 허망했구나.

지금까지 포티머스가 해왔던 짓을 떠올리면 마왕은 더 많이 고통을 준 다음에 심연 마법을 때려 박아도 괜찮았다는 생각이 든다.

뭐, 한시라도 빨리 없애버리고 싶은 심정이었을지도 모르고…….

어쩐지 그런 이유는 아니라는 건 알겠는데, 이것만큼은 마왕 본인밖에 알지 못하는 마음이겠지.

너무나 인연이 깊게 뒤얽혔으니까.

나도 어떠한 심정이었을지 짐작이 안 돼.

실로 꽁꽁 옭아매 놓은 UFO의 안으로 진입한다.

성게 대군과 삼각추를 격추한 뒤에 튀어나왔던 이 UFO.

그 타이밍에 튀어나왔다면 이 녀석이야말로 포티머스의 마지막 요새라는 생각이 들어 격추하지 않고 포획했는데 내 예상이 맞았나 봐.

이러고도 사실은 숨겨 놓은 무기가 더 있으면 깜짝 놀라야지.

만약 진짜였다면 포티머스의 평가를 한 단계 올려줘야 해.

뭐, 포티머스 본인이 죽은 이상은 진짜 마지막이었겠지만…….

쓸데없이 긴 길을 걸어서 도착한 곳에서는 마왕이 의자에 앉아 눈앞의 콘솔 비슷한 장치를 조작하고 있었다.

"끝났어."

"그래."

마왕은 이쪽을 돌아보지 않은 채 짧게 말했다.

긴 악연에 종지부를 찍고, 이런저런 감정이 소용돌이치는 까닭인지도 모르겠다.

담담한 말투에서 짐작하면, 오히려 그런 감정이 너무 많이 흘러넘쳐서 반대로 스스로도 자신의 감정을 이해할 수 없는 상태가 된 것 같아.

너무 많은 감정이 흘러넘치는 탓에 반대로 무감동한 기분이 되는 셈일까.

"이거 봐."

마왕이 모니터를 가리켰다.

거기에 비친 문자를 살펴봤더니 웬 괴상한 내용이 쓰여 있었다.

전생자의 혼을 이용한 신화 실험, 아이고.

장황한 이론이나 헛소리를 빼고 말하면 요컨대 전생자의 혼을 대상에 처박아서 신을 만들겠다는 시도다.

포티머스는 시스템의 힘만으로는 신이 될 수 없다고 이미 단념한 상태였다.

아무리 경험치라는 이름의 혼을 수집해도 한계를 돌파할 수 없다.

그렇다면 새로운 종류의 경험치, 즉 이 세계가 아닌 다른 세계에서 온 인간의 혼, 전생자의 혼을 쓰면 혹시나 한계를 돌파할 수 있지 않겠냐는 말이지.

웃기시네~.

아니, 거 뭐야.

이런 말은 좀 뭐한데 이게 성공할 가망이 아예 안 보이거든.

이 세계의 혼을 수집해도 한계 돌파는 불가능하다.

그럼 다른 세계의 혼을 사용하면 되잖아!

……어휴, 그런다고 신이 될 수 있다면 누가 고생하겠냐고.

얼결에 신이 된 내가 할 소리는 아니지만 말이야.

이런 이유로 전생자를 끌어모았던 건가.

전생자들을 위해 바쁘게 달려 다녔던 선생님은 뭐가 되는데.

"뭐, 포티머스도 진심으로 이렇게 신이 될 수 있다는 생각은 안 하지 않았을까? 혹시나 싶은 희미한 기대였겠지."

"그런데 그런 것치곤 엄청 신중하게 이론을 검증하고 장치도 만들던 거 같은데~?"

"포티머스라서 어쩔 수 없어."

모니터에 출력되는 문장에는 개발 중의 기자재 및 실험을 성공시키기 위한 검증 결과 등등이 세세하게 적혀 있다.

전생자가 가능한 한 스킬 습득을 하지 못하도록 생활을 통제했던 이유도 시스템에 의하여 혼이 이 세계에 익숙해지며 변질되지 않게 단속하려는 의도였던 것 같아.

뭐랄까 성공할 확률이 천문학적으로 낮은 실험을 위해 눈물겹도록 노력한 흔적이 보이는구나.

그렇게까지 신이 되고 싶었던 건가.

되고 싶었을 거야~.

"신중에 신중을 기한다고 실행에 옮기지 않았던 게 다행이었네. 1년만 더 늦었다면 기자재가 완성돼서 전생자들을 믹서에 넣고 돌렸을 거야."

무서운 말은 자제해주길 바란다.

아무튼 마왕의 말이 맞아.

이번에는 포티머스가 신중한 놈인 덕분에 살았다.

어쨌든 포티머스한테는 여신 사리엘을 믹서에 집어넣어서 분해하려고 했던 전과가 있단 말이지~.

뭐, 만약에 전생자에게 손을 대려는 움직임이 있었다면 계획을 앞당겨서 내가 직접 쳐들어갔을 테지만…….

"이거 말고도 여기에는 포티머스의 지난 연구 성과의 자료가 잔뜩이야."

"와아."

저절로 목소리가 나와버렸다.

포티머스의 연구 자료.

쓸데없는 악질 자료만 잔뜩일 것 같아.

"그런고로 대충 내용물 확인한 다음 부숴버릴게."

"그러는 게 좋겠어."

이딴 거 남겨 놔 봤자 해밖에 안 된다.

오히려 마왕이 확인할 필요도 없다는 생각이 들어.

"난 대충 끝났는데, 넌 어땠어?"

"누구한테 질문을 하시는가?"

물론 빈틈없이 해치웠지.

성게랑 삼각추의 잔해는 이미 회수 완료.

불길이 더 이상 숲에 퍼져 나가지 않도록 진화도 했다.

그리고 지하에 숨어 있었던 비밀 기지까지 흔적도 없이 싹 날려버렸다.

또한—.

"엘프 중 생존자는 선생님뿐이야."

모든 엘프의 말살을 완료.

이 UFO를 실로 구속한 뒤 나는 남아 있었던 엘프들에게 분체를 보내 모조리 섬멸했다.

하프 엘프라든가 쿼터라든가 생존자가 조금 있지만 순수한 엘프는 더 이상 이 세상에 없다.

"그렇구나. 그러면 이 우주선을 부수면 진짜 끝이구나."

"감개무량이야?"

"그러게."

그렇게 말한 마왕의 옆얼굴은 본 적이 없이 평온했다.

"아, 맞다. 약속, 지켰어."

약속?

아, 죽으면 용서 안 한다고 했지.

"무사히 목표 달성했습니다, 보스."

마왕이 의자를 빙글 돌려서 능청스럽게 경례를 한다.

무사하게? 으음.

"그게 진짜로 무사한 거야?"

"안 죽었음 싼값이지."

마왕은 웃고 대답했다.

의자에서 일어나지도 못하는 빈사 상태인 주제에…….

마왕의 몸에 상처는 없다.

그러나 몸이 아니라 혼에 깊숙이 상처가 나버렸다.

그토록 강대했던 마왕의 기세가 지금은 몹시 연약하다.

"어떤 느낌이야?"

"음~ 아마도, 조금 쉬면 일상생활에 지장이 없을 만큼은 움직일 수 있겠지. 지금 제대로 못 움직이는 건 마력이 전부 고갈돼서거든. 마력만 회복되면 일단 움직일 순 있을걸."

"즉 전투는 불가능하다는 말이네."

"더 수명을 깎아 먹어도 괜찮다면 일단 가능은 한데……."

"마왕."

"농담이야. 어쨌든 내 수명은 얼마 남지 않았었어. 지금은 잘 버텨야 1년이나 될까. 이제부터는 지켜보는 데 여생을 쓰기로 할게."

애당초 마왕의 수명은 많이 남아있지 않았다.

그래도 이렇게 심하지는 않았었는데.

그런데 이번 전투에서 다 깎아 먹고 나머지가 1년.

"내 임무는 여기까지. 사실은 더 열심히 하고 싶었지만 뒷일은 시로한테 맡겨야겠네."

"맡겨줘."

"이제 시작하는구나?"

마왕의 물음에 나는 고개를 끄덕였다.

세계의 적 포티머스는 처리했다.

이제부터 다음은 세계를 구원하기 위한 이야기.

그러나 난 세계를 구원해도 인류를 구원한다는 말은 안 했다.

그러니까 나는 인류의 적이 되어서 활동을 개시한다.

자, 인류를 멸망시키고 세계와 여신을 구원하자.

그게 여신의 뜻에 반하는 행동이어도…….

■작가 후기

복 많이 받아요! 바바 오키나입니다!

작년이 엄청 힘들었으니까 올해는 좋은 해가 되기를 기원합니다.

애니메이션도 드디어 시작됐고 말이죠!

넵! 드디어 애니메이션이 방영을 개시했습니다. 꼭 시청해주시와요!

이 책이 발매될 무렵에는 1화 감상이 올라오겠구나~ 생각하면 가슴이 자꾸 두근두근합니다.

엥?! 이게 사랑이야?! (아닙니다.)

사랑은 아닙니다만 애니메이션으로 시청자 여러분께 두근두근 콩닥콩닥을 전해드릴 수 있다면 좋겠습니다.

자, 이번에는 분량(페이지 수)에 여유가 없는지라 얼른 감사의 말을 전해드리겠습니다!

일러스트를 맡아주신 키류 츠카사 선생님.

만화판의 아사히로 선생님.

스핀 오프 코믹스의 그라탕도리 선생님.

애니메이션 제작에 참여해주고 계시는 여러분.

담당 편집자 W여사를 비롯하여 이 책이 세상에 나오기 위하여 힘을 보태주셨던 모든 분들께.

이 책을 구입하고 읽어주시는 모든 분들께.

그리고! 애니메이션을 시청해주고 계시는 모든 분들께.
진심으로 감사드립니다.

거미입니다만, 문제라도? 14

1판 1쇄 발행 2021년 5월 20일
1판 2쇄 발행 2021년 9월 9일

지은이_ Okina Baba
일러스트_ Tsukasa Kiryu
옮긴이_ 김성래

발행인_ 신현호
편집부장_ 윤영천
편집진행_ 김기준 · 김승신 · 원현선 · 권세라
편집디자인_ 양우연
관리 · 영업_ 김민원 · 조인희

펴낸곳_ (주)디앤씨미디어
등록_ 2002년 4월 25일 제20-260호
주소_ 서울시 구로구 디지털로 26길 111 JnK디지털타워 503호
전화_ 02-333-2513(대표)
팩시밀리_ 02-333-2514
이메일_ lnovelpiya@naver.com
L노벨 공식 카페_ http://cafe.naver.com/lnovel11

KUMO DESUGA, NANIKA? Vol.14

ISBN 979-11-278-5978-7 04830
ISBN 979-11-278-2430-3 (세트)

값 10,000원